岩 波 文 庫

31-197-3

キルプの軍団

大江健三郎作

岩 波 書 店

目次

キルプの軍団

1

　まずキルプという名前が、気にいったのでした。Quilp とアルファベットで印刷した様子は、ネズミに似ていると思います。これが自分の名前だったらことだぜ、そう考えたと、最初の個人授業の後で忠叔父さんにいいました。——そうかい？　ディケンズは、悪役には悪役らしい名前をつけるものやから、という返事だったのですが、現役の暴力犯係長の叔父さんが妙に寂しそうだったので、僕は説明しました。

——いままで読んだところだけでも、僕はキルプが気にいっているんです。挿絵だけ覗いて見た分では、後の方のキルプが気の毒なくらいに思っています。

——気にいった？　キルプがね……　それはどういうことなんやろ。しかし良かったよ、これからしばらくキルプとつきあうわけやから。わしはオーちゃんならばキットが気にいると思ったがな。

　実際、ペンギン・クラシックス版のテキストを渡してくれた時——それは母が叔父さんにお金を渡して、新宿の紀伊國屋で叔父さんの分と僕の分と、一冊ずつ買って来てもらったわけでしたが——、次の週から始める講読のために、ある程度ザッと読んでから、赤線を引いて囲んであるところを中心に、辞書を引いて下調べするようにと叔父さんはいいました。そして実際、赤い括弧で囲まれたところのひとつは、キットの描写だったのでした。叔父さんは、僕がそこを気にいるはずだと、楽しい気持で赤線を引いてくれたのだろうと思います。

"Kit was a shock-headed shambling awkward lad with an uncommonly wide mouth, very red cheeks, a turned-up nose, and certainly the most comical expression of face I ever saw.... I entertained a grateful feeling towards the boy from that minute, for I felt that he was the comedy of the child's life."

さて、長い外国語の引用に出くわすと、面くらわれるかもしれませんから、忠叔父さんの授業の後、ノートに書きつけておいた僕の訳文をそえることにします。一応、御参考までに！

《キットは、モジャモジャ頭の、ひょろひょろ歩く不恰好な若者で、並たいていじゃなく大きな口をしていました。とても赤い頰、上に向いている鼻、そしてかつて見たなかで確実にいちばん滑稽な表情をしているのでした。……その瞬間から、私はこの少年に良い気持をいだいたのです。というのも、私はかれのことを、子供の暮しのコメディ

版と感じとったからでした。》

僕もここに、愉快なやつが出てきたのは認めるけれど、しかし。同年輩の相手のことですから、一応かれは十九世紀のイギリス人だけれども、the comedy of the child's life を自分に引きつけるようだったら、それこそ僕は comedy じゃないでしょうか？ キットは、崇拝しているといっていいほど好きなネルと、そのお祖父さんだけだと思って、いつものとおり元気に跳びこんだ骨董屋の店のなかに、見知らぬ紳士がいたので――この人がキットのことを the comedy of the child's life といっているわけです――、まあ、そういうふうに観察されていることもあり、the most extraordinary leer I ever beheld をしたのでしょう。じつは僕も母から、もの凄い横目で見るといわれているのですが……

やはり最初の授業のあった日、父もどういうわけかこういうことをいいました。――そうかい、オーはキルプが気にいったかね⁉ おれの考えでは、誰でもネルには抵抗できないからね、それはつまりキットと同様で、やはりキットに感情移入すると思ったがね…… それじゃキルプの、河端の事務所で使われている少年とは反対だね。キットと猛烈に喧嘩するやつ。いつも逆立ちしていて、そのおかげで、のちにサーカスの人気者になったという……、イタリア人の名前に改めて。

――トム・スコット、と叔父さんはよくしゃべる父に簡単な答えをしました。父と忠叔父さんは、その夜かなり遅くふたりで酒を飲んでいたのでした。父が飲んだ酒にかきたてられるようにしてまた飲むというふうに、いつまでも飲みつづけるのに対して、忠叔父さんは一杯か二杯グッと飲むと、もう飲みません。そういうわけで、手持ぶさたな具合の叔父さんの脇に座り、もっと手持ぶさたな具合で、部屋に引きさがる潮時を待っていた僕に、叔父さんはこういいました。

――その本のね、最後の章をざっと見て、Tom Scott という名前を見つけてやね、そこをちょっと読むと、続きのなかに、an Italian image lad という文句があるはずなのやがな、そこに註がついていないかどうか見てよ、オーちゃん。註があるならば、むしろそのしるしの小さな数字があるところを見ていく方が早いかね？

――ありました。

――この本では、どう説明してある？　わしにはずっとそこがあいまいでね。K兄さんが、イタリア人の名前にかえて、といったところ。それはそのとおりでいいのやと思うがな。どこからそのイタリア名が出たか、やね。

――ヴィクトリア朝に、陶磁器で作った有名な人の肖像の、石膏の模像を、イタリア人が売って歩いていた、と説明してあります。括弧して、その肖像が image なんだとも書いてありますけど……

——そうだね、もともとそういう売り子が、イギリス人だけれどもイタリア名で、ということもありうるな。

——忠叔父さんは学者のようね、と少し離れてアイロンがけしていた母がいいました。暴力犯係刑事というよりも……

叔父さんは頭をかたむけて——父とよく似た大頭ですが、それを支えている頸の、それこそextraordinaryな逞しさで、肩からずっとまっすぐつながった、肉体労働者の頭、というふうに見える——、その頭の動きにあわせて眼をパチクリさせました。暴力犯というのは叔父さんが取り締まる対象で、叔父さん自身にこの形容句がかかってくるのじゃないわけです。僕は母のいったことを軽率に感じて、二階に上って行きながら、ついドアをバタンとしめてしまったのでした。

2

忠叔父さんは、四国の松山から仕事で出張してきました。父と叔父さんは、その松山から交通渋滞なしでも三時間かかる山道を入った森のなかで、生まれ育ったのです。ずっと以前、祖母を見舞いに一家で森のなかへ帰ったことがあります。村があまり山奥だったので、僕ら子供はなんだか圧倒されてしまい、小学校の一年生だった姉は――それでも直接父に尋ねることは遠慮して――、幼稚園児だった僕に、パパが子供だった頃、マンモス、居たかねえ？　といいました。

忠叔父さんは、頸の太さのことはもういいましたが、高校ですでに柔道二段だった大男で、リーゼント・スタイルかと思ったくらいに髪をしっかりかため、角ばった肩を振って歩き、いつでも背をまっすぐにして腰かけています。顔の皮膚は芯まで浅黒い。つまりテニスで陽灼けしたというようなのとはちがった、ずっと戸外で働いている労働者の、年季をいれた浅黒さです。それもゴワゴワした鞣《なめ》し皮、つまり鞣し方に失敗した皮の感じで、表情がよくわからないのです。しかも、たいてい生真面目に黙っています。だからといって気むずかしいのではない。一方、苛立ちやすいのに、人の気持は考えないで冗談をいう父と、兄弟でもずいぶん性格がちがいます。忠叔父さんの眼は切れ長で、母は仏像の眼のようだといいますが、僕は子供の時分、じっと黙っている忠叔父さんを見て、恐竜の眼に似ていると思っていました。

上京している間、叔父さんが、僕の部屋に寝泊りするので、僕は父の書庫の端の、物置に使われている部分と書棚の背の中間に、マットレスを敷いて眠ることになります。それ自体はかまわないのですが、僕の部屋には自分用の小型テレヴィに接続したヴィデオが置いてあるわけです。真夜中すぎにアメリカのニュー・ミュージックをまとめた放映があるので、録画する必要が一応あります。しかしその時分には、僕のベッドいっぱいに身体《からだ》のすみずみを行きわたらせるようにして寝ている叔父さんの脇で、音声はしぼってあるにしても、ヴィデオを操作することはできるものじゃない。テープ自体の音がありますから……　叔父さんが仕事に出ている昼間も、本来は自分の部屋だからといって、ものを取りに出入りするのは、はばかられる。暴力犯係刑事の個室に侵入する、という気がします。

それでもある日、古いオリエンテーリングの地図が必要で、取りに入りました。父は僕が昔使ったものについて、古いなになにをというと、――それは正確じゃないぜ、きみはまだ全体に新しいよ、というのですが……　警察手帳ではないはずだと思いますが、黒い手帳がベッドの脇の電気スタンドを置く台に載せてあって、戦時中が時代背景の連続テレヴィ劇に出てくるような、着物を着た若い女の人が貧相な花束を持って立っている、茶色の写真がハミ出していました。

――こういうものをひとの目にふれるところに放置されては困る！　ここはおれの部

屋なんだからな、本来は！　と僕は周りの机や本棚やらを――なにものかがそこにひそんで見張っているかのように――叱りつけて、それから写真を手にとって眺め、指紋をぬぐいとって、もとに戻したのです。

3

忠叔父さんが僕の部屋に寝泊りするようになって、はじめての土曜日、僕はオリエンテーリングの大会で三多摩地方へ出かけました。日が暮れて帰って来て、まったく泥だらけの身体《からだ》を洗い、食事をしてから、書庫のマットレスに寝そべって、この日の競技用の地図を、都内・都周辺の、市販の地図と照合していました。そのうち僕はバッと上体を起して、――おい、おい！　これはタマッタモノではない！　と大声でいったのです。そのまま階段を踏みならして食堂に降りて行くと、一挙にしゃべりたてたのでした。あっけにとられた具合に聞いている父と忠叔父さんとは、三角形のもうひとつの頂点が欠けているふうにテーブルに掛けて、ウイスキーを飲んでいたわけです。母が台所からハムやソーセージを切ったのを皿にのせて運んで来て、その第三の頂点におさまりました。

――僕は今日、多摩の競技会のコースで、木が茂っている斜面を横切って、近道しようとしたんですよ。正直にいうと予定よりタイムが遅れていましたし……（なんとなく自然に敬語を使う具合でしたから、忠叔父さんに向けて話をしている、という気持はあったのでしたが、そこへ母が口を出して、オーちゃんは、毎週一度は競技会に出るというほど、オリエンテーリングにいれあげています、赤いピラピラの布のユニフォームが気に入っている様子ですよ、と説明したので、ますます忠叔父さんに向りて話すかたちになったのです。）道に迷った具合で、あせっていたんですが、石垣が妙にしっかり積んであって、その上の金網との間にすきまがないし、金網自体ずいぶん高くて、遠目には乗り越えやすそうだったのが、そういうわけにゆかないんですね。どこかに穴を見つけて潜り込もうとして、さんざんウロツイたんですけど、思いがけず管理がよくて……結局ムダな努力だったわけで、惨敗でした。

――オーは反射的に敏捷なところはあるけれど、スポーツマン・タイプじゃないからね、身体に異常が生じかけていたこともあるし……あれは忠が見つけてくれたんだな。つまりたいてい良くないタイムらしいよ、と父が介入して来たのは、僕の話がこれだけのものだとして、つまりなんともアンチ・クライマックスの話を、お客様にとりつくろってくれようとしたのでしょう。

しかし、僕としては話の続きがあったわけです。

――がっかりして、もうまったくぐったりして、頑丈な金網を怨みながら帰ったんですけど、いま地図を調べてみたら、僕が潜り込もうとしていたのは、多摩自然動物公園の裏側斜面でした。

父が笑い、つづいて叔父さんが笑いました。さらに一拍おいてから母も笑いました。なにか問いかけられて答える時、僕はいつも一拍おく、とよく父にいわれますが、考えてみるとそれは母の性格が――あわせて叔父さんの、とはいわないにしても――伝わっているのでしょう。母としては、そうでなくても赤いピラピラのユニフォームで目立つ息子が、苦心して金網の穴から入り込んで、ライオンに喰い殺される様子をリアリズムで想像して、それから気をとりなおして笑ったのでしょうが……

――自然動物公園の経営が逼迫《ひっぱく》してくるとしてさ、エサの費用を安くあげようとするならば、公園側で、高校生のオリエンテーリング選手が入り込めるほどの穴を、いくつか開ければいいわけだね。

父の軽口にとりあわないで、忠叔父さんは頭をかたむけ、それこそ二拍も三拍も置いて考えると、真面目にこういいました。

――ライオン放飼いの地域を避けて、斜面から上の道へ出るコースを検討しなければならないわけやね。そういう地理的な工夫を一瞬の間にやりとげて、うまく逃げるやつはおるものなあ。こちらはただ地道に追いかけるだけやけれども……

――オーちゃんは、ライオンからも警察官からも、追いかけられる危険をおかさないでもらいたいわ、と母はいいましたが、僕は忠叔父さんにあらためて親しみを感じていたのでした。

4

僕の身体に異常が生じかけていた、と父がいったのはこういうことです。三、四年前の夏、つまり僕ほどの年齢の者には大昔ですが、拳銃強盗の犯人を護送する仕事で上京して、一泊した叔父さんが、一応シャツは着ていた僕の身体を見て、気がついてくれたのでした。それも僕をジロジロ見たというのじゃなく、頭を斜めにして一瞬見ただけで、――わしはオーちゃんが、胸のあたり側彎症《そくわん》じゃないかと思うがなあ、と母にいいのこして帰ったのでした。家族の前で裸になることがなくなっていた僕の肋骨の異常は、続いて学校の身体検査で発見されました。とくに外科的な処置の必要はない、ということでしたが……

母の話では、僕は赤んぼうの時、二歳ちがいの姉がいたのと、年はもっと離れているのですが、障害があってやはりベビーベッドに寝ている兄がいたこともあって、たいていの来客は僕がいることに気がつかなかった、それほどおとなしい子供だったようです。学校にあがる前は、ひとりで「レゴ」をやっていました。自分の頭より大きい飛行機を組み立てている僕をとった写真がありますが、そこに映っているのは、われながら不思議なほど、カメラで狙っている父か母かのことを気にかけていない子供です。同じアルバムの姉の方は、ちゃんとVサインをしたりしているのですが。つまり僕は、自閉症に近い子供だったのだと思います。

私立の小学校に入ってからも、おなじ学校の友達が近くに居ないこともあって、家の外で遊ぶというようなことはありませんでした。そうした活動的でない生活の効果が積もりつもって、気がついた時には側彎症になっていたのでした。それから僕は自分の肉体を改造することを思い立って、運動をやることにしました。その過程で、オリエンテーリングに熱中するようにもなったのです。中学校の一年でオリエンテーリング部に入り、第一回の大会の地図からずっとスクラップしていますが、しばらく前の計算でも、百枚は越えていました。ずいぶんいろんな場所を、走り廻ってきたものです。他にも、スポーツとしては縄跳びをやっていました。縄を交差させて跳ぶのはすぐできるようになり、さらに三回、四回と縄を回転させる跳び方を工夫するのが面白くなりました。基盤となる、ある体力を必要とするものではないので――つまり僕がすぐさまサッカーやラグビーに熱中する、ということは不可能だったはずですが――毎日熱心にやるうち、体育の先生がヴィデオにとって下級生に見せる跳び方のモデルに選ばれたりもしました。

ある日、夜も遅くなってからの気晴しに、玄関の前に出て、その時分練習していた「前方交差四回転跳び」というのをやっていました。そのうちに、縄が身体じゅうにからまって、動きがとれなくなったのです。たまたまそこへ帰って来た父が、暗がりのなかに僕を見て、ギクリという表情をしました。そこでいったん風呂に入った後で、鏡の前で、縄にからみつかれた恰好を再現してみると、肋骨が曲っている・その結果胸が歪んだ箱のように見える、ということもあって、本人自体一応ギクリとしたものでした。

僕が『骨董屋』のキルプに気持をひかれたのと、それとは関係があったかもしれませんん。忠叔父さんは、ペンギン・クラシックス版のテキストを手に入れてくれた際、赤鉛筆で問題点を囲んでくれるより前に、――まず百ページ、ざっとでいいから読むように、といったのでした。僕の方では、ずいぶん乱暴な要求だぞ、日頃暴力犯を相手にしているからかなあ⁉　などと反撥したのですが、それでも一応、忠叔父さんの指示通りに読みはじめました。辞書はひかないで、言葉ひとつひとつというよりは文章の一節ずつを、意味を想像するようにもして読め、しかしまるっきりわからぬ一節があったら、そこに立ちどまって幾度も読め、そうしなければ続き具合がよくわからなくなって、興味がつながらないから、と忠叔父さんはポツリポツリという仕方で、注意してくれていました。そのようにして読み進むうち、キルプという人物に興味を持つようになり、ディケンズが雑誌に連載した際の、カッターモールという人とブラウンという人の挿絵を、キルプにそくして終りまで見てゆく、ということもしたわけでした。

　そうした挿絵の、それも最後の方に、テームズ川の河口近い沼沢地の大きい棒杭の根方に、溺死したキルプがうちあげられている絵があったのです。身体が捻じれている恰好も、歯と目をカッと剝いている表情も、縄跳びの縄にからめとられたところを鏡の前で自分が再現した、その様子に似ているような気がしました。――これは、これは⁉と思って、そのあたりのページを走り読みし、ページの中についている註の数字を確かめてもみて、海賊の処刑として、満潮になると水没する場所に縛りつける方法があったことも知りました。キルプの脇の大きな棒杭は、そのなごりだったはず。この際、一応註を読む練習をしたことが、忠叔父さんの質問にまごつかないですんだ理由でした。

5

ネルという少女は、これでもか・これでもか、という具合に愛らしく描かれています。小説の書き出された時点で、ネルの祖父は、キルプから金を借りて賭博をしています。幾度目かにその金を借りる使いに出たネルが、夜のロンドンで道に迷って、語り手と街角で出会う。そういうかたちで小説は始まったのでした。とどのつまり永年かかって築き上げた骨董屋の店と住まいまでキルプに取りあげられてしまうのですが、もともと老人は、可愛い孫娘に財産を作ってやるため、と考えて賭博を始めたのでした。損をかさねながらも、“Hope and patience, hope and patience!”と自分を励ましている、まったくトンデモナイ人物です。

忠叔父さんは、キルプが“an elderly man of remarkably hard features and forbidding aspect, and so low in stature as to be quite a dwarf, though his head and face were large enough for the body of a giant.”《法外なほどきびしい目鼻だちと、いまわしい風采の初老の男、そして身長はいかにも低くて、ほとんど侏儒《こびと》、しかも頭と顔は巨人の身

体にふさわしいほどの大きさ。》として登場してからの、次の描写にも、赤線で括弧をしていました。

"His black eyes were restless, sly, and cunning; his mouth and chin, bristly with the stubble of a coarse hard beard; and his complexion was one of that kind which never looks clean or wholesome. But what added most to the grotesque expression of his face, was a ghastly smile, which, appearing to be the mere result of habit and to have no connexion with any mirthful or complacent feeling, constantly revealed the few discoloured fangs that were yet scattered in his mouth, and gave him the aspect of a panting dog. His dress consisted of a large high-crowned hat, a worn dark suit, a pair of capacious shoes, and a dirty white neckerchief sufficiently limp and crumpled to disclose the greater portion of his wiry throat. Such hair as he had, was of a grizzled black, cut short and straight upon his temples, and hanging in a frowzy fringe about his ears. His hands, which were of a rough coarse grain, were very dirty; his finger-nails were crooked, long, and yellow."

《かれの黒い眼はおちつきがなく、こすっからく、ずるそうでした。かれの口もとと顎は、不精に伸びた粗く剛い口ひげでとげとげしいのです。それにかれの顔色は、決して清潔にも健康にも見えない種類のものでした。しかしなによりかれの顔のグロテスクな印象を強調するようであったのは、もの凄い薄笑いでした。それは習い性の単なる結果として見えてくる、いかなる愉快さの、あるいは自己満足の感情とも関係がないもので、かならず、まだ口に散らばっている、色のあせた数本の歯をあらわすのでした。そしてハーハーいっている犬のように見せたのです。服装は、大きい山高帽と着古した黒い服、デカイ靴、そして充分にグンニャリして捻じ曲っているため、筋ばった喉があらかたあらわになった、汚いネッカチーフをしていました。霜ふりの髪は、コメカミのところで短くまっすぐに切られ、耳のあたりにムサくるしいへりがぶらさがっています。手はザラザラしてきめが粗く、とても汚くて、爪は鉤状になり、長く、黄色でした。》

　このキルプの、恐ろしい薄笑いを頂点とする容貌や身体恰好の描写を、恩叔父さんの授業の前に下調べしておく間、僕は勉強机の上に、キルプが出てくるかぎりすべてコピイしたペンギン・クラシックス版の挿絵を置きめぐらしていました。コピイは、駅の向うに最近建てられた共同ビルの、貸レコード屋の前に置いてある十円コピイ機でとったのです。その近くにアメリカ人らしい外国人がとりしきっている七円コピイ機の店もあったのですが、ペンギン・クラシックス版を持って行った時には廃業していました。僕としては、ディケンズの小説から挿絵をコピイしているところを外国人に見つけられ、なにか話しかけられては困る、という気持もあったので、それはそれなりに好都合だったのでしたが……　単純な計算でいうかぎり、硬貨をいれるセルフ・サービス式のコピイ機は、このあたりでは七円では採算がとれず、十円ならばやってゆける、ということになります。

さて、いま引用した文章のところまで読み進んで来た日、僕は忠叔父さんにこういうことをいったものでした。

――ダニエル・キルプは、侏儒《こびと》だと書かれていますが……　しばらく先で、タワー・ヒルという地区にある住み家や、テームズ河岸の、「キルプ埠頭」と呼ばれている場所の会計事務所での説明など見ていると、ただ侏儒だというだけで、それが悪党であるしるしのように書かれています。僕の兄にも障害があるわけですが、現にいま、身長がなんらかの障害である程度以上伸びない人が、これを読めば不愉快じゃないでしょうか？

――「ヴィクトリア朝の差別」というようなことを書いた本を、K兄さんは書庫のどこかに持っているはずや、まあ、そのような点については、K兄さんに話を聞いてくれ、と忠叔父さんはいったのです。ディケンズは、悪漢キルプに対して、確かに差別的な意識をいだいているのやね。はっきりマイナスの方向の性格づけとして、恐ろしい薄笑いを浮べた侏儒を描いていると、わしも思うよ。おなじようなことをいえば、老人と賭博をして、犯罪を教唆したりもする連中のことは、ユダヤ人だったりジプシーだったりとして、こちらも差別感情を丸出しにして書いてあるね。もっとも、キルプがディケンズの性格をうつしている、という評伝もあったけれど……　ともかくヒューマニストの作家であっても、かれが小説家として役に立つ資質を持っているということは、むしろ自分の生きている社会のね、差別的な感情を素直に体現している、というふうでもあるのやないか？　これこそＫ兄さんに聞いてくれ。わしは一度、『骨董屋』を翻訳するようＫ兄さんにすすめられて、実際やりはじめもしたのやがな。途中でやめることにして、その差別的な表現が、現職の警察官には不適当だと、いいわけをしたことがあるよ。あはは。Ｋ兄さんは、わしが癖として、途中で仕事を放りだすといってるやろう？　中途半端な人間やと……

——父はそんなことはいっていません、と僕は、自分の声が怒っているように響くのを、なにかいやなことに感じながらいって、黙りこんだのでした。

6

実際父は、忠叔父さんが途中で仕事を放りだす癖があるとか、中途半端な人間だとかいったことはありません。むしろその正反対の批評をしていたのでした。だからといって、それは忠叔父さんを評価する、というのともちがう。逆の方向の批評なのです。すくなくとも僕にはそのように感じられ、一応父には弟を批判する権利があるとして、あまり良い感じは持たなかったのでした。ハイ・ティーンの、それも息子がいだく父親への疑問というようなことが、よく婦人雑誌で問題にされていますが——電車の中づり広告で見ます——、おそらくそういうものなんでしょう。

しかし、僕としての疑問点をはっきりさせるために書けば、次のようになります。論理として父が間違っているというよりも、感覚としていやだ、ということです。叔父さんは高校で柔道部の主将でした。その続きとして、一生柔道をやるのに不自由でないように、警察に入りました。そして刑事になり、これまでずっと暴力犯係をやって来た。「単純な生活ですな」と、僕が学校に入る前の夏、四国の森のなかへ出かけた際、お祖母ちゃんがいっていました。そのとおりなんだろう、と思います。この四国行きでもっとよく覚えているのは、谷間を流れる川の中州で夜ずっとすごしたことです。忠叔父さんが、僕や従兄たちのためにナマズを釣ってくれたのでした。

僕と従兄たちは、ネコヤナギの根株に囲まれて中州でもとくに地盤のしっかりしたところに、テントを張るようにいわれました。忠叔父さんがオートバイで運んできた細長いテントで夜営したわけです。父と忠叔父さんの中間に生まれた、子供の時から注意深い性格だったらしいフサ叔母さんが、川上の知人へ電話をかけて、そのあたりの森で雨が降り、川に増水がひきおこされるということはなかったかどうか、調査してくれてもいました。叔父さんはテントに入らず、砂の上に寝て、その足首にはハエ縄のはしを巻きつけていました。眠りながら、夜じゅうナマズ釣りをしてくれていたわけです。叔父さんの足につながっているハエ縄の釣糸は五十メートルもの長さで、大きい錘りをつけて、川のなかほどへ投げこんであります。糸の先には、小さいカエルが生きたまま釣針にくくりつけてあるわけです。

叔父さんは海のそばの宇和島という市から、勤務を終えてオートバイで森のなかへ帰って来たのです。翌朝は、早くから勤務に出て行かねばならないのでもあります。そこでなんらかの休憩時間をとるのかというと、そうではなく、川原でナマズを釣りながら眠るという仕方の、まったく中途半端ではない仕方で、もてなしてくれたのでした。

朝方、冷えびえする空気と一緒に、落着いた叔父さんの低い声がテントの中に入って来ました。僕にはよく様子がわからなかったのですが、勢いこんだ従兄たちについて表に出てみると、叔父さんはあらためてヤッケをかぶって寝てしまいます。その叔父さんの足首から、新しい川霧のたちつづける水面に伸びたハエ縄を、従兄たちがたぐりよせました。そして一メートルもある大ナマズが、ヒゲをブルブル震わせながら、川原の玉砂利の上へあがって来たのでした！　準備しておいた盥に水を入れてナマズをはなす、という大騒ぎをしている間、叔父さんは一度だけヤッケから頭を出すと、ナマズの背びれの危険さのことを注意しました。それから叔母さんがお握りを持って来るまでずっと眠り、食事をすませると、川原にとめてあったオートバイで勤務に出かけて行きました。叔父さんも叔母さんも、本当に若い元気な人たちだという感じがしたことや、ついに朝陽が出て川面を輝かせ、ビクリと身体のおののいた瞬間のことなど、くっきり覚えています。

あの頃、僕や従兄たちにとって、とくに忠叔父さんは文句なしの英雄だったのです。ところが一メートルもある大ナマズを足首にゆわえたハエ縄で釣り上げても、お祖母ちゃんはじめ森のなかの家の大人たちは、あまり話題にしないのでした。それも不思議に感じたこととして覚えています。もっとも、やはり子供にもわかることでしたが、忠叔父さんは、お祖母ちゃんや叔母さんに、家族でいちばん愛されているようであったのです……

7

同時に、家のなかでなにか軽んじられているふうであったのは、警察につとめながら、それなりに出世して行く手つづきを忠叔父さんがとらないからだと、これはしばらくたって、そう誰かから聞かされたようにも思います。いまになってみると、永い間、暴力犯係の刑事でありつづけることは、それ自体、警察のなかでしっかりした役割を果たすことだったと僕は思いますし、お祖母ちゃんや叔母さんも、やはりあの頃からそれを認めて、実際的な敬意をはらっていたのだ、とも感じるのですが……

ともかく忠叔父さんは、警察に入って、相当な期間、昇任試験をなかなか受けようとしないし・受けたとしても合格しない、というふうだったようです。僕としては、あの夏休み以来関心を持つようになった忠叔父さんの運命について、時おり上京して来る叔母さんが、なにか愉快なことでも報告するように、笑いながら父に話すのを聞いて、そういう事情らしいと推測するだけでしたが……

　叔母さんの話を、僕が脇で聞いたところでは、忠叔父さんは昇任試験のための勉強をしないが、それは勤務の後で遊びにせいを出すからというのではなく、また勤務自体が忙しすぎてというようなことでもないのでした。そこではじめてディケンズという名前が出て来たのですが忠叔父さんはどういうものか、このイギリス十九世紀の小説家が好きで、勤務が終りさえすればすぐにディケンズを読み始める。そこで昇任試験の勉強をする暇がない、ということなのでした。もひとつ僕が覚えているのは、ずっと最近のことで、忠叔父さんが上京して家に泊った時、たまたま父はアメリカの大学に特別研究員《リサーチ・アソシエイツ》ということで滞在して留守でしたが、夕食の後、忠叔父さんと母がかわしていた会話です。

　——忠叔父さんはおやすみになる時、原文でディケンズの小説をお読みになるのね、ベッドの脇に置いてあったから、主人の本かと思いましたけど、書き込みの書体がちがうから……

　——わしは初歩的な単語までいろいろ辞書をひかなければならんものやから。それで書き込みを見られれば、書体などというよりも、すぐにどの程度の学力かわかったでしょう？　基本的な勉強をしておらんからなあ、わしは……

忠叔父さんが一本だけさっさと飲んだビールのせいではなく、赤くなって狼狽する様子であったので、母は本気で勇気づけようとしました。

——主人が、いつだったか、私たちが結婚してしばらくの頃で、忠叔父さんも警察に入られてそう永くなかったと思いますけれど、こんなことをいっていたことがありますよ。忠はあんなにディケンズが好きなんだから、あらためて大学に入りなおしてディケンズを読むことにして、それから高校の教師をやるとかなんとか、そういう気持はないだろうかなあ、と……

——ディケンズもね、英文学の専門家は、驚くほどいろんなものを読んでおるから……わしはあの連中のように正式に勉強する気持がないし、もともとその能力も根気もないですよ、お義姉さん。わしは翻訳さえあれば、日本語で読みたい力で、『デイヴィッド・コッパーフィールド』や『オリバー・ツイスト』などは原書にさわったこともないですよ。あるかぎりの翻訳を読んで、それがなくなってしまったものやから、その分を英語で読んでいるだけですよ。

——いまは、『荒涼館《ブリーク・ハウス》』ですか？　私は読んだことがないけれど。

——あれにはね、バケット警部という人物が出て来るんですよ。この人物の行動にそくして、犯罪捜査の原形のようなものが見られるわけです。わしとしては、自分の職業と関係づけて読むことができる小説ですよ。バケット警部は人間の性格について独特な意見を持っている、わしなどには及びもつかない人だけれども……

いま、――恥だ！　と感じながら思い出すことですが、僕はこの時、根拠もなく、つまり忠叔父さんの勉強の水準を見くびる根拠もなかったし、自分の方になんらかの学問への基盤があったわけでもないのに、忠叔父さんが、なにやら程度の低い探偵小説を、旅行中の父のベッドで読んでいる、と感じて、ナマズ釣りの夏休以来の尊敬が色褪せるように感じたのです。高校二年になって忠叔父さんと『骨董屋』を読むようになってから、僕は『荒涼館《ブリーク・ハウス》』も覗いてみたのですが、頭をガンとやられるようにして、自分の英語力ではすこしも読み進むことができないことに気がついたのでした。

ところが後で聞いたところでは、この夕食の時の会話がもとになって、母は忠叔父さんから、その『荒涼館《ブリーク・ハウス》』を借りたのでした。そしてずっとベッド脇の本棚にいれていたのです。挿絵のあるハードカヴァーの本で、母はディケンズのことを僕に話したことはありませんが、僕が自分では読めないとキモにメイじたその本には、しかしよく調べてみると、忠叔父さんのとはちがう念入りな鉛筆の文字で、いちばんしまいのページまで書き込みがしてありました。忠叔父さんは、僕に『骨董屋』を読む気持をふるいおこさせたように、母には、毎晩ベッドに入ってから――少しずつ幾年にもわたって、ということでしょうが――、『荒涼館《ブリーク・ハウス》』を読みつづけるように励ましたのです。

8

僕が忠叔父さんに答えたとおり、父は中途半端な人間だと叔父さんを批判したことはありませんでした。母も、もし忠叔父さんへの批判をもとめられたとしたら、同じことだったろうと思います。いま現在、誰かに僕自身の意見を聞かれたならば、――中途半端な人間？　トンデモナイ、まるでその逆！　というと思いますけど……！

『骨董屋』の授業は――忠叔父さんは、この本を僕と一緒に読むだけだといって、確かにそのように僕としても感じる仕組で個人授業を進めてくれたのでしたが――朝の六時に始まり七時半に終りました。その後、一緒に朝食をとり、忠叔父さんは研修のある八王子の警視庁の施設へ、そして僕は立川の私立高校へ、つまり途中までおなじ小田急線とJR南武線で行くわけで、一緒に家を出て行く、という毎日のルーティーンになりました。

忠叔父さんは、一緒に『骨董屋』を読んでいる間、テキストのことより他の話をすることはないくらいなのに、いったん勉強が終われば、食事の間も電車のなかでも、ディケンズの話をすることはいっさいありません。電車で、並んだ吊り皮に手をかけていても、忠叔父さんはあまり大きい木じゃないが頑丈な幹のようにしっかりと立ち、黙っています。父とはちがって周りの乗客を観察するというようにじゃなく、できるだけ人には視線を向けることのないように、無生物を眺めています。それも窓の外の樹木を見る・建物を見る・さらにそれをふくむ風景を見るというのじゃなく、なんとなくすこし上方の空間を見ている、というようです。そしてすぐ脇にいながら、忠叔父さんが黙っていることは、こちらに気づまりじゃないのでした。

すぐにも受験勉強を始めねばならない、そうした僕には妥当な訓練だとしても、すでに社会人の忠叔父さんにとって、朝早く起きて、僕と一緒に本を読むのは大変じゃないか、こちらとしてはありがたいけれど、と――忠叔父さんによると、父は子供の頃から自分にはとても真似られない勉強の虫だったということですが、いまは仕事が終れば遅くまで酒を飲んで、毎日昼過ぎまで寝ているのです――母がそうした日課の朝食の際に、尋ねたことがあります。忠叔父さんの答はこういうことでした。

――わしよりオーちゃんの方が、早く起きるのが辛いのやないかな？　わしは十年も前に酒に酔うて眠るのをやめてから、朝は早う眼がさめるのに、そのまま横になっておるといろいろ苦しいことを思い出すので、オーちゃんと本を読んでおることができれば、いちばん楽な時間の過し方ですが！

忠叔父さんが僕と一緒に本を読んでくれる仕方は、次のようでした。まずはじめに、ザッと百ページ読んでおくようにといわれていたわけですが、最初の授業までに僕が大筋をつかんでいるとみなして――もっとも最初のページから四十ページほどは解説と序文でしたから、それをはぶき、実際に読んだのは五十ページ強だったわけです。それ以後も昼の間にすこしずつ前へ読み進むようにしていました――、忠叔父さんが原文を音読してゆきます。一ページ読み終ると、

――ここまでで、よくわからないところがあったかね？　と尋ねます。僕がひとりで読んでいた際には意味があいまいだったところが、忠叔父さんが声に出して読んでくれると、不思議なほど、文章の切り方やつづき具合がはっきりするのです。そうして頭に入ったところを除き、なおわからないところをいうと、忠叔父さんはすぐに翻訳してくれます。文法的な説明はほとんどないのですが、テキストに聞き書きした翻訳を頼りに、後で辞書をていねいに引いて考えると、文法的にもよくわかるのです。忠叔父さんの朗読自体に、文章の内容をよくわからせる力がふくまれている、という感じなのでした。

発音ということでいえば、学校の英語の先生にくらべて、イントネーションはまったく日本語式だし、個々の音も、thの発音、fの発音など、正式にやろうという意志は初めからない様子なのですが……

後半では、忠叔父さんが疲れるから、というのでもないのですが、今度は僕が朗読します。その僕の読み方から、叔父さんは文章の意味がよく読みとれていないところにアタリをつけて、念を押すということをします。このシステムで、学校の英語の時間には考えられないスピードでドンドン読み進んで行くことができたのです。それにあわせ、全体として一時間半の勉強時間のなかで、一度か二度、息ぬきする具合に、作品のなかの人物をめぐって話すことがあるのでした。そういう場合、まず前もって僕らのどちらかが朗読する段階で、――ここのところ、赤線で囲んであるね！　と忠叔父さんはいうのでした。

こうしたやり方の最初の例として、とくによく覚えているのは、少女ネルの性格と行動という話でした。しばらく読み進んだところで、ほぼ十四歳らしいとわかってきたネルが、いかにも暗そうな真夜中のロンドンの街なかで、語り手の紳士に道を聞き、親切に送ってもらうことになります。紳士はそれに先だって、自分に道を聞いて、もし間違ったことを教えられたらばどうするんです、と尋ねます。あなたはそんな人じゃないと思う、と答えるネルは、澄みきった眼に涙を浮べている……　それでいて、家へ同行してくれることになった紳士が、一体なにをしにこんな所へやって来たのかと問うと、少女は、それはお話しできない、とキッパリはねつけるのです。

忠叔父さんは、こういう少女が現実にいたとして、きみはどういう感じを受けるだろうねといったのでした。

――この小説の中心人物らしいということは、もうはっきりしているわけですから、読んでゆくかぎりは、clear eye のなかに浮ぶ涙、ということを信じますけどね。自分が真夜中にこういう少女と街で出会って、家まで送ってやろうとして、ちょっとしたことを聞いたら、"That, I must not tell."としっかりいわれるとして、一応ムッとすると思いますね。結局は、自己中心的な人、というふうに受けとめるでしょう。

――そうやね。わしもそう感じると思うよ。しかしこういう人間はおるのやね、と忠叔父さんはいったのでした。しかもこういう人間というものは、どういうわけかキットみたいなようなね、粉骨砕身、自分のために働きたいという人物を周りに見つけ出すのやなあ。どういう下心もなしにそう思う人間が集ってくるのやね。彼女のお祖父さんにしても、ともかく自分が死んだあとの、ネルの暮しを考えることから、賭博という手段を思いついて、それで失敗してしまうわけやからね。

――極悪人ネル、という話に展開するんですか、じつは？ と僕は軽薄なことをいって、当然なことながら、真面目な忠叔父さんに無視されました。

9

愛らしい少女ネルの、端倪すべからざるところについて――それは一時、学校で流行語となったいいまわしでしたが――、忠叔父さんに軽口をいったことを、僕はその朝一緒に電車に乗っている間、恥じていました。忠叔父さんとの関係の上で、その部分だけ、消しゴムで消したいと思うくらいでした。僕は高校に進んですぐ日記を書くことを思いたったことがあるのですが、前の日書いたことを毎日のように消してしまうので、こんなことならはじめから書かない方がいいと、結局やめてしまったのです。一応、そういうふうに、消しゴムを使いたがる性格なのです。忠叔父さんは、この朝、日頃よりもなおさらに、馬の目覆いのようなものをつけている感じで、僕の方は決して見ず、その点、恥じている僕としてはありがたかったのですが、後になってそのような叔父さんの態度には、また別の理由もあったのだと――もちろん僕の言葉がその理由を引き出す呼び水となったわけだとしても――、わかったのでしたが……いうまでもないことですが、僕はまず最初の部分を読んだ段階で、少女ネルを憐れに思っていたのです。ネルがキルプから機嫌の良いからかい半分のようにして結婚の予約の話をされるところなど――婚約申込みというのとはちがうので、こういう言葉を使うのですが――僕はすでにキルプに親愛の気持を持ちながら、ずいぶんひどい話だと思ったのでした。

ある日ネルが、お祖父さんの懇願の手紙を届けに来たのに対して、直接の返答はせず、キルプは少女にこんなことをいいかけるのです。――ネリー、おれのナンバー2になることをどう思うね？

ネルはなにがなにやらわからず当惑するばかりですが、キルプはさらにこう続けます。――キルプ夫人二世、になることだよ。キルプ夫人一世が死んだ際に。可愛いネル。……おれの妻になるのさ、小さな桜んぼのような頬っぺの、赤い唇の妻に。ほらね、キルプ夫人があと五年ほど生きるだけで、いや、ただの四年ほど生きるだけで、おまえはおれにちょうど良い年齢になるよ。ハ、ハ！　いい子にしてな、ネリー、とてもいい子にしてな、タワー・ヒルのキルプ夫人にいつかおまえがなれぬものかどうか、考えてみたらどうだ？

　会計事務所のなかでまさにこういう会話がとりかわされている時、そのすぐ外の「キルプ埠頭」で、いつも逆立ちを練習している、キルプの走り使いの少年と、ネルを敬愛しているキットが殴り合いをするはめになるのは、少年から、――ネルさんは汚らしい、キルプさんのいうとおりのことを、ネルさんもお祖父さんもしなければならない、と嘲弄されたからです。

　その後、ネルはタワー・ヒルの住居に連れて行かれて、お祖父さんの手紙の返事をさらに待たされる間、夫の命を受けたキルプ夫人から、お祖父さんの切迫している内情を――つまり手紙で懇願されている借金申込みが、どのような事情による必要からかを――スパイされます。キルプ夫人は、ネルよりもさらに憐れな境遇に押しこめられていながら、性格の根本に善良なところのある人で、ネルをだますようなことはしたくないと、暴君の夫におずおずと抵抗もした後でのことですが……

　結局、機敏に老人の落ち込んでいる状態を察して見切りをつけたキルプから、金を融通してもらうことはできないまま戻って来た、ネルと老人との会話にも――僕としては悪い意味をすこしもふくめていないのですが――やはりネルに端倪すべからざるところはあるように思ったのでした。不首尾に絶望した老人が、もし自分らが乞食になるようなことになったら、と嘆くのですが、それに対してネルは、――なにになったら？　乞食に？　なりましょうよ、そして幸福に暮しましょう、というのですから。

　ついに老人は傷心から熱病になってしまい、なんとか恢復した時には、キルプに借金のかたとして骨董屋の店を占拠されています。ついでキルプの口車にのせられて、賭博の秘密をバラしたのはキットだと誤解したまま、老人とネルは放浪の旅に出てしまいます。

　……このように要約してくると、ここまでですでに充分すぎるほど、キルプがじつに醜い厭なやつ・悪だくみにみちた男だとわかります。それでいて――考えてみると奇妙なことですが――僕はなんとなくそのキルプに感情移入をするふうだったのでした。それはどういうことだったか？　われながら子供じみた話ですが、すっかり自分の支配下においたと、侏儒のキルプの思い込んでいた老人とネルが、じつは二人で逃げ出して行き、後に置きざりにされてしまったことの、その辛さ・口惜しさ、というようなことを思ったからです。キルプとしては店を乗っ取った後は、住居の一部に老人たちを押し込めて、かれらの支配者として共同生活するつもりだったのですから……

　続いて――しかし最後に――一度だけ、キルプが出て行ったネルと出会いそうになるところ。それはネルが、村祭や競馬の催しを辿ってゆく芸人たちのうち、エリートとして馬車を持っている、蠟人形の見世物をやるジャーリー夫人の手伝いをしている時の話ですが、真夜中に小さい市の城門のところで、たまたまそこを通り過ぎるキルプをネルが見かけるのです。このシーンで、キルプはネルが居ることに気づかず、自分の傭っているトランク運びの少年をせきたてようと、ステッキで石畳をやたらに叩いている。この場面のキルプに、僕はすっかり同情したのでした。

ネルがあまりにも大きい恐怖をあらわして暗いものかげにひそむ様子に、キルプの方ではネルを恐がらせていると感じる喜びをあじわってはいないのだから、これは一方的な、ネルだけの心理的な出来事にすぎないと。キルプには直接の責任はないのじゃないかと……

10

この点については――もう幾度か僕らの朝早い授業がかさなってのことでしたが――、僕は忠叔父さんに質問してみたのです。この段階でも確かにキルプはネルと老人の居所をつきとめようとしてたくらみをしているのだが、しかしそれは成功せず、これ以後も実際にネルたちに危害をあたえることはない。それでいて、ディケンズはどういう意図から、暗闇に姿をかくして恐怖におののくネルが見つめるキルプ、というようなことを書くのだろうか？　僕は子供の時――つまり、ずっと幼かった時――鬼についてこれと同じ夢を見たように思うけれど……

――鬼なあ、と忠叔父さんは、髪を短く刈ってもなお縦長に見える・筋肉でコブだらけのような頭から頸をかたむけて、考え込んでからいったのでした。あの男は鬼や、あの連中は鬼やと、そいつらの影に怯えるようにして生きておる……なんというか恐ろしい夢を見る子供のような人間は、現実に案外多いんだよ。この二十世紀も終りかたの日本に……　ディケンズの小説の書き方の問題としてはね、このようにしてまでキルプの恐ろしさをネルの心にあらためてきざまねばならぬものか、わしにはよくわからぬなあ。今晩、K兄さんに聞いてみるかね？　……じつの所、わしは小説の書き方について、K兄さんと直接、話したことはないからね、一度やってみるか……

そして忠叔父さんは、あらためて、並よりずっと大きい頭をぐっと横にかしげると、

――ここのところも赤線で囲んで、それからすこし前にもさかのぼって、見ておくかねえ。K兄さんは、おそらくここのところについて詳しく話そうとするのじゃないか、と五一章のはじめの方にも赤鉛筆のしるしをつけてくれたのでした。

その夜、食事の後で酒を飲みつづけながら、実際に、父は忠叔父さんがしるしをつけ

てくれた箇所について、僕に尋ねたのです。それに僕がなんとか答えると、大人としては無邪気すぎるほど得意げな顔つきで、父は忠叔父さんの方へながし眼したものです。忠叔父さんは微笑して、マツゲの濃い眼を伏せたのでした。忠叔父さんは、よく母に、
──わしは勉強に向いておらんし、K兄さんは、こちらをいやがっておる他人にむりやり近づいて、そいつを捕まえすらする、というような仕事には向いておるまい、といっていたそうですが、ディケンズを読むというような、あきらかに勉強に類することでは、兄弟に共通点があるのじゃないかと僕は思ったものです。

──それはね、オーちゃん、と父は、その頃、じつに長時間、毎日ひとりで酒を飲んでいたのですが、忠叔父さんの滞在中は、酒の相手ができて喜んでいるらしい上機嫌で、僕の質問に答えたのでした。このシーンで確かにキルプはネルに気がつかないわけだから、キルプにとってはネルとのすれちがいという出来事は起らなかったんだよ。またネルの方にしても、ここでキルプに追い廻されるはめになって、自分の頭のなかだけで考えるのとはちがう経験をしたわけじゃないからね。つまりネルにとっても、キルプが実際に現われたかどうかは問題じゃないね。書き方によっては、このシーンでキルプがトランク運びの少年を叱りながら暗闇のなかに現われたと、そのような幻覚を見た、としただけでもいいわけだ。現代の小説ならば、とくにパロディ式に作ったものより他は、

こうした偶然の出会いということは書かないね。むしろ怯えて夢想した、というかたちにすると思うね。

しかも、実際に起ったことと、夢想したことの関係をいうならば、それについてはディケンズ自身がちゃんと書いてもいるんだよ。もすこし先にいったところにね、旅に出てからずっと賭博する機会のなかった老人が、たまたま通りかかった宿屋で賭けをやってる連中にひっかかって、あるいは自分からひっかかるようにしてというかね、ネルの持っていたあり金すべてスッてしまうシーンがある。その際の、賭けに夢中になっている老人の奇怪さが、ネルの眼にもうつってくる、というふうに書いてあったと思うけれどね。すぐ後で、暗いなかで眠っているネルの部屋にしのびこんで、匿しておいた最後の金まで盗んで行った者がいる。勇敢なネルがあとをつけて見ると、自分の部屋に戻ったお祖父さんが、その金を熱心に数えている、というわけだ。さらにその後で、ここはとくに不思議な印象のあるところだけれどもね、ネルが惧れるわけなんだよ、お祖父さんが、あとにいくらか金を残したかもしれないと、も一度戻って来たらどうしようかと……

そこで僕は、忠叔父さんと父がそれぞれに示す、先にいった子供じみている満足の表情を見てとりながら——そのような自分をアンフェアにも感じながら——さきに忠叔父さんにあたっておくようにいわれた部分を読みあげたのでした。“She sat and listened. Hark! A footstep on the stairs, and now the door was slowly opening. It was but imagination, yet imagination had all the terrors of reality; nay, it was worse, for the reality would have come and gone, and there an end, but in imagination it was always coming, and never went away.”

《彼女は座って聞き耳をたてました。聞こえる！　階段に足音が、そしてもうドアはゆっくり開きつつありました。それは想像にすぎません。しかし想像が現実のすべての恐ろしさをそなえていたのです。いや、もっと悪かったのでした。なぜなら、現実ならばやって来れば行ってしまいます。そして終りがあります。しかし想像では、それはつねにやって来つつあり、決して過ぎさってしまわないのでした。》

——つまりな、オーちゃん、作家というものはこういうふうにね、現実《リアリティー》よりも強い想像《イマジネーション》を書いているものなんだよ。そしてその想像《イマジネーション》というのは、ここで表面に出ているのは小説の作中人物の、ネルの想像《イマジネーション》だけれどもね、一般的には、読み手の、つまりきみの想像《イマジネーション》なんだね。それに向けて書いているわけだ。暗がりにひそんで見るキルプに対して、恐怖しているネルにとっては、キルプはいる。しかしキルプの方ではネルを意識しない。つまりネルとの関係でのかれ自身は、存在しないと同じだけれどもね、ネルの背後によりそって立っているような、書き手のディケンズと読み手のきみの想像《イマジネーション》には、キルプはやはり実在しているわけなんだ。そういうことだよ、オーちゃん。

11

忠叔父さんは、例の頭をかしげた恰好で——しかし、それは父の話が不審なというのじゃなく、むしろ、よくわかった・感心した、と直接の聞き手の僕に先だって認めている恰好であるように思われたのでした——テーブルの、もうウイスキーを飲んでしまったグラスを指でさわって楽しんでいるふうでした。それでいてなんとなく僕には、そのときの忠叔父さんが、こういうふうにいいたいのを、忍耐づよく黙っているのじゃないか、という気がしたのです。——K兄さん、それでもね、想像《イマジネーション》より強い現実《リアリティー》というものも、わしの経験ではあるんだがな……

それというのも、僕はまったく偶然のことから、忠叔父さんの現実《リアリティー》の生活の、ひとつの場面を見ていたからです。出来事の背後の事情はわからず、むしろそれだけさらに僕としては驚き、およそ僕や父の生活には起りそうにない出来事だと、胸をギリギリやられる具合にして思ったものなのでした……　父にはそれを話さなかったのですが、しかし、僕がその場面から受けた印象は、『骨董屋』についての父の説明を原理とすれば、応用問題をとくように、納得されるものでもありました。僕は――自分として信じていたかぎり――忠叔父さんが気がつかないものかげに居るようにして、忠叔父さんのあるふるまいを見ていたのです。ネルがキルプを見かけたような仕方で。そしてふるまいの現実《リアリティー》の意味がはっきりしないまま、それについての僕の想像《イマジネーション》は、まったく大きいふくらみようだったのでした。

僕が見た場面は、こういうものです。その週の月曜日のことでしたが、僕は進学塾に出て、夜の十時すぎに小田急線の成城学園前駅まで帰ってきました。そしてフォームから階段を上った改札口の外側に、もうしまっている定期券売場を背にして、忠叔父さんが立っているのを見かけたのです。理由もなく、僕はやはり帰宅の遅くなった忠叔父さんが待っていてくれたのだと考えて――たまたまその日の塾で、英語担当の東大生が使った言葉でしたが――overjoy の状態になりました。僕と同じ新宿からの急行から降りて来た、たいてい酔っている人たちの間をすりぬけて、急いで改札口を出ようとした僕は、しかしそこを無事通過することができませんでした。自分の鞄が、こみあっている人の間でコングラカルふうになったのです。僕が学校へ持って行く鞄自体かなり大きいのですが、塾のある日は、これまでのテストの答案もテキストとひっくるめて全部つめてある、予備のバッグが加わります。朝、学校へ出る際に、塾のその日その日の学課に必要なものをあたる余裕はないので、なにもかも入れておくわけです。こういう嵩ばるものを肩にかけていたものですから、人ごみにからみつかれる・からみつくふうになり、そのまま半回転して改札口に進み、狭いところで動きがとれないことになったわけです。ひともんちゃくあって、泳ぐようにして改札口を出て、いつのまにかよそのサラリーマンが持っていてくれた塾用のバッグを受けとり、恐縮しているむねを態度で示しました。声に出さなかったのは、忠叔父さんに聞かれるかと思ったからです。

さて忠叔父さんに見られなければ良かったがと、定期券売場の方を見ると、忠叔父さんは、僕には年齢の見当のつかない――十五、六歳から四十歳までの――、不思議なような美しさの女の人とむかいあって、例のとおり大きい頭を横にかしげて、それは女の人が小柄であるせいもあったでしょうが、なにかいうのを聞いてやっているのでした。そのふたりの間柄が、僕には本当に特別な、つまり常識的な分類を越えたもののように見えたのです。動いている人垣ごしにチラッと見て、尊敬の念をよびさまされるような、しんみりした、生真面目な人間関係、という気がしたわけです。そして僕は自分の嵩ばる鞄が改札口でコングラカッタために、忠叔父さんがその女の人と出会う直前に声をかける、というようなへまをやらなくてよかったと、実際、胸をなでおろしたわけです。そのまま人の動きにしたがって階段を降りて行こうとしたのでしたが、なにかもうひとつひっかかる感じが、その改札口を出たところから定期券売場を見ている、自分の視野のなかにあったような気がしました。オリエンテーリングで、ポストの位置が一応見当ついたところで、さらにそこから次へのコースをあたるように目くばりしながら、当のポストへ近づいてゆく。そういう時、先には眼につかなかった段差とか藪とかが不意に出て来る、その気にかかる予感、という具合でした。そこで僕は人ごみの移動する勢いに少し遅れながら進んでいたと思います。

　忠叔父さんが急に動きを起して、なにか大切な動物の仔でもあつかうように、女の人の肩から背を庇護する仕方で、階段を降りて行く。その二、三歩後を、これは和製ギャング映画のヤクザ風とでもいうか、黒い背広にやはり黒いソフトの、肩幅からなにから広く・太い大男が、もの凄いガニマタで、しかも柔軟に腰をくねらすようにしてついて行く。これが日頃、自分とはまったく無関係なこととして眼の前に展開したら、僕は大笑いしてしまっただろうと思います。それほど映画そのものだったのですが、大男はあきらかに、忠叔父さんと女の人を尾行しているのでした。僕は実際アセッテしまい、階段の下の交番に駈け込もうかと思ったくらいです。しかし忠叔父さんは刑事なのだからと、頭のなかだけでグルグルやっていました。

階段を降りて駅を出たところで左へ曲り——右が交番——駅前の通りとしてはいくぶん暗いところを十メートルほど進むと、タクシー乗場があります。四、五人行列していましたが、タクシーは次つぎに来て、すぐ忠叔父さんたちの番になり、女の人が乗り込むと、忠叔父さんは続いて乗るのかと思えるように身体を屈め、しかし乗らないでなにか渡してやりました。それを小さな白い手で受けとる女の人の様子の、やはり不思議な柔順さの印象は、その後たびたび僕の想像《イマジネーション》の中心に戻って来たものです……

12

忠叔父さんが、閉まる自動ドアに力をつけてやるようにして、そのまま女の人を乗せたタクシーが走り出す。面くらったふうな大男が、自分もタクシーをつかまえようと、ちょっと脇を向くようにして忠叔父さんのすぐ隣に立った、その時でした。女の人を見送って、歩き出そうとしていた忠叔父さんが、大男の肩に親しい友達のような仕方で腕を廻して、そいつが続いてのタクシーに乗り込むのをさえぎったのです。そこへ駈けるようにしてやってきた女性に、忠叔父さんはきわめて慇懃な身ぶりをして、タクシーをゆずったのでした。

その間も、大男の肩に廻している腕には力がこもっていることがあきらかでした。さきに女の人を優しく庇護していた腕も、強い力を内蔵した腕ではあったわけですが、いまや岩と岩とがガッキと組み合ったふうに、ふたりの大男が肩を押しつけあい、片方はもういっぽうの肩を抱き、片方は相手の首筋にかけた手で押し離そうとしているのでした。そのようなかれらを不審がるようにしながら、それでも次つぎに人びとがタクシーで出て行き、そして女の人のタクシーが踏切へ向けて左折する曲り角から見えなくなってしばらくたつと、忠叔父さんは、黒服の大男の肩に廻していた腕をあっさりほどきました。

そのまま歩き出す忠叔父さんを、一、二歩追いすがるようにして、大男がなにか呼びかけましたが、忠叔父さんはそれを無視して、僕の家の方角へゆったりした歩調で去って行く。僕はハーハーいう自分の呼吸の音が聞えるくらい昂奮して、暗がりのなかに立っていたわけです。その僕の脇を、タクシーに乗ることをやめた大男が、黒いソフトの下の、いまの力仕事でベソをかいた子供のように紅潮している顔をあおむけ、駅の方へ引きかえしてゆきました。それからやっと僕は、忠叔父さんとは別のコースを辿って、しかし家の傍の曲り角ではなんとかバッタリ出会えるように計算して、歩いて行ったのでした……

僕がこの夜、駅と駅前での場面を見たことを、忠叔父さんが気づかぬようにするために、それを見たことで心に湧き起っている愉快な・誇らしいような気分を表に出さぬよう、いかに苦心したか？　いかに憂い顔をしているようにふるまおうと努力したか？　それは僕が、これまでの生涯で経験しなかったほどのことのような気がします。母は夕食のあとまったく謎につつまれたような様子で――しかしそれ自体がなにもかも見とおしてしまう、いつもの慧眼と感じられたのですが――僕の頭から足の先まで見廻すようにし、僕は一応、得意の横眼で冷然と母を見かえしたわけですが、

――オーちゃんは、なにかよほど嬉しいことがあって、しかもそれを私たちみんなに隠しておきたい様子ねえ、と嘆息するようにいったのでした。

忠叔父さんは、そうした僕と母親とのやりとりに、自分自身が原因をなしていることなど、気を廻してみる性格ではないように思います。とりわけこの夜はひとり黙もくと考えるようにして食事をしていました。そこで僕はつまりあの女性のことを――後で思い出してみると、じつにきれいに能率よく・しっかり歩く、タクシーに乗り込む際も片

足にバランスよく身体の重みをかけ、かつはなめらかに重力を移動させて座席につく点で十四、五歳のようであり、タクシーの内部の明りに浮び上った手つきは四十歳のようだった女性のことを——考えているのだと推測していたのですが……

食事ということでいえば、母はたとえば父がトンカツを食べる場合、皿の主体としてのトンカツは食べるけれども、そこについているキャベツ・キュウリ・トマトの類は大方残してしまうのに対して、忠叔父さんがあきらかにかざりとしてつけられているものより他は、全部食べてしまうのに感心していました。実際、忠叔父さんはひとつまみのパセリにしても、——ウン⁉ と見さだめて、それが実際に食べる側の野菜としてつけあわせられているのかどうか、判断しようとするのでした。忠叔父さんに、僕の母の前での緊張があり、意識的に食事の席で礼儀正しくふるまおう、というつもりがあったのだとしても、それは徹底した態度でした。

この夜の忠叔父さんは、たまたま父が留守であったこともあり、母はビールを準備していましたが、栓はぬかず、考え込みながら着実に進める食事を終えると、真夜中の庭へ出て、暗いなかから強い呼吸の音だけが聞える、必要にして充分という印象の体操をしました。そしてシャワーを浴びて寝室へと、つまり僕の部屋へと引き揚げて行きました。やはり駅であった出来事の昂奮のなごりが、黙って考え込みながら食事をしていた際よりほかでは、押えようとしても忠叔父さんの行動の全体を活気づけているふうであったのです。

僕も忠叔父さんとおなじく──あるいは、それに輪をかけた具合に──元気よく、父の書庫の自分の寝場所へ向ったわけです。リノリウムの床のマットレスと蒲団に横たわっても、頭はジンジン鳴って眠れそうになく、そのうち駅で忠叔父さんを見かけた際湧き起った overjoy という言葉が、塾での授業のみならず、忠叔父さんと読んでいるディケンズの小説にも使われていたことを思い出しました。そこで蒲団のなかでゴソゴソとペンギン・クラシックス版のページをくっている間に、試験の折のにわか勉強の雰囲気がよみがえってきて、そうなるとかえってなんなく眠りこんでしまった、という次第でした。

13

翌朝のディケンズの授業で、僕は自分があいまいに覚えているが、はっきりここにあると本のなかで探りあてることはできなかった overjoy という単語のことを、忠叔父さんに話しました。質問する、というところまで気持がはっきりしていたのじゃなく、場所が確定できたとしてもわざわざその単語のところまで戻って、その朝の授業のルーティーンをみだす、ということは望んでいなかったのでもありました。しかし忠叔父さんは、すぐさま正確に反応してくれたのです。

——キルプがネルのお祖父さんを、金を貸す・貸さぬの駆引きで追いつめて、ついには病気にさせてしまった。熱は出るし、譫妄状態にはおちいるしで、生命の危険さえある。そういうところに、債権者としてキルプが乗り込んでね、これはのちに重要な役割をするんだけども、法律顧問と称する弁護士と一緒に、閉ざした骨董屋の back parlour に陣どっている。それは店の仕組でいって、客が入って来るところからもうひとつ奥の、事務室兼応接間というところらしい。古い映画で、こういう部屋を見たことがあるよ。ネルが夜のロンドンで道を聞いて、一緒に歩いてくれた親切な老人とお祖父さんを、最初に引き合せた部屋だね……

よく考えてものをいう準備過程のようにして、忠叔父さんはテキストをめくりながら、まずこういいました。それは生徒の僕がこれまで読んできた部分を正確に覚えているかどうか、復習させる意図とともに、back parlour という言葉を記憶させるためでもあったはずです。忠叔父さんは骨惜しみしない教師なのです。続いて忠叔父さんは、さきの話をしていた間も頭にははっきりあったのらしい問題の箇所を、僕に示して続けたのでした。

——挿絵にもあるけれども、キルプがプカプカ煙草をふかしてね、卑屈な法律顧問に煙をかける、そいつが厭がって煙を払いのけたりする。それを見て大満足で、というところにね、キルプは quite overjoyed だったとあるよ、一三九ページ。そこには、これが熱病を近づけぬやり方だ、This is the way to keep off fever というふうにも、to keep off every calamity of life ともあるからね、衛生状態が悪かったロンドンで、キルプのような侏儒《こびと》の、肉体的に弱者で自衛本能も強かったはずの人物にはね、老人のかかっている熱病が異様に恐かった、ということやないかなあ、これほど熱心に煙草をふかすのは。

僕は忠叔父さんがキルプに同情しているように感じたので——自分だけがキルプに共感しているわけじゃないのかと——つい眼をパチクリしたんだと思います。そこを的確にとらえて、忠叔父さんはこういったのでした。

——ネルと老人が、朝早く黙って骨董屋から出て行ってしまうと、キルプがひどく動揺するね。あの老人が、親密な友人の自分になにもいわずに出て行くのはおかしいと……　しかし気をとりなおして、老人がすぐにもネルに命じて手紙を書かせるだろうと、希望的観測をする。続いて、かれの脇で話を聞いている者も、読んでいるものも、びっくりするようなことをいいだすわけだね。Nelly's very fond of me. Pretty Nell! わし《かい》はここを読むたびに、キルプをなにやら憐れに感じるよ。かれを惧れて出て行った老人やネルよりももっと、なんというか……

　それから忠叔父さんは、ちょっとまばゆいふうな眼つきをして僕を見ると——それまではずっとテキストに顔を向けて説明していたわけです——、今度は僕の胸のうちにあるものとはすっかり食いちがう問いかけをしてきたのでした。

　——オーちゃんよ、わし《かい》のことをな、昨日の晩から今朝と、overjoy の、というふうに感じたのじゃないかね？……わし《かい》のように永い間、こういう職業についておるとね、その関係でつきあうたいていの人間には厭がられておるのに、そのうちのある特定の人間に好意をつくしたい、と思うことがあるのやね。それで、わし《かい》が、キルプのように惨めな思いこみまでするとはいわんけれどもな。しかしそういう相手からかならずしも嫌われておらんで、必要な際に、頼りにさえされておるとわかれば、嬉しいからね。それでわし《かい》が overjoy というふうやったかと思ってね。

　——いや、そういうことはありません。……どちらかといえば、こちらが overjoy だったので、と僕はガクンとうつむき、自分の顔が他愛なく微笑してしまうのを匿しながらいったのでした。

14

この朝の忠叔父さんがoverjoyだった、とは思いませんが、いつになくよくしゃべったことは確かです。そしてあらためて僕が、忠叔父さんに良い感情を持つようだったのは、いったん自分のことを話すとなると、とても率直だったからでした。これは一応、息子という立場からの感じをいうのですが、父の場合、僕にたいしてよくしゃべるけれども、しかしたいてい率直にではない、という気がしています。

ともかく夜中の駅前の出来事の女の人が、忠叔父さんにとって、おそらく職業の上での永年の知り合いで、しかも個人的に好意を持ちあっている間柄らしい、ということはよくわかったのでした。そしてとくに女の人の側から見て、あのタテ・ヨコともに厚みも幅もあるデカいヤクザの肩を抱きかかえて動けぬようにする、腕力と勇気を持った忠叔父さんを、頼りにせぬはずはないと思ったのです。

あわせて僕には、あの女の人が、ずっと以前の写真のようで、子供みたいな感じに写っていたけれども、忠叔父さんの手帳にはさまれていた写真の人物であることも確かだと感じられていました。

そのうち僕は、あの女の人のこと・写真の娘さんのことを、忠叔父さん自身の口から聞き出すことになったのです。それも、ディケンズの勉強をしながら、その過程でということでしたから、申し分のない進み行きだったのでした。

老人とネルはロンドンから脱出して田舎の道を辿るうち、教会の地所内で夜を過そうとして、「パンチとジュディ劇」の巡回見世物師に出会います。例の註釈を読むと、イタリアのコメディア・デラルテ劇のプルチネッラという人物から来た、パンチを主役にする人形劇、ということでした。忠叔父さんは、――K兄さんの友達に文化人類学者で「パンチとジュディ劇」のことを書いた人がいるから、K兄さんに相談して書庫を探してみたらいい、といいましたが、僕としては、ディケンズの本にある挿絵だけで一応話は了解できたと考え、父には話しませんでした。毎朝の忠叔父さんの授業を、忠叔父さんと自分だけのものにして、たとえ父にしても、他の人間はできるだけそこに介入させたくない、という気持が働いていたわけでした。

さてペンギン・クラシックス版の挿絵では、墓石の間の草地に腰をおろした見世物師二人組が、人形劇の小道具や人形自体の修理をしています。バラバラになった絞首台を紐で縛りなおしたり、本文に「過激な隣人」と説明してある人形の、ツルツルの頭に鬘《かつら》を鋲で打ちつけたりしています。ずいぶん荒っぽい・過激な劇が、上演されるのでしょう。

見世物師たちと道連れになって、あらためて街道に出たネルと老人は、身長ほどもある竹馬に乗ったふたりと——足の踵《かかと》とつま先を固定する仕組らしいのですが——、こちらは自分の足で地面に立っている、ドラムを背負ったひとりの一座に出会います。道しるべが四つの道をさしている下で出会い——もちろんその一方は、ロンドンです——、お互いにそこに向おうとしている草競馬の催しの場所をめぐって、情報を短く交換し、そのまま別れる。道を照らす月を頼りに、竹馬で先を急ぐ芸人たちのドラムの音に、「パンチとジュディ劇」の見世物師のひとりがトランペットで別れの挨拶を送るしめくくりなど、美しい情景だと僕は思いました。

月の光に照らされた道端でそれを聞いている老人とネルの脇に、自分も立っているような、感情移入をしていたのだと思います。

15

この場面をはじめ、僕はネルと老人が放浪の旅に出てからの展開を楽しんでいたのですが、それにもかかわらず、思いつきの批評をして、忠叔父さんの忍耐強い反論を引き出すことにもなったのでした。こういう自分の態度を、僕自身、いつか父に批判された言葉を受け入れて、「線香花火式」と呼ぶことがあります。――おれは、また「線香花火式」をやってるな！　というふうに。線香花火が勢いよく噴出する段階を終って、煮えたつような柔らかさの火玉がジュージューいっている。それから無闇やたらに方向を選ばず火花を出す。あれ式に、思ったことはなんでもいってしまうようなところが自分にあるからです。一応、なまいきな年齢であるとしても……

――こういうふうに街道を放浪して行くと、都合よく見世物師やサーカス芸人の連中と出会って、知り合いになるのはね、面白いけれども、うまくゆきすぎるのじゃないかなあ？　父ならば、ディケンズの小説はこういうものだ、というと思いますけど……

――ディケンズの仕事でもはじめの方の、『ニコラス・ニックルビー』では、主人公の青年が旅役者の仲間になるよ。当時、街道を徒歩で旅している連中といえば、やはり草競馬が開かれる村から村へ、旅して歩く芸人というようなことやったのやろう。だから定住していた場所を離れて、いったん道路の上の生活をすることになれば、それまでは出会うことのなかった、芸人のような連中や、犯罪者めいた連中と知り合ってしまうわけだね。この場合、はじめはネルがよく知恵を働かせて、妙に親切すぎるかと思うと密告もしかねない、見世物師との同行の旅からは脱け出すわけやけど……実際、この時代に、つまり一八二〇年代から三〇年代という頃に、ロンドンから地方へ通じる街道を、老人と少女が放浪するということは、それこそ狼たちのなかに裸でほうり出される感じやったろうね。そこを生き延びるには、いろいろな知恵が必要だったにちがいないよ。その点、ネルはオリバー・ツイストのように悪党の仲間に引っぱりこまれなかったし、デイヴィッド・コッパーフィールドのように、置引の餌食にもならないでね。お祖父さんがジプシーのテントの悪党にそそのかされて、蠟人形館の馬車から金を盗みそうになるのも未然にふせぐし、たいした子供やねえ。……しかし、これに近いことは、この国でも現にあることなんだがな。

——本当ですか？　と僕はまったく年齢相応のスットンキョーな声を出したのでした。

——まるっきりこのとおり、ということやないが、と忠叔父さんは困った様子を正直にあらわしました。しかしこの人が、そうしたことを実際的な根拠なしにいうはずはないのでした。日本にも、旅芸人が集まったような小規模のサーカスは活動しているんだよ。東京周辺ならば、大きいサーカスが来ても、遊園地のなかにテントを張ってやるから、目立たないよ。しかし地方では、県庁や市庁裏の広場にテントを張ったりするのでね。町中の人間がサーカスに関心をひかれずにおられない。なんらかの事情で家出した人間が、夜遅く、テントが風にバタバタ鳴っておる所へやって来て、親切な連中に世話をしてもろうたもので、仲間に入って働き始める、ということもあるよ。……わしは、そのようにしてサーカスで働いておった人を知っておるから…… それでは次の章に入ろうか？ "Jolly Sandboys"という名前についておる註は見たね？ こういう街道脇の宿屋と、それから教会の施設が、イギリスのこの時代の、田舎を旅してまわる連中の拠点だった様子やね。昔の日本にもこういうところはあったと思うよ。木賃宿とお寺と……

16

宿屋"Jolly Sandboys" 僕は自分が使っている辞書をひいて、ひどく陽気な、という意味の as jolly as a sand boy という成句があるのを見つけていました。そのあと父の書斎のＳＯＤで、a boy who hawks s. for sale という、この言葉自体の説明も見ていました。砂を売る少年ならば、売り声を大きくあげるだろうから、つまりはヤックソの大声にしても、陽気に聞こえるのだろうと、さきの成句のことを当て推量していたのでしたが…… 註には、こういうことが書いてありました。「砂は、液体を吸いとらせるため床に撒く用途で、また鳥籠用に、掃除用品として売られた。比喩的にいって、砂売り少年《サンド・ボーイ》たちは幸福な人びとだが、一八四〇年には実際かれらはそのとおりだっただろう。当時、かれらは2½トンの荷を3シリング6ペンスで買い入れ、ひと朝の商いで6ポンドから7ポンド稼ぐことができた。この世紀のうち、酒屋、肉屋、宿屋というようなところでオガ屑が床に使われ始め、一八五一年までには、当の業者たちもまったく幸福でなくなっていた。」

忠叔父さんがとくにこの註のことを尋ねたのは、僕が初心を失わず註をずっと見ているかどうか確かめる、ということもあったでしょう。またそれに加えて、僕が一応表面は陽気な少年式の人間なので、それを悪意なくからかうというつもりがあったかも知れません。この悪意なくからかうといういい方は、父が時どき僕を怒らせては、いや自分としては……と弁解することから出て来た、家での慣用句です。しかし忠叔父さんのこうした軽い冗談は、父の場合とちがって、気持良いものとしてこちらに伝わって来たのでした。

"Jolly Sandboys" という宿屋には、さきにいったとおり草競馬の催しをめあてに移動している、サーカスの芸人たちが泊りあわせています。オルガンを弾いたり・踊ったりする、衣裳をつけた犬を演し物にする人や、腕も足もない婦人。興行者のひとりは、今年は大男を連れていないのかと尋ねられて、じつは大男の足が弱くなって、と説明します。こういう商売の人間にとって、年とった大男というものは、もう売り物にならないのですが、負担でも見棄てず、一応本拠のような場所で保護しています。それというのも、年をとった大男を手離してしまうと、かれらが町を出歩くため、大男の稀少価値がなくなるからです。そこでサーカスの本拠にとどめているわけですが、そのようにして生活させている、もう興行には出せない大男を侏儒たちの給仕に使うと、サービスが遅いために侏儒からピンで突つかれてしまう……　そういう気が滅入るような話が、宿屋の食卓ではかわされるのです。

——半分は道路の上で暮すような、きみのいう "on the road" の芸人やら物売りやらが（と忠叔父さんがいったのは、この朝僕が、書庫のすぐ眼につくところに『道路の上で《オン・ザ・ロード》』

という本があった、とわれながら要らざることをいったのに、真面目な応対をしてくれたわけでした。忠叔父さんは、書棚のなかで寝起きしてみれば、いろんな本を見ることになるなあ、と同情する様子でもあったのです）、自分らだけで固まって、テントとかバラック立ての宿舎とかで暮している分には、あまり問題はないがなあ。興行や商売のあたりはずれはあっても、それは毎日の生活の一部やから……それでおって、こういう宿屋にタマに泊ると、いろいろあるわけやね。外部の人間と直接接触することになるので、ネルのお祖父さんの老人のように、賭博に引きずりこまれる場合もあるし、ネル自身のように、盗人に狙われる心配もしなければならないわけだ。……それは、いま、この国でもあることで、つまりその点でわしらと関係してくるのやね。

こういわれてみると、僕は忠叔父さんに、もっといま、この国でのことを尋ねても悪くないのじゃないか、と思ったわけです。一応ディケンズの勉強より他のことは、忠叔父さんに要らざることを口に出すまい、ということを原則にしてきたのでしたが……しかし朝の授業の時間は辛抱して、その上でというふうにも、僕は心を決めていました。

17

父によると、僕がオリエンテーリング部の活動を中心に、学校で学んだ一番良いことは、スタスタ素早く、柔軟・確実に歩く技術。それというのも、父は高校の初めにかかった自意識過剰の病気によって、どういうものか(!?)人間の歩行の自然なかたちは、爪先を踝より先に着地させることだ、と奇怪な歩き方を始めた前歴があるからです。母と知り合って以後も、しばらくは、その痕跡を残していたそうです。さて、こういうことをいったのは、一応訓練してムラをなくした僕の歩き方では、駅まで十一分三十秒かかる、ということを示したかったからです。忠叔父さんは、柔道をやった人というよりは、アメリカン・フットボールの防具をつけたような肩から胸の恰好で、ノシノシと歩き、楽らくと僕に歩調を合せるので、その朝もいつもの時間で駅に着くはずなのでした。そこで僕は、まず家を出てから三分経過するのを待って、朝食の間に幾度も頭のなかで準備した質問を切り出したわけです。

——忠叔父さんは、サーカスの人と関係を持ったことがあるんですか? 職務上のことにしても……

忠叔父さんは黒ぐろと油でなでつけた大きい頭を、そして青あおと剃りあとあざやかな長い顔を斜めにして、僕を覗き込みました。その眼が、むかいあってディケンズを読む時とも、父や、とくに母の前でなんとなくかしこまっている折ともちがう、深ぶかと穏やかに感情が滲んでいるような眼だったので、僕はギクリとしました。

——四国のサーカスで、はじめ一輪車のチームで出ていて、それから竹のブランコにも……まっすぐな竹を両端で吊ったブランコにも乗るようになった娘さんを知っとるなあ。それも、まだ中学一年生ほどの時から……、と忠叔父さんは現に当の娘さんのことを考えつづけていたために、そうした眼をしているのだと、種明かしするようだったのです。

——……中学一年生ならば、サーカスが巡業して行く場所、場所で転校しては、サーカスの芸をやっていたんですね？　姉が公立の小学校に行っていた時、四年で転校して来たサーカスの女の子と友達になって、家に連れて来たことがありました。その子がなにか特別なことをするかと、僕は好奇心を働かせていましたけど、普通に遊んでいました。

——そうやろうね、もう一輪車に乗る練習をしておったとしても、自転車がなければどうしようもないものなあ。

忠叔父さんはそういってから、頭をまっすぐにして肩と胸を揺さぶり、ズンズン歩きながら、それこそ率直な・思わせぶりなところのないやり方で打明け話を始めたのです。

――もう十幾年も前の、ずいぶん昔の話やけれどもな。わしが勤務しておった宇和島に、サーカスが来たんやなあ。祭には闘牛もやる市営競技場で、そこにテントを張ってね。サーカスの興行自体には問題がないのやがな、芸人はもちろん、裏方や営業や、みんなで大テントの裏に小さいテント村を建てて生活していてね。そこへ厭がらせをするやつがおって、まだ新米の警官のわしがパトロールした。そのうちまだ中学一年の一輪車の芸人と知りおうた。サーカスが始まる際のパレードに、一座の女の連中がいっせいに出て来る、その時、派手な扮装で一輪車に乗って出るだけやったけれども、最初のうちは……　百恵さんという芸人でね。

――百恵さん……

――そう、アイドル歌手の百恵さんに眼や口許が似ておるというので、芸名にした様子だったよ。まあ、こういう名前のサーカスの子供の実際を、オーちゃんが見れば笑うかも知れんけれども、それなりに似たところはあるのやね……

忠叔父さんが思い出にふけるような、ある天真爛漫さをこめてそういったので、僕の方でも警戒心を失くして、のんびりした相槌を打っていました。

——僕が森のなかへ遊びに行った時、忠叔父さんが川原にテントをかけて、ナマズをとってくれたでしょう？　あの頃、忠叔父さんは宇和島に勤務していられると、フサ叔母さんがいってられました。

——そうやったなあ、当時の話だよ、現にテントはサーカス村の予備の分を、団長さんに借りて行ったのやから。あの夏、わしはオーちゃんにも百恵さんにも、初めて会ったんやね。

18

——そして、オーちゃんはいま高校の二年生になっているわけやものなあ。……あい変らずといえば、小田川のナマズくらいのものかね？　いまも足にハエ縄をくくりつけて流せば、鈴をリンリン鳴らしてナマズが上ってくるよ。

——サーカスの一輪車の、百恵さんは？

——……オーちゃんは、この前、駅でわしと女の人が話しておるのを見たのに、Ｋ兄さんらにはなにも話さなかったのやないかな？　わしに、それはありがたかったけれども、あの人が百恵さん。一輪車をずっとやってきたし、サーカスをやめる頃にはね、相当に高度な芸もやっていた人だよ。……斜めに張った鉄線を歩いて登って、サッと滑りおりるやつとかね。ブランコの空中飛行も練習していたなあ。

僕はドギマギして、歩いていました。家を出てからちょうど十一分のところで、駅前のL字形の大通りの、その一辺にさしかかっていましたから、通勤者の交通量が多く、車もやって来て、周りに眼配りしなければならず、お互いの顔を見かわしたりはできない状態であったのが、一応僥倖《ぎょうこう》でした。

確かに忠叔父さんは、僕のような者にも、時どき無防備な天真爛漫さに見えることがあるのですが、考えてみれば当然のことながら、永く刑事をやって来た人らしい眼配りもそなえているわけなのでした。僕にしても、オリエンテーリング部で訓練に励んで、林の葉かげにチラリと覗くポストもすぐ見つける、一応の技術ができていると考えています。あの日忠叔父さんの方ではヴェテランの刑事の眼で、急行電車を降りて改札口へやって来る、帰宅を急ぐ群のなかの僕を、見きわめていたのでした。つづいては、僕が尾行しているのにも——結果的にそうなったということですが——気がついていながら、それをこちらには感じとらせぬ仕方で、あの和製ギャング映画風の人物を始末し、女の人を——もとサーカス団員の（！）百恵さんを——どういう事情かはわかりませんが、とにかく守ってやったのでした。

しかも今度は僕が、忠叔父さんの秘密を目撃してしまったという気分で、あれこれ心理的なジグザグ・コースを辿るかも知れないと、それを防ぐために、このあたりで手のうちをあきらかにし、気分として明るい場所へ引っぱり出してくれたのだと思います。僕は「暢気坊主」と家族でいわれています。自分でも一応、そういう人間だと認めもしますが、しかしたとえばオリエンテーリングで、ポストのつながりを見失ってしまうと、多摩自然動物公園のコースの場合のように、なんだか妙にしつこく迷ってしまう。それも友達が不思議がって結局そのせいにする、自分の性格だろうと思っています。

この朝、僕は、改札口からずっと、忠叔父さんに一歩後をついて行くかたちで電車に乗り、ラッシュとは逆行する方向の登戸までも、またそれから混んで来る立川行きの南武線でも、並んで吊り皮にぶらさがりながら、なにも話しませんでした。大きい頭を斜めにして窓の向うを眺めている忠叔父さんは、鬱屈しているようにも感じたのですが、いくつかの乗換駅で乗客がワッと入って来るたび、脇に立っている女子高校生たちを保護して、壁のように直立している上体にグッと力をこめるのがわかります。このようにして忠叔父さんは、百恵さんのためにも力になってあげたのだろうと思いました。

19

僕は電車の窓の向うに、一応開発された——四国の森のなかで育って、丘陵や林の風景に敏感な父によると、単に破壊されたよりもっと悪い——遠方の稜線を眺めていました。そのうち高台の平べったい場所に、銀色に輝くポールと、貧弱な赤色の大テントが、それもはっきり天蓋と風にバタバタする側幕と、そしてテントを固定するポールからの鉄線まで、一挙に眼に入ったのです。それは昨日まではなかったはず。サーカスがやって来るのか、という気持が、かつて経験した覚えのない強い関心になって、僕をその眺めにひきつけたのでした……

さらに大テントのなかを、一輪車に乗って黄やピンクのフリルのついたサーカス衣裳の百恵さんが走り廻る光景まで見えて来るように感じたのですから、忠叔父さんのいったことにやはり僕はずいぶん影響されていたのだと思います。ずっと気にかかっていたことが解決して、それこそ overjoy でもあったわけですが……　そして一輪車の百恵さんの顔だちもはっきり見えるような気がしたのは、つまり忠叔父さんが、控えめに、遠慮しながらのようにしていった――本物に似ているところがあって、という言葉に誘導されていたのでした。忠叔父さんの手帳からのぞいていた女の子の写真と、この間、駅でチラリと見ただけの女性の顔には、もうあいまいな記憶しかなかったのですから。

　つまり僕が、妙に平べったい遠方の高台の、建設中のサーカス・テントらしいもののなかに透視するようだった、一輪車に黄とピンクのフリルの衣裳の百恵さんは、もしかしたらテレヴィの深夜映画で見かけた本物のアイドルの記憶が顔を出していたのだったかも知れません。それでもチラリと僕が隣をうかがうと、やはり高台の褪せた色のテントを忠叔父さんがじっと眺めているので、自分らは一輪車のサーカス少女の同じ幻影を見ているのかとも思いました。そのうち僕の幻影には、挿絵のネルの顔がまじって来て、学校についてからノートの端にそれを落書きしてみると、それはまったく日本化されたネルそのものでした。

　夏休をひかえて、オリエンテーリング部合宿への参加希望者を、同じノートに記入してまわったものですから、部室でそれを覗きこんだ友達が、こういうふうなことをいったものです。

　――どうしたんだ⁉　徹底的にレトロじゃないか、オーちゃん、七〇年代⁉

20

この日は学期の最後の日で、一応主将である僕は、さきの合宿の手配はじめ、夏休の期間にある大会に出場するメンバーの確認・調整に忙しい思いをしました。信州で五日間の合宿をする計画で、安い旅館を見つけるわけですが、電話でさんざん値切って――夏場の稼ぎ時ですから、向うも強気です――人数だけ予約します。そこへ幾人か不参加者があるとする。その際参加者が割増分を払うことになります。だからといって、参加しなかった者から先払いしている予約金を全額没収という仕組にして、それにあてるとすると、かれらは同盟して、退部を申し出るかも知れません。わが校のオリエンテーリング部からは、新聞社の主催の大きい競技会で優勝したメンバーがいるし、入賞者も幾人か出て、学校のなかで注目されはじめています。しかし部自体、僕が中学部に進んだ年に、しばらく前からあった同好会が正式の部になったような次第で、歴史は浅く、基盤もまだしっかりしているとはいえないのです。僕としては、合宿の予約申込者からはガッチリ予約金をとった上で――「守銭奴」といわれています――軽い風邪をひいたり、従兄に海水浴へ誘われたりしたくらいでは、合宿をあっさり断念してしまわぬよう、念を押して廻らねばなりません――「恐怖のチェック・マン」ともいわれます――。

加えて、信州の旅館との交渉の仕上げもあります。われわれとの約束ができあがった後、なおも他校からの予約申込みが続き、せっかく一部屋四人で契約していたのを、行ってみると五人ないし六人、ひとつの部屋につめこまれることになってはかないません。一応、僕としてはにぎやかで面白いと思っても、たいてい幾人か権利に敏感な生徒がいるもので、主将の責任を追及するということになり、別棟のはずれに割りあてられている自分らの部屋と帳場の間を、僕が行ったり来たりすることになるわけです――「妄執の交渉人」とさえいわれています――。

合宿が終る五日目の朝には、費用を節約するため、いったん旅館を引き払ってから、半日かけて部内競技会をやります。その際、天候が崩れれば、コースの前後、雨宿りしなければなりません。旅館が貸自転車屋もやっていますから、その建物を使わせてもらうよう、あらかじめ電話で念を押しておくことが必要です。先輩たちがずっとおなじ旅館を利用してきたので――交渉の紆《う》余《よ》曲折は毎年あるわけですが――そうしたこと全部が、大体は手順としてきまっているのです。

もちろんこの日も、放課後の練習は学期のしめくくりとしてしっかりやるし、反省会もやったので、家に帰るのは遅くなりました。十時過ぎになってやっと戻りついてみると、父は仕事か勉強かともかく一日の分を終えて、食卓にビールを前にして座っていました。その筋むかいに座っている忠叔父さんは、すこし飲んでも短時間に切り上げる、いつものやり方のとおり、手もちぶさたなふうでした。それというのもふたりの間になにかあらたまった様子があるからで、台所で僕のために食事を作りにかかった母も、生真面目な様子です。そこで僕は、大切な話合いがあったのかも知れない、と思ったのでした。そろそろ忠叔父さんの東京滞在も終りに近づいており、兄弟で互いに挨拶しあう、ということであったのかも知れませんが……

父はかなりの時間連続してビールを飲んでいたはずで、機嫌よく、

——やあ、オーちゃん、今日はどうだい？　と声をかけて来ました。

——どうだい、といわれてもねえ、と僕としては答えた次第です。

かえって、忠叔父さんが困ったふうで、

——オーちゃんは、真面目やからね、いいかげんな受け答えができないわけだ、といいました。

——そういうことでね、と父がそれまでの話のつづきに戻る様子です。オーを、あまりはっきりとは正体のわからぬ、きみの知人のための東京での連絡係とすることに、僕

は賛成じゃないんだ。

——正体のわからぬ、とあなたが感じるのは、忠叔父さんが、その方のプライヴァシーを考えて、詳しいことをおっしゃらない、というだけでしょう？　忠叔父さんの側では、それははっきりしているはずでしょう、と母がめずらしく父をたしなめるようにいいました。

そこであいかわらず切口上みたいになりましたが、僕も一応、発言したわけです。

——どういう内容の話か知らないけどね、忠叔父さんが僕を、誰かのための連絡係にしたいといわれるなら、引受けます。僕の判断の問題だから！

21

この夜遅くまで、僕は合宿のしめくくりの部内大会のポストの位置について、先輩にもらった詳しい地形図に照らしてチェックすることをしていました。それが一応かたづいてからは、合宿に参加できない予約申込者が一名二名三名……と増えるごとに、参加メンバーの予算外負担がいくらずつ増加するか、すぐに計算できる公式を作りもしました。

そのうち僕は、もういくらか住みついた気分のある書庫の、ジュラルミンの書棚の高いところに踝を片方かけて、肩と頸すじに体重をのせながら、『骨董屋』を読んでみることにしたわけです。実際は、ただ先の方の、気にかかる・気に入ったページの挿絵と、見開きのページをすこしずつ読んでみていたにすぎないのですが、そこへギーギー軋るドアの音をたてて――つまり、書庫のドアが少し開きにくいのであれ、ノックのかわりに音を高くたてて――忠叔父さんが入って来たのです。

叔父さんは、僕としてなんということもなく防衛的配慮を働かせて、書棚の列のいちばん奥にしつらえてある寝場所の、通路からの角にゆったり身体をあらわして、こちらを覗き込みました。僕は自分の両腿の間から、忠叔父さんを見上げてしまい、あの逆立ちの得意な少年トム・スコットを真似ていると受けとられなければいい、と遅まきながら思ったのでしたが……

――オーちゃんの足は相当なものやなあ。上体には問題があると思っていたがな。きみの年齢のヤクザの実戦グループには、上体の頑丈なやつはおっても、下肢がオーちゃんのような発達具合のやつはめずらしいのじゃないか、と忠叔父さんは感慨をこめていいました。

――ご存知のように、僕はずっと部屋に閉じこもっている子供でしたから、忠叔父さんに発見していただいた時には側彎症になっていました。それで身体をきたえようとして、縄跳びとオリエンテーリングを始めたんですが、足はまあまあというところまで来たと思いますけど、上体には負荷をあたえない種類の運動ばかりだったから、やはり貧弱ですよ。

――負荷ねえ、……ヤクザ青年諸君は、あれで足には相当の負荷をあたえておるがなあ。いってみればそれにともなう、内部から補給するものが足りないのかね？　……ともかくも、ちょっと話を聞いてくれ、オーちゃん！

忠叔父さんの話は、次の内容でした。明日から夏休になってしまえば、自分のことは別に、きみにはゆっくり寝ている余裕があるわけだから、早朝のディケンズ読書会はやめることにしよう。これからは自由な時間を見て、ひとりで読み進んでくれるならば、年末に幾日か東京へ出て来るから、その際に疑問点を検討して、しめくくりをつけることもできよう。これまでもオーちゃんの『骨董屋』の読みとりを見るかぎり、自分のような tutor はいらないかも知れぬと思うほどだから。きみの愉快な特徴として時たまやる、素っ頓狂な読みちがいを別にするならば！

そこで、これからがオーちゃんへの――オリエンテーリング部の合宿で、きみが出かける間に四国へ帰ってしまう自分からの——提案だが、それはさきにK兄さんに諒解をもとめようとしたかぎりでは、渋られている。それを考えに入れ、その上できみの判断として、引き受けられるものならば、引き受けてもらいたい。この間の夜、駅でオーちゃんも自分と一緒のところを見かけた女性。百恵さんという芸名で、若い時サーカスのテントで暮していた女性が、いまこちらに夫と子供の三人で住んでいる。先方の事情から住所をあかさないでいるが、ここしばらく東京近辺を転々と移り住んでいるのらしい。その百恵さんが、どうにも行きづまってしまったという場合に、この家の、それもオーちゃんあてに、SOSの電話がかかって来るはずだ。それを松山の自分あて、可能なかぎりすみやかに伝えてもらいたい。それを契機に、自分として適当な処置を行ないたい……

なぜ百恵さんが、自分に直接電話せぬか？　とにかく彼女は、警察の職場へであれ自宅へであれ、自分に連絡するについて、過度に神経質なのだ。職場へ電話をかければ同僚に盗聴されて——もとよりそうしたことがありうるとして、の話ではあるのだが——警察の介入があるのではないか、と恐れている。彼女としては、自分個人に助力をもとめたいのだから。だからといって自宅には、当面の彼女の敵がやはり罠を仕掛けているのではないか？　そうしたことはともにありえぬと、自分は極力説得したのだが、百恵さんはこのところ怯えて暮して来たために、精神状態がまともではないところがあり、なかなか信用しない。そこでこの家の、それもオーちゃん相手に連絡するということでならば、安心するのではないかと考えたのだ……

22

——百恵さんがオーちゃんに電話をかけて来るとして、それには二つの可能性があると思うなあ。第一は、百恵さんの御主人の原さんという人物が、この人は映画フィルムの現像の関係で借金を作ったために、債権者から追いかけられているのやが、それがとうとう居場所を突きとめられた場合。百恵さんがわしにも現在の居場所を教えぬのは、こちらも警察に勤めておるからには、同僚からあれを知っておるか、と聞かれる場合に、もし知っておるならば、それは知らぬといえぬからやと思う。……それがとうとう、原さんが債権者か警察かに押さえられて、あとに残された百恵さんと子供が困っておる。そういうことならば、わしとしてはその時点で百恵さんを援助できぬという理由はまったくないから、すぐにもわしに直接、電話をかけて来るようにいってもらいたいんやね。

もうひとつの可能性は、堅気の債権者やなしに、やはり原さんが借りたままのサラリーマン金融からつきとめられた場合。この間、オーちゃんも見たと思うが、サラリーマン金融から請け負って、実際に追いかけて来るのはヤクザでね、捕まると具合が悪いことになる。百恵さんが、サラリーマン金融の手が廻ったというて来たならば、その際もすぐわしに連絡してもらいたい。これは警察に届けぬ仕方で、サラリーマン金融が特別な手をうつかも知れぬから、その場合はよほどさしせまった状況になるはずでね。なんとかわしに連絡を早くとってもらいたい。そういうことなんやよ、オーちゃん。

つまり種明かしをしてしまえば、オーちゃんはずいぶんつまらぬことだと感じるやろうけれども、この一家は債権者を、とくにサラリーマン金融の追及を逃れて、四国から神戸・大阪そして東京近辺と移って来ているんやね。それだけのことやけれども、当人たちにとっては、とくに百恵さんのような精神傾向の人には、深刻な話なんだよ。さて、こういう事情なんだがな、東京での中継の連絡係を引受けてくれないかね?

──父たちの前でもいいましたけど、僕は引受けます。

──それは、ありがとう。いったん引受けてもらうと、これはK兄さんが慎重に考えていうとおり、面倒なことを引受けてもらったことなのかも知れないね。わしとして、他に良い方法が見つからぬものやから……

忠叔父さんは急に途方にくれたようになってそういい終ると、未成年の僕などまったく受けつけぬふうな、きびしい眼つきになり、その顔を斜めにしてひと振りすると、書庫を出て行きました。そこで僕は、ずっとおろしそびれていた足を片側の書棚からおろし――その際にもあらためて、キルプに罵られ・小突かれしながら、しかしとくにオドオドもせず、卑屈になるのでもなく、わずかな暇を見ては逆立ちを練習する少年のことをチラリと思いました――幅こそないが奥行きは充分にある寝場所に長ながと横たわって、足の先で紐を操作して電灯を消すと、新しい主題について考え始めたのでした。

一応以上大変なこととして、映画を作って、そのための債権者による追及ということがあるにしても、さらにギスギスしたただならぬ気持をそそったのは、サラリーマン金融に追われて大移動する、という生活の異様さでした。僕はたいして新聞を読まないのですが、それでもいくらかの関係記事は読んだことがあるし、新入部員に、どういうわけかサラリーマン金融に詳しい人物がいるのです。そういう具合で集積されている知識に立って考えはじめると、いろんな思いがアナーキーに湧いてくる。そこで僕はそれら全部を一応整理して、ひとつの主題にしぼりました。僕として直接目撃した、忠叔父さんと百恵さんと、ヤクザらしい屈強な男が成城学園前駅で遭遇した夜のこと。忠叔父さんの話どおり、百恵さんが電話を盗聴されるのを恐れているのならば、手紙や電報の機密性などさらに信じることはできないはずです。僕の家に忠叔父さんが滞在していることを、どうにかして、百恵さんは四国の知人から聞き知ったのでしょう。忠叔父さんには百恵さんが居場所を教えない以上、こちらから連絡する方法はなかったはずです。

そこであの日百恵さんは、夕刻、忠叔父さんが講習を終えて戻って来る時間を考えて、ずっと成城学園前駅で待っていたのだろうと思います。ところが百恵さんに届いた忠叔父さんに関する情報は、サラリーマン金融に傭われているヤクザの取立て係にもつたわっていたのです。かれは百恵さんが永年頼りにしてきた忠叔父さんに会おうとあらわれるのを予想して、やはり成城学園前駅にやって来たのでした。ついに百恵さんが忠叔父さんにめぐり会うところを、サラリーマン金融のヤクザが発見して――かれは嬉しくてドキドキするほどだったでしょう――、住み家に帰る百恵さんを尾行する態勢に入ろうとした時、しかし目ざとい忠叔父さんは、僕に気づいたと同様、ヤクザのことも発見して、かれをガッチリ確保しつつ百恵さんをタクシーで逃がしたのです。

23

オリエンテーリング部の合宿が、一応無事に終り——というのは、厳密に見れば問題は沢山あったからです——、東京へ帰ると、忠叔父さんは予定どおり四国へ引きあげた後でした。父は僕がめずらしくお土産を持って家に戻ったので、——これは、また！　と機嫌良く、不思議がっていました。僕としてはもしかして忠叔父さんの研修に延長ということがあるかも知れないと考えて、忠叔父さんと父のふたりあてにお土産を買ったつもりだったのでした。

お土産は、たいていみんな合宿の帰りに駅前の土産物屋で買うわけですが、僕は土地の人たちが行く小規模のスーパー・マーケットで買っておきました。食べやすいように薄く切って、ビニール袋にいれてあるやつじゃない、棒切れのような塊りのままの、馬肉の燻製です。それを新聞紙にくるんで、ひとり用のテントを巻いたのと一緒に荷物にしている僕に、某君が——プライヴァシーを尊重するため名前を書きませんが、かれは探偵小説に相当入れこんでおり、ディケンズの『荒涼館《ブリーク・ハウス》』がスコットランド・ヤードの警部の捜査を描いた小説のはしりであること、またディケンズの死によって未完に終った『エドウィン・ドゥルードの謎』はその名のとおりミステリーであることを、僕が合宿にも持って行って眠る前に読んでいた『骨董屋』を見て、教えてくれました。かれの情報の前半は忠叔父さんが母にそう話すのを聞いたことがあるわけですけど——密室で、馬肉の燻製で人を殴り殺し、それから削って食ってしまえば、凶器が発見されないことになって迷宮入りだね、といいました。もっとも共犯者が相当居ないかぎり、燻製の棒一本、短時間で食ってしまうのは大変だろうと思います。

土産のもうひとつは、合宿した高原の年間気温が韓国のソウルとほぼ同じカーヴをたどるということで、試験的に製造されているキムチの小樽で、はじめは東京へ汽車で持ち帰るのは無理じゃないかといわれたのです。それでも持って行くというと、スーパーの小父さんが突然肩入れし始めて、発泡スティロールの箱やドライアイスの塊りまでサービスしてくれたのでした。忠叔父さんがキムチを好きだと、以前聞いたことがあったのでした。

さきにいったとおり合宿にも持って行ったほどで、僕はずっと『骨董屋』を読んでいました。忠叔父さんと一緒に読んでいた時からは、ガクンとスピードが落ちていたのでしたが、忠叔父さんが真面目に・かつは恥かしそうに極意として教えてくれた註の利用法と、それにひきつけてのディケンズ用の辞書の引き方が、すこしずつにしても能力になっていて、独りで読み進めることができたのです。それは時どき自分でも驚くほどでした。どうしても乗り越えることのできない問題点に出くわす時も、父には質問せず――このところディケンズはどうだい？　とはたびたび尋ねられましたが、どうといわれても！　と受け流すことにして——年の終りにやって来るといっていた再会を楽しみに、これも忠叔父さんに習った、赤い紙を切って貼っておく仕方で後に残しました。ところがしばらくたってから、あれは⁉　という気持が湧いて後戻りすると、自然なかたちで問題点が解けている、ということもあったのです。それを僕は、忠叔父さんの電波が働いた！　と解釈していました。それというのも、——ここは、忠叔父さんならば、こういう調子で読みあげるだろう、という仕方で声を出して読みなおすと、すんなり頭に入る、というふうであったからです。

24

サラリーマン金融の脅威については、あらためてオリエンテーリング部の友達に話を聞かせてもらいました。百恵さん一家のことを口に出したのではありませんが、サラ金を踏み倒して逃げる、というようなことは難かしい冒険だと、よくよくわかったのです。住まいも友人・知人も投げ出して、おそらく職業もだめにして、国外へ出るのが無理でも国内をドンドン逃げ廻る！　いったいそれはどういう恐ろしい思いの冒険だろうか？

それを考えようとすると、僕はやはり忠叔父さんと一緒に読み、いまはひとりで読んでいる『骨董屋』の方へ帰ってゆくのでした。

父のいうとおり、ネルが自分の寝ている所へ盗みに入って来る者のことを考え・恐怖をいだくのは、想像力のせいだと思います。しかしその想像力は、もともと明るくて元気なネルのなかに自発したものじゃないでしょう。はじめにキルプの迫害があって、ネルの心が敏感になり、その種の想像力が肥大したのです。人を迫害しながら、そのことを咎められると、自分はそういう気持じゃなかったと、弁解するというより、心底から不本意がるタイプがいるものです。僕はそういうタイプがいちばん厄介だと思います。そういうタイプは、じつは自分のふるまいが相手に脅威をあたえているということをよく知っているのじゃないでしょうか？　それは僕が小学校の四年から五年まで、毎朝、通学バスでこちらを標的にいろんなことをやった、ある人物をつうじて発見したことです。

とくにネルの場合、迫害して来るキルプが、自分に悪意はないというばかりか、"Nelly's very fond of me. Pretty Nell!" とさえ言いはっていると知ったなら、どんなにゾッとしたことでしょう。キルプにたいして、全体としては同情の気持をいだいている僕までが、やはりここでは、どうなのかなあ!?　という感じを、あわせ持たないわけにはゆかなかったのです。

しかもキルプのやることはさらにエスカレートして、単なる悪戯心というはかない動機によって、しかもしっかりと事務弁護士を使ったたくらみをつうじて、善良なキットを監獄に入れてしまうのです。——この事務弁護士、つまりsolicitorは、barristerと公衆との間に立って裁判実務を行なう、と辞書に書いてあるのですが、とくに忠叔父さんは、——これはこの時代のイギリスの現場にいてはじめて、実感こめてわかる区別なんやろうなあ、その二種の弁護士の間の、人間としての格みたいなものがねえ、と感慨こめるようにしていったのでした。

いったい、キルプはなぜこんなことをするのか？　それはキットがネルと良い関係を保っていたことを知っているからで、それは、自分らとはちがうかれらへの復讐なのだと思います。そしてそういう邪悪な精神——これは父が時どき使う言葉ですが——を持つキルプにいためつけられてみれば、ネルと老人ともどもの恐怖心も当然なことなのじゃないでしょうか？

百恵さん一家が債権者に追及され、とくにサラリーマン金融を逃れて関西に出たのち、東京近辺にまで逃亡する生活を送ってきている。それを百恵さんの恐怖の想像力のせいばかりとすることはできないはずだ、と僕は考えたのです。実際、サラリーマン金融と関係のあるヤクザが、彼女をほとんど追いつめたところに、僕は行きあわせたわけなのでした。百恵さんが想像力のせいのみで一方的に恐怖し・逃げ廻っているのではないのです。

いまのところ忠叔父さんの援助もあり、百恵さんがサーカスできたえた身のこなしで、ヒラリと追手をかわす様子であるのは愉快ですが、さらに追いつめられるとどうなるか？　恐怖の想像力にうちひしがれた百恵さん一家が、隠れ家で心中するようなこともありうるのではないか？　新聞で、おなじような出来事を見たとも感じる……　僕はビクリとして、とにかく百恵さんから連絡の電話があれば、おおいに働こうと決意をあらたにしたわけでした。

25

夢の話で恐縮ですが、積極的にはその決心のあらわれとして・消極的には託された仕事をよく果たせないのじゃないかという心配から、夏休の間、僕は幾度か同じ夢を見たのです。夢を見ている間は一所懸命なのですが、さらに眼がさめてしばらくは、なにか重要なことを夢に見たのだという雰囲気が後に残ってもいるのですが、そのうち滑稽なほど単純な夢だとわかってきます。心理学のことはよく知らないのですが、夢が無意識を反映するのだとすると、自分の無意識はこんなに単純なものかと、ゲッソリするような夢なのです。

一応、夢の内容を書きます。サーカスのテントいっぱい、縦横に張りめぐらした長い針金に、百恵さんが乗っています。夢の百恵さんは、駅前で見かけた女性にくらべてはもとより、忠叔父さんの手帳からこぼれていた写真よりもさらに若く、本物の百恵さんのテレヴィ映画のようです。上半身はサーカスらしい派手な水玉模様のシャツを着ているのですが、下半身はキューピーのセルロイド人形そのままという具合！

キューピーは、ある夏それを姉が好きになったことがあり、山小屋に行って、近くの土産物店で棚ざらしになっていた大中小三個みな買いました。土産物店の小父さんは、キューピー・ブームがやって来つつあることを、東京からの観光客が先ぶれしたと、その現象を読みとって――これは父の解釈ですが――翌週には大量に店頭へ出すことになりました。あれが在庫を一掃する、ということならいいけれど、新しく仕入れたのならば、悲劇だね、と僕と姉は話合いました。それが頭に残っていたのでしょう。

さて、セルロイド人形は、ツルンとした胴体に両足がはめこみになっているわけですが、脱けないように足の端がたるみをなしていて、すこし大きいはめこみ口からそれが覗いているのが、なんとなくハッとさせることがある、そういう様子です。このセルロイド人形そっくりの下半身の百恵さんが、針金を半分渡ったところで、反対側からダブルの背広のヤクザが襲って来る。そこで十字に交叉している針金に乗って、どういうわけか赤いペラペラの生地のオリエンテーリング部のユニフォームで――それはユニフォーム屋が許しうる最低の見本としてちょっと見せたのを、予算の関係上、僕が選んでしまったやつで、なかなか部費を払ってくれない部員たちからさえ、顰蹙《ひんしゅく》をかったしろものですが――僕が救助に行く。ところが針金を渡りかけてすぐ僕は、縄跳びこそ熱心にやったが、綱渡りの練習などは一度もしたことがないのに気がつく、という進み行きです……

百恵さんから連絡の電話がかかって来た場合、僕はただそれを取り継ぐことだけを頼まれているにすぎません。しかし、緊急の用事で百恵さんが救助をもとめているのに、忠叔父さんが愛媛県の山間部に事件があって出張しており――姉のマンモスの話ほどではありませんが、僕にとっても、はじめて父の生まれた村に出かけた際の、あの山深い地方への印象は強いのです――とうてい私用の連絡はできない、そういうことになれば、自分が百恵さん救援におもむかなければならない。しかしサラリーマン金融の傭ったヤクザ相手に、僕がなにほどかの働きをすることができるものだろうか？　そのジレンマが夢を見させていたのだと思います。

さらにはなぜ針金の上の百恵さんがキューピーのセルロイド人形の下腹部をしていたのか？　その夢へのあらわれ方については、わけがわからぬというほかにありませんが、おそらく僕の年齢の人類の一スペシメンにおける、性的現象の反映だったのでしょう。

26

秋になり二学期が始まっても、僕は母から、――オーちゃんはこのところ生活があらたまったのね、と半分は本気・半分はからかいという感じの声をかけられるほど、できるだけ家から出ないようにして暮しました。そうはいっても夏休が終った以上、学校へ行くわけですし、部の練習や事務があって、日が昏れる前に家に帰ったことはなく、また週に二日は塾に通っているので、家族のうち家にいる時間がいちばん短かったのは、当の僕だったわけです。いまおなじく障害を持つ人たちと一緒に区の福祉作業所で働いている兄は、キャッチ・フレーズで家族のひとりひとりを表現するのが得意ですが、僕のことを「夕暮の男」と呼ぶのはこういう暮しぶりから来ているのです。

しかし以前は、日曜などきまって自転車に乗り、ゲーム・センターや日曜大工の店へ時間をつぶしに行くことがあったのです。それがいまは、家にいることができるかぎりは、自分の部屋で勉強するというか・寝そべってオリエンテーリングの過去の試合の地図を眺めているというか、そういう仕方で待機している暮しになったのでした。つまり百恵さんからの、緊急事態の発生を知らせる電話連絡を待っていたわけです。

なかなか電話はかかって来ませんでした。はじめのうちは母に自分が学校あるいは塾から帰ってくるたび、留守の間に自分あての電話はなかったか、とくに不思議な感じの電話をふくめて（!）と毎日尋ね、それこそ不思議な感じをあたえるふうだったのです。そのうち僕は問いかけをやめました。本当の緊急事態となれば、夜遅くまで幾度でも電話をかけてくるはずだ、と思いなおしたからです。

それでもやはりまったく電話はかかって来ず、時には次のように考えることがありました。――忠叔父さんが単独でそういうたくらみをするはずはないが、半分は本気・半分はからかってということで、僕が家に居つくように、百恵さんからの緊急事態の電話という思いつきを、母とふたりして作りあげたのではないか？　そしてそういう実際にはありそうにないことを、自分が信じこんでしまっていたのは、ディケンズを毎日読んで、そのいかにも小説らしい出来事の連続に影響されてしまっているからじゃないだろうか？

しかしあの夏休に入る前日の夜遅く、書庫で中途半端な逆立ちをしている僕に生真面目な顔で話をもちかけた忠叔父さんが、どんなに母から頼まれてのことであれ——あるいはさらに父も加わってのことであれ——こうしたたくらみをひそめていた、ということはありえぬ、と感じられたのです。それがありえないのは、一方で他人の生涯をすっかり破滅させるような悪だくみをいたずらのようにしてやってしまうということが、キルプにはいかにもふさわしく感じられるのと同様、忠叔父さんにとってあまりにも似つかわしくないと思われたからでした。

『骨董屋』に、キルプがしつこく犬を苛める場面があります。挿絵にも描かれています。いったん老人とネルが放浪の旅に出てしまい、連絡もないとなると、キルプは一時ネルに次のキルプ夫人になれ、といっていたことなど、すっかり忘れた具合になります。悪い仲間とつきあってはいるが——その関係でキルプと出会った——根は善良な、良家の息子リチャード・スイヴラーに、キルプはこんたんがあって、ネルとの結婚をすすめるのです。その話合いの席で強い酒を飲み、酔っぱらったキルプに、リチャードは心を許してしまって、こんなことをいいます。——お前は愉快《ジョリー・フェロー》なやつだな、しかし俺がこれまで見たり聞いたりした愉快なやつのなかで、お前がいちばん奇態な、いちばん並はずれた様子をしているぜ、俺の命にかけていうがな！

ひどいことをいわれてもいっこうに怯まず、キルプは誠心誠意ネルとの結婚をすすめるふりをしておいて、ちょっと席をはずすと、建物の裏に入りこみ幸福な思いに酔いしれるのです。あの単純な青年をひっかけてやった！　ネルを金持の娘と思いこんで結婚に熱心になるが、断ち切れないきずなで娘と結ばれてみると、乞食と縁組したことに気がつくのだと……　その上機嫌のあまり、ついでに犬をからかって、苛めもするのです。紐につながれていて、跳びかかっても引き戻される犬に、俺を喰いさかないのは、お前が卑怯者だからだ、それを自分で知っているだろう、と罵って……

しかしそのまるっきり卑劣なキルプのふるまいに、ある無邪気さの印象が浮びあがるようにも僕は感じるのです。ただ感じじゃなく、論理的に説明してくれと――たとえば、父から――いわれるとすると、僕にはどうも厄介なことになるはずですが……　ともかく忠叔父さんは、かれの甥を相手にしても犬に対しても、決してこういうからかい方はしないはずだと信じられ、それが僕のなかで、百恵さんの緊急連絡の話を大切なものにしていた理由なのでした。

27

そして実際に、忠叔父さんが僕をからかうということはなかったのでした。しかもあまり大きい能力が必要とされる仕事をこちらの肩に放り出して、当惑させるということもなかったのです。年の暮を待たず、夏休のうちに、忠叔父さんは急ぎの用事で東京の警視庁へやって来ました。「嬉しい不意打ち」という広告コピーを見るたびに、本当かい⁉と反発してきたものですが、あれは時として真実でありうるのでした。忠叔父さんは、仕事を進める都合で都心のビジネス・ホテルに泊っているということでしたが、そこから電話をくれて、僕らは当日午後に会うことになりました。そして僕は、ずっと気にかけていた、百恵さんからいつあるかも知れない緊急の連絡という問題に、ケリをつけてもらったのです。しかもその上で、忠叔父さんは、僕の働きうる役割が必要欠くべからざるものとして新しくあるということも示してくれたのでした。

忠叔父さんに会いに行ったホテルの、狭くて暗いフロントの奥のレストランは、「戦前」からあったのじゃないかと思われるほど古めかしく、ただ長椅子とテーブルがあるだけのロビイから仕切る衝立にはゴムの木のような樹木と猿と鳥とが浮彫になっていました。レストランのテーブルは普通ですが、椅子は父より身長の高い僕が、背もたせによりかからず身体をまっすぐにしていないと踝が宙に浮く、それほどの高さ・まっすぐさです。一般の日本人より身体も大きく姿勢も正しい、選りぬきの警官のためのホテルだったのかも知れません。僕はライス・カレーとコーヒーを御馳走になりました。忠叔父さんは母の前で食事をする時とはまったく違った、いかにもヴェテランの刑事式、という気のする実際的なやり方で、やはり同じものを食べました。

そうしながら、一応はじめは『骨董屋』の話をしたのです。それもこの夏休の間にどれだけ読み進んだか、というようなことで、忠叔父さんからディケンズの話が出ればしようと思っていた、キルプの、ひとをいっぱいくわせる思いつきをして有頂天になる性格や、片方では単純にいっぱいくわせられる人物がいつも準備されていることを面白いと思った、という話をするチャンスはありませんでした。父は僕がディケンズを読んでいることについて、時どき介入するようにして、自分が以前に読んだ記憶をもとに勢い込んで話し、あとで調べてみるとすっかりちがっていて面くらわせる、というようなことがあります。ところが忠叔父さんは、父よりずっと身近に、続けてディケンズに関心を持ってきていながら、僕らの間にテキストが拡げられていない時には、作品についてたちいった話はしない人なのです。

コーヒーを飲む段になって、忠叔父さんは封筒をひとつ取り出しました。それは、いつか僕が百恵さんの写真がはみ出しているのを見た黒皮の手帳に、ふたつに折ってはさみこんであったのでした。忠叔父さんは封筒を真剣に覗き込むようにして、幾重にも折りたたまれた白い紙をぬきとると、僕に手渡しました。その時になって、忠叔父さんは照れくさがっているような顔つきをしたのですが、紙を開いてみてすぐ、僕にはその理由がわかったのでした。こちらも、ある顔つきをしたにちがいないと思います。それは中学校で入部してから、僕がもう五年間にもわたって、日に一度は見なかったことがないといってもいい、オリエンテーリング競技用の地図なのでした！

28

――こういう地図が送られて来たんやな、差出人の名前も住所も書いてないから、百恵さんからの、ということはまちがいないけれども、と忠叔父さんはいいました。それで、これは見たことがある体裁のものやと思って、そのうちオーちゃんの部屋の壁に張ってあったのとおなじものやないかと気がついたよ。そういえば、この前、成城学園前の駅で百恵さんに会った際に、ちょっとだけれども、オーちゃんがオリエンテーリング部だということを話したもので、それを思い出して百恵さんはこれを送って来たのじゃないやろうか？　自分の居場所の大体のところを、わかる者にはわかるように、なんとなく知らせておくというか……　手紙の消印は、小田原。オーちゃんにはこの地図を、ある地域に特定することができないかね。

——一応、見てみます。

輪郭がギザギザに切り込んであるのは、当然印刷してあったはずの、日本オリエンテーリング協会という名や、この大会を主催した地方の協会の名、競技場所の地名、さらに地図を作成したＯＬＣがつけた名——全日本大会で使用される地図の場合、地名をそのまま使うのですが、大学のＯＬＣなどは好んで創作名を使用します——、つまり場所を読みとることのできる手がかりをなくすためのようでした。競技に出る誰もがするとおり、ポストを示す赤い丸のマークを結んで線が引いてあり、余白の部分にはポストの番号や置かれている場所のメモとして、ケルンほかの記号が書き込んであるところから見て、実際に大会に参加した選手が使った地図です。ただひとつ普通とちがうのは、ポストを結んだ赤鉛筆のＬ字形の線が囲い込むかたちになっている、通行困難のしるし・

濃緑で刷られた地域に、それは林のふちにあたるところでしたが、濃いインクで×のマークが記入してあることでした。

――百恵さんか、御主人が、オリエンテーリングの競技会に出る、ということはあるでしょうか？　なさそうに思うんですけど、と僕はわれながら無意味なことをいいました。

忠叔父さんは、驚いた眼つきになって僕を見てから、

――それはないともいいきれないやろうがなあ、といいました。その点も考えにいれて、どのようにしてこの地図を手に入れたものか考えなければならないね……　こうした地図を使って競技をした選手が、試合は終った、もう関係ないということで、そのあたりに地図を棄てて帰るものかなあ？

――これでは切りとられていますが、競技参加者の名前を書き込む欄もありますし、まずたいていは持ってかえるでしょう。……不注意で落してしまったのならば、手続きをする大会場でだと思います。たいてい主催校の講堂とか公民館とかですけど。百恵さんが大会場の清掃に傭われて、そこで拾った、というようなことはありうるでしょうか？

――公民館だとしたら、地方自治体で傭うのは、住んでる場所のはっきりしている人

やろうから。

——そうですね、もしこの林のふちのマークが、そこにキャンプして暮しているということならば、住民登録はしていないでしょうね。

——自分らの隠れ住んでいるところの脇でオリエンテーリングの競技が行なわれて、ふだんは人も通らぬところを、一日中走って来る連中がいるとなると、困ったやろうなあ。やっと競技が終ったので、コースを逆に辿って里の方の大会場へ降りて行ったかね？　と忠叔父さんはゆっくり考えながらいいました。そして使い古しの地図を一枚拾って、自分らの隠れ家の位置に×を書き込んで送って来たんやろうかなあ……

29

僕は切り込んだ周囲の輪郭に迷わされないように、妙に厚ぼったい合成樹脂の、幾度でも使うのらしいテーブルクロースの上に載せ、地図のコースを見ました。そのうち、封筒の消印は小田原だった、と忠叔父さんが初めにいった言葉がヒントをなして、これは自分が「気合いＯＬ」として参加した大会の地図だ、と気がついたのです。そうして

みると、ボールペンの線でつないだポストのそれぞれについて、具体的な眺めが次つぎに浮んで来るようでした。出発点からポストをふたつ辿って西の低いところへ降り、そこから北のなだらかに高くなる方向へ昇って行く。途中、川を渡る。そのあたりで左側が|||||、つまり通過不能の崖（岩・土）になる一帯があって、その向うは、海抜五〇〇メートルほどの丘を背にする、通行困難な林のある地域。地図では海抜四〇〇メートルあたりの、等高線が狭まってかさなる林のふちに×が書き込まれています。僕はポスト3からポスト4へと駆け登ったことを思い出し、その途中、左斜め前方の林のなかに、通過不能の崖で守られた建物がチラリと見えたような気さえしたのでした。

　そういうこともあり、かえって僕は思いつきをいっているのかと疑われるとマズイと感じ、学校でいえば外国人講師相手の英会話の時間に、話すことを幾度も頭のなかでいってみるように、地図のコースをさらになぞってから、忠叔父さんに「発見」をつたえたのでした。

——これは偶然ですけど、僕も参加した大会の地図だと思います。神奈川県オリエンテーリング協会の主催の、……僕らは箱根の大会といっていました。この地図には妙な名前がついていて、「幻庵やしき」というのだったと思います。

——たいしたもんだなあ、オーちゃんは専門家やね、と忠叔父さんはいいました。愉快そうにパッと顔を明るくして。オーちゃんならばこの×の場所まで行けるわけやね、その気になれば……

――そうですね。……ちょっと地図のことを説明しますと、周りをずっと切りとったせいで、なくなっていますけど、本来なら右端に記号の説明表がついています。主要道路から建物密集地や河川など、ですね。そういうなかで、記号や、色を塗った区域として示してある、入ることのできない場所があります。それは、この⫽のような、通過不能の柵や、崖ならば、▥ですね。他にも通行困難としてある緑の区域や、民家など、これは制度として、入ってはいけないという場所があります。×が記入してあるところは、川筋の平地からずっと▥でさえぎられているし、通行困難の区域でもありますけど、もっと北の方から、この海抜五〇〇メートルの丘を越えて入って行けば、近づくことができると思います。……借金取り立てのヤクザを警戒して、隠れ家にやってくる人間は銃で撃つ、というようなことになっていると困りますけどね……

忠叔父さんは、ところどころ瘤のような筋肉で堅固に覆われている顔を、明るい表情のままムクムク波立たせるように、微笑しました。父ならば、――そうだ、銃を持って待ちかまえる人間の方が、自然動物公園のライオンより、実質的にヤバイよ、という程度のことはいってからかったと思います。しかし忠叔父さんは、

――百恵さんが一緒に暮している人は、風変りではあるけれども、暴力犯のタイプではないから、といっただけでした。

――こうした山のなかで、隠れて暮すことはできると思うんですね、と僕は話をまともな方向に戻していいました。ここで大会があった時、コースからはずれて何時間も帰って来ない下級生がいたんですが、あちらこちらに湧き水があって、飲み水には苦労しなかった、といっていました。しかし、こういう林のなかで暮していて、暴力団にかぎつけられてしまったら、どうするつもりでしょう？　自分で闘って相手をやっつけるほかに、脇から警察へ一一〇番してくれる人たちはいないでしょう？　かえって市街地のアパートのようなところに隠れている方が安全じゃないでしょうか？

――この山の中から急報して来ても、警察としては、すぐ到着する、というふうにはゆかないものなあ、と忠叔父さんもあらためて堅固な顔つきに戻っていいました。ヤクザの側に、こういう山のなかまでせまってゆくほど根性のあるやつがいたとしても、こ

んなところで生活している者から借金の取り立てはしようがないわけで、なんのために骨折ったかわからないやろうけれどもね。

——サラリーマン金融から逃れる、ということだけは、やりとげたんですね。

——本当にこういうところで隠れ住まいしているとすれば、それはただヤクザの追及から逃れるというのだけが目的じゃないと思うけれども……

僕は忠叔父さんのいったことをちょっと考えてみたのです。しかし、当面のところよくわからない気がしました。そこで次に頭に浮かんだことをいってみたのでした。

——この地図を使って大会があったのは、今年の五月ですから、百恵さんはずっと地図を持っていたのだと思います。この前、忠叔父さんと会った時、渡すことができたのにそうしなかったのは、本当にSOSを出さなくてはならなくなるまで、とっておいたのじゃないでしょうか？　それまでは、忠叔父さんにも隠れ場所を教えたくなくて。それならば、いまは緊急に連絡する必要ができているのじゃないですか？

——連絡して、ともかく顔を出してもらいたい、という気持ができたことは確かかも知れないね。しかし緊急のSOSというのならば、漂流中の船から瓶に紙片をいれて流すような、こういう仕方やなしに、オーちゃんの家へ電話連絡したと思うよ。そう緊急ではないが、この地図の場所を読みとるほどの熱意があれば、近いうちに、ということやないか？

――忠叔父さんに、明日、時間があれば、僕が案内しますけど……

――わしは、明日もふくめて、月曜いっぱい仕事があるんやね。

――それじゃ、ともかく僕が行って来ます。そして様子を報告します。うまく×マークのところに隠れ場所を探し出せたら、の話ですけど。どちらにしても僕としてはトレーニングになりますから。

31

あとでこの出来事を母に話した時、――あの日はなぜあんなに早く出発したの、と問いかえされたものでした。実際、僕は夜が明けるとすぐ家を出たのです。急行電車で一時間とちょっと、そしてコースをまちがえないようにまず目指した、この前のオリエンテーリング大会のスタート地点のキャンプ場に辿りつくまでが、駅から五十分でしたから、僕がシーズンはずれでシンとしているキャンプ場の草原で、地図に×を書き込んだ場所の見当をつけていた時、腕の時計は午前八時でした。これから崖の連なっている一帯を迂回し、やぶをぬけ、林の向う側へ登って行くのに一時間から一時間二十分かかるとして、すぐ百恵さんと原さんの隠れ家にぶつかってしまったならば、はじめて話をかわす人の家を訪ねる時間として、早すぎるはずだと感じられたものです。

僕がそのように早く出発したのは、当の段階で、両親からなにか尋ねられても、忠叔父さんに依頼された仕事を説明しようがないと思ったからです。オリエンテーリング大会の場合、いくらでも早く家を出ることがありますから、この日は日曜日で家族の誰もがまだ寝静まっているうちに出発するということになったのでした。前の晩、僕は忠叔父さんからあずかったのと同じものを、自分の参加してきた大会の地図ファイルに見つけ出して「幻庵やしき」であることを確認していました。そこでわかったのは——つまりギザギザに切りとられた部分に書いてあったこととして——、正確な地名および当の地図が、全日本大会使用地図「風祭」・横浜国大OLC作製「枝垂桜」を参考にしたものだということです。僕はここに名前をあげてある地図をふたつとも、先輩から学期末のオークションで買って、一応ファイルしていました。もちろん、それは偶然の話ですけど。

さて僕はトレーニングの意味もこめて、この前の出発点から、ポストのあった位置をきちんと結ぶ仕方で歩き出したのです。道すじの風景に見覚えがあるにもかかわらず、大会以来の短い期間に、もう幾つもの場所で新しく宅地の造成が始められている——オリエンテーリングの地図の側からいえば、地形を掘りかえし・変形しているわけです——場所があって驚きました。そのうち、歩いて行く直線のコースの左前方に、いったんこちら側の平地から低くなり、狭い谷のかたちをなして中央には水も流れているところをへだてて、また雑木林へと高くなってゆく草地が見えて来ました。林はずっと高みへ連なって、向うは見えないのですが、その特別な一地点に、地図にあったとおなじ×のしるしがつけてあるように感じたのです。雑木林のそのあたりだけ、背の高い赤松がかたまって立ち、周囲を鎮守の森とでもいうように、やはり背の高い杉や檜が囲んでいます。雑木林のなかで、林のなかの林ともいえるその一帯だけが、卵型に50×80メートルほどの範囲、緑の充実ということできわだっているのでした。谷になった場所からそこへ登ろうとすれば、渡ったところは崖でさえぎられているし、崖がゆるやかになるあたりはやぶで、それは地図に通行困難の緑色がはっきり塗り込められていた地帯です。そこを越えてさらに廻り込み、林の木立がとぎれるところから丘陵を登り、こちらからは見えない林の裏側に出て、磁石を使いながら松の木を囲んで木立の濃い地点へ降りて来る、という作戦を僕はたてました。

32

兵陵の高みに立ってみると、向うの斜面一帯には大規模な造成工事が進んでいました。つまり林はこちらの斜面に残っているだけで、それもいまさっき自分が通過して来た谷にそっての道の、低みへ向けてなだらかに降り、見通しも良く、その向うの濃く高い木立の一帯こそあるものの、いったいこのなかに隠れたとして、火でも燃せばすぐに見つかるのじゃないかという気がしました。磁石を使って林を横切るという最初の着想など、滑稽に感じられたほどでした。

しかしいったん林に入り込んでみると、はじめは自然に踏みかためられた細い道があったのですが、それも背の低いやぶにさえぎられるうち見失い、足場の悪いところを苦心して降って行くことになりました。そのうち周りが薄暗くなったので、林のなかのもうひとつの林、とさきに思った区画へ入り込んだことがわかりました。そこではずっと聞えていた市街地からの騒音もすっかり消えてしまったし、その根方を踏みしめて辿って行く立木の一本一本も大きく、空気は湿ったカビの匂いがして、自分は確かに林のなかにいる、という気持がしたのです。そのうち――といっても、すり足のようにして進んでいたので、距離としてはわずかだったのですが――、右側に地崩れでもしたような急な斜面があらわれ、倒れた大きい杉が斜面に横たわって、よく茂ったウラジロが周りを覆っています。下の奥から水の匂いもしてくるようでした。僕は水筒を持ってきていたのですが、杉の倒木にそってウラジロの斜面を降りて行き、湧き水の泉が見つかったなら、そこで一杯飲もう、という気持になったのです。道に迷った一年生も、湧き水のことはいっていたし……

一応、水を飲む、という目的はたてていたわけです。しかし後で考えてみると、無意識というのではなく、ちゃんと意識にあって、ただそれを自分で気がつかないでいようとする、そうした理由から、遠廻りをしたかったのだと思うのですが…… こんな通り抜け困難の木立のなかに入り込んでいる以上、それは誰の眼にも植物採集とかバード・ウォッチングとかの山歩きとは見えないはずです。一方、登山するつもりでこの林のなかに入った、といえばやはり笑われるでしょう。

そこで、この深い林のどこかに×の地点があるとして、突然、百恵さんの隠れ家の前に出てしまった場合、どういう挨拶をすればいいものか。しかもこのような早い時間に、という気持があって、僕は湧き水のところでひと休みしながらなんとか考えてみようとしていたのだと思います。ところが⁉　杉の倒木に片腕を支えながら降りて行く、ということで油断してしまったのです。ウラジロの茂った層の下に、デコボコがありうることを警戒しなかった僕は、ガクンと右足を低いところへ踏み込んでしまいました。それも足頸をねじる痛みを感じると同時に――杉に腕をかけて倒れる勢いをそぐことこそできたのですが――そのまま頭からウラジロを分けて突っ込んで行く仕方で、ズルズル五メートルほども滑り落ちたのでした。

33

――おお痛え！　こりゃ一応ひどい！　というようなことを、僕は細い水の流れのある窪地へ着地して、ブックサいいました。頭は濡れた地面に、足はウラジロの上に、という恰好で。オリエンテーリングを始めた頃、なんでもないコースでやぶのなかに転落し、いまもかすかながら肩から胸に残っている傷を負った時は、心配して探しに降りて来てくれた先輩に、僕の引っくりかえっている場所がすぐわかるほど、ひとりで不平不満をしゃべりちらしていたそうですから、このウラジロの斜面を滑り落ちて行った際は、どこかで百恵さんに聞かれるかも知れない、という気持があり、比較的言葉が少なかったかも知れません。

ともかく僕はブックサいって一応気をまぎらせると、転んだり滑り落ちたりすることになら慣れている人間として、あわてず騒がず、自分の全身の各部を点検しながら、身体のむきをたてなおすことにしました。右足頸を、あまりひどくはないが捻挫しているようでした。それを除けば、杉の倒木に体重をあずけたのがよかったらしく、両掌と耳の下から頬に引っ掻き傷があって、血が滲んでくるくらいのものです。

捻挫したにしても——それはすぐ腫れあがり痛みはじめるでしょうが——、いまのところ足をひきずってなら歩けるはずです。僕は足をかばいながら立ちあがり、いつの間にか背中から撥ねとんでウラジロのかげに落ちていたリュックをひろいあげようとしました。足頸がズキンと痛み、僕はあらためて、——おお痛え、こりゃ一応以上ひどい！と深刻な感情をこめていったわけです。

なんとかリュックをひろって肩にかついだものの、実際上、見知らぬ他人、といった方が妥当な人の家を、捻挫した足をひきずって訪ねるわけにはゆかない。百恵さんの隠れ家を探しあてることは次の機会に、という気持になっていました。ほんのわずか水の流れている沢ぞいに、湿っぽい土を踏んで——そのように柔らかい地面を歩いてすら足頸は痛んだのですが――、ともかく低い方へと辿って行ったのです。ところが沢は切り立った崖に行きあたって、途切れていました。つまり僕はその崖を左に眺めながら向うの平地を北上して来たのでした。明るく視野は開けているけれど、捻挫した足で崖は降りられない。僕は引きかえして、自分が落下した地点を通り過ぎ、沢にそって登って行きました。休みあけにはテストなのに勉強もせずこんなところでウロウロしている、と情なく思ったことも覚えています。そして僕は、もう忘れていた、その沢へ降りて来る目的の、湧き水の泉に出くわしたのでした。樹皮が荒っぽく割れている、ひとかかえもある木の――あとで父に話すと、ハルニレだろうということでしたが――根方に、aのあたいが小数点以下の小さい数 $y=ax^2$ の曲線を360°回転させたかたちの泉があって、底にのぞいている平たい岩の下から水が湧いているのでした。僕は足をかばってしゃがみ込み、手に水をすくって手自体を洗ってから、あらためてその手にすくった水を飲み、しみじみ心細い気持をあじわいました。この夏、クラスの連中は、数学をはじめ全科にわたっておおいに勉強しているはずなのに、自分は林のなかで足を捻挫している。しかも忠叔父さんにひきうけた仕事ははたさないままで、撤退しようとしているわけだ、と腑甲斐なく思ったのでした。

なんとなく僕は泉の脇に落ちていた棒切れを手にとりました。それでなにをしよう、

という気もなかったのですが……　その時、斜め上の木立のなかから、

――水を掻きまわさないでね、という声がかけられたのです。その声は、誰も居ないと思っていた場所で不意にあびせられたにもかかわらず――確かにビクリとはしたのですが――あまり強くは驚かないですむような、穏やかな男の声でした。

34

泉の脇から、さきには気がつかなかった細い道が雑木林の間を曲りくねって上に通じている、その四、五メートル先に、肉付きのしっかりした大柄な男の人が立っているのです。作業ズボンの上に、麻のような布地の詰衿のシャツを着て、長い袖をきちんとボタンでとめ、その腕をあげて、まばゆくもないのに目庇しをするようにして、僕を見おろしているのでした。骨格の立派な頭に、黒ぐろとした髪を、量が多すぎて始末におえぬというふうに生やした、やはりしっかりした額と、ちょっと曲っているように見える鼻の、四十前の大男です。

――水を掻きまわしたりしないですよ、理由もなく、と僕はムッとして大きい声をか

えした次第です。

摑んでいた棒切れに体重を分散させて立ち上がり、ちょうどいい長さなのでそれを杖についたまま、地形の関係上、男の人を見上げるようにして、しかし一歩もひかぬつもりでした。

——足を挫いたのじゃないかい？　と男の人は、僕の言葉の調子を気にとめぬ様子で、まったく穏やかにつづけました。きみが杉の倒木のところで、勢いよくダイヴィングするのを見たよ。ああした転びようで、足を挫いただけならば、運動神経が抜群にいいんだか、やはり若いからか、ということだなあ。よかったらうちにおいでよ。応急手当の材料はあるからね。

長くオリエンテーリングをやってきて、幾度も捻挫した僕は、早期の、妥当な、手当の有効さ、ということならよく知っています。たちまち説得されて、

——それじゃ、おねがいします、突然なようですが！　といったのでした。

こんな林のなかに隠れ住むようにしている人が、幾家族もあるというのはおかしいのに——シャーウッドの森でもあるまいし——、あとで考えてみて、僕はその男の人が百恵さんと一緒に住んでいるのじゃないかとは疑わなかったように思います。やはり大転倒のショックで、頭が粗雑になっていたのでした。

男の人は右手をひと振りすると、身体のむきをかえて細い道を登り始めました。僕も足をかばいながらついて行ったのですが、沢からさきに転んだあたりの高みまでジグザグながら急勾配で、杖をつきながら僕はかなり苦しい思いをしました。平坦になったところで、道の右脇に大きい柳の木がありました。頭の脇に垂れさがる枝の葉は暑さにしなびているのに、落ちている葉はかえって生きいきした黄色で、うつむいて注意深く落葉を踏んで歩く関係上、――あ、柳の木だ、と思って見上げたのです。それを境界のしるしのようにして、そこから椿や茶や、アンズの樹など、葉のこまかな灌木の茂みが、背をかがめて通らねばならぬほどのトンネルを作っています。その狭いトンネルに入るところで、男の人は、入口をかざって威勢の良い葉を茂らせている蔓草に手をふれて待っていました。

――これは山芋、秋に大掛りな発掘をやるつもりでね、と男の人はいったのです。

灌木のトンネルは、背をかがめて歩くのが厄介な昇り勾配なのでしたが、十メートルほどもすると、一挙に視界のひらけるところに出ました。ウヘッ！　というかウフッ！というか、僕はつい声を出してしまったものです。眼の前に、高い木立に囲まれた、ほぼ正方形の空地があって、手前には大豆やカボチャ、トウモロコシ、蔓豆、それにキャベツを植えた小さな畑が陽に照らされているのですが、その向うは自転車置場かプールの底のような、コンクリートの平面です。木立のなかでもひときわ大きい松の高みから、三本のロープがコンクリートの平面の三方の端へ渡されて、中古自動車の野外売場にあるような色とりどりの三角旗が風にはためいています。コンクリートの平面の向う隅に、古トタン板で囲いをしてビニール板を載せた小屋掛けがあるのですが、そこから一輪車に乗った小柄な女性が、サッと走り出してこちらに向って来ました。ついに僕は、捻挫の痛みも忘れて、——アハハ！と笑い出してしまい、失礼だとは思いながらとめることができません。男の人も立ちどまって、蔓豆のつるのからんでいる細い竹にさわりながら、やはり笑っているのでした。

35

一輪車の女性は——それはもう百恵さんにちがいありません——コンクリートの平面のこちらの端までやって来ると、一回転して片足をつき、尻の下からサドルを引き出して、犬でもあつかうように一輪車の全体をグリグリやりました。それは一輪車のことを格別風変りだとも思っていないのらしい、真面目な顔つきのふるまいでした。僕は百恵さんが陽灼けして三十幾つの年齢を正直に示しているけれど、確かに忠叔父さんの手帳からのぞいていた写真の、少女の顔だとも思いました。そのように一呼吸おいて、百恵さんは、湧き水のところで声をかけて来た御主人の話しぶりそっくりの、穏やかな調子で、

——忠叔父さんにいわれて、様子を見に来られたの？　といったのでした。

——最初は、そのつもりでしたけど……

——かれは足頸を挫いたようだぜ、きみの救急箱で手当をしてやろう、と男の人はきっぱりいいました。

——足頸を挫いたの？　どうしよう……　家にあがってもらおうかねえ？

——家にあがるといってもね、と男の人は気の良さそうな笑顔にかえっていいました。ともかくも、椅子と救急箱を取って来るよ。良い陽気だからね、外でもいいと思うよ。

男の人がサンダルから土をこそぎ落してコンクリートの平面に上り、横切って行こうとするのへ、百恵さんは追いすがって行って一輪車を渡しました。男の人は薄い布地のシャツを張りつめさせている頑丈な腕で受けとって、小屋掛けの方へ運んで行きました。一輪車の場合、立てたまま駐める、というわけにいかないので、いちいちしまっておくのでしょう。百恵さんは赤っぽい艶のある髪を額のまんなかからわけて頭のうしろに輪

でとめ、さらに首筋にたらして、男の人とおなじインドのシャツめいたブラウスを着ていました。新しいデニムのズボンの上で裾を縛っているので、妙に白く丸い腹が見えます。僕としてはちょっと当惑したのですが、サーカスの練習中ということなら自然なわけです。松の木からコンクリートの平面の端の杭に結んだロープの、風にパタパタ鳴る三角旗もサーカス風です。しかし、それにしても！　これでは隠れ家というより、人間が住んでいると広告しているようなものじゃないでしょうか？

――こちらの高い所から見ていると、歩いて来るのが、忠叔父さんにいわれて私たちのことを見に来たオーちゃんだと、すぐわかったよ。倒れた杉の脇で下に降りて行こうとして転ぶまで、私と原さんは椿のトンネルのところで見張っていたのよ。知らない人が林に入って来ると、警戒するからね。忠叔父さんの若い時の歩き方そっくりだから、オーちゃんだとわかったわ。それでも声をかけて驚かさないように待っていたらば、杉の倒木にそって沢に降りて行って、とたんに消えてしまったでしょう？　私にはよくわからなかったのやけど、原さんが、あ、転んだ、といって見に行ったのよ。

それで自分は一輪車の練習を続けていたわけか、不思議な生活だなあ、と僕としては思ったのですが、その時、原さんが――百恵さんの御主人への呼び方でいえば――小屋掛けの向うから、いかにも軽がると木の椅子をふたつに救急箱をあわせて持って戻りました。そして僕の立っている脇にふたつの椅子を向いあわせに置くと、救急箱は百恵さんに渡して、黙ったまま戻って行きました。原さんがあらためて小屋掛けの向うへ消える時、僕は障害のある兄が一日じゅう掛けていたことを覚えている、バッハのフルートとハープシコードの曲の口笛を聴きつけたので、――そういう人なのか⁉　という気もしたのです。その間、僕は百恵さんにせかされて、コンクリートの平面の上にあがり、椅子のひとつに座って、挫いた足頸の具合を見てもらう進み行きとなっていたのでした。

36

母の監督があって、僕も靴下は毎朝はきかえます。しかしさきに穴ぼこへ突っ込んだ以上、足は泥に汚れているわけですから、――これは困る！　と思ったことも事実です。しかしそれ以上ためらういとまをあたえず、百恵さんはその小さい手にかかるといかにも不恰好で大きい靴を脱がせ、勢いをつけて靴下をはぎとり、こまかな泥の粉がまぶしたようについている足頸に、やはり勢いよく顔を近づけて、ためつすがめつしました。

――赤くなってきているねえ……

百恵さんは、子供のように茫然とした声をたてました。自分では椅子に座らず、跪《ひざまず》くように身体を平たくして足頸を見てくれている百恵さんの、陽に灼けて薄いチョコレート色の首筋から背なかの奥まで見おろし、いま知り合ったばかりでこんな状態であるのは無遠慮すぎるのじゃないか、とも思ったのでしたが……

そこへ原さんがあらためてオモチャのように小さく見える合成樹脂のバケツを提げて戻って来ました。水は底の方に五センチほどしか入っていません。バケツの縁に畳んでかけてあった、白く乾いて清潔な雑巾を、きれいな水につけてしぼり、百恵さんは足頸の汚れをとってくれました。そのふたりの態度から、いかにも大切に水をあつかっていることが感じられたのです。さきほど注意されなかったなら、実際に棒で湧き水の泉をかきまわしたかも知れなかったと思い、僕は直射日光にあたって熱い顔が赤くなるようにも感じました。

百恵さんは、さらに念をいれて、痛まぬように気をつけながら患部を拭ってくれた後、幅の広い湿布材を救急箱から取り出して、足頸にしっかり巻きつけ、繃帯で固定しました。それはこれまでオリエンテーリングの大会で怪我した際の、どのような看護チームの応急処置より見事な、玄人っぽい手際に感じられたのです。

――どう？　窮屈？　とうつむいて作業にうち込んでいた百恵さんは、陽灼けしているがスベスベの額に高くもりあがるような汗の粒を沢山浮べて訊ねました。

僕はそのまま口をきくと理由もなく微笑しそうに感じ、まだ靴をはかぬままコンクリートに立ちあがって、湿布をした足に体重をかけてみたり、二、三歩、歩いてみたりしてから、

――大丈夫です、といいました。これで一応、家まで帰れると思います……　手当の仕方ですが、本格的ですね。

百恵さんは椅子に戻って靴をはこうとする僕に向いあって、はじめて自分も椅子にかけると、日光を掌でさえぎった陰のなかで大きく黒ぐろとした眼を見はり、頭をふりました。

――子供の時からサーカスにいたので……　お互いに怪我をした時手当をしあう、というよりも、自分で自分に手当することで慣れただけ。……この前、向うの低いところを通って行くオリエンテーリングの競技会があって、足を挫いた中学生がしゃがみこんでるのを原さんが見つけたのやね。降りて行って手当をしてあげたら、お礼に競技用の地図をくれたのやよ。これがなくては困るのじゃない、といったのに、もう競技はリタイヤするからと……　その地図で私たちが住んでいる場所に原さんとしるしをつけて、壁にはりつけておったのやけど。そのうち忠叔父さんに送ることにしたのよ。あれを見

てやって来てくれたのでしょう？　忠叔父さんは東京へ出て来ても、職務が忙しいやろうしねえ。忠叔父さん、お元気ですか？

37

――はい、元気です。手を離せない仕事があって、それで僕に、ここまで見に来るようにいいました。

――あれだけ小さな区域の競技用の地図では、普通の地図の全体と結びつけることはできんやろうと原さんはいうておったのよ。それでも私は、オーちゃんがオリエンテーリング部員やと知っておったから。

原さんは、ロープを結んである高い松の木の根方の、テント地の長椅子にゆったりとかけて、眼の前のコンクリートの空間を眺めていました。

――忠叔父さんは、どういうてオーちゃんを来させたのやろう……

――地図が実際にこの地域かどうか、一応確かめればいいんだと思います。そして、本当に隠れ家があったかどうか……

——隠れ家？　と百恵さんはちょっと考えるようにして、帰ってどのように報告するんやろうなあ？

——原さんとふたり元気でいられた、というつもりです。それに……

僕は一輪車のことをいおうとして、口ごもったわけでしたが、百恵さんは、

——子供なら下の涼しいところで寝ておるよ、といったのでした。

——下の？

——ここはコンクリートの下が地下壕になっているんやね。戦争中に、もう四十年以上も前のことやけど、大切な物資を貯蔵しておいたらしいわ。永い時がたっても、地下壕はしっかりしておるので、いまは私らが住んでるのよ。

——地下壕を、「不法占拠」して？　と僕はトンデモナイことをいってしまいました。

——ン？

——……西ドイツの話ですが、ヒッピーのような連中がアパートを「不法占拠」して、市や町と争っていると、新聞で読んだもので。

——こちらに来てからは、小田原に住んでおったのやけど、原さんが学生の時からの友達と行った酒場で、この山林の地主の人に会ったのやね。それで電気もガスもなしでよければ、住むことだけはできるということで、貸してもらうことになったのやよ。入

口を板で釘づけにしてもな、壊して勝手に地下壕に入りこんで、火を焚いたりする人らがおったらしいわ。その用心のためにもね、私らが住んでおることは役に立つと、地主の人からいわれたよ。その人は関西中心の仕事で、こちらには住んでおられんし、原さんは、山火事を起したりは決してしない人やから、どちらにも好都合でしょう？　忠叔父さんにもね、「不法占拠」はしておらん、といっておいてね。

38

——ここだと動物を飼うこともできますね、と僕はわれながらつまらぬことをいいました。百恵さんが額いちめん汗を浮べて、光をさえぎってもまぶしそうな眼でこちらをじっと見つめて話すのに、自分としてはあがっていたように思います。

——私らは飼っておらんのやけど。この間、山羊のことでね、原さんに聞いてもらうほうがいいけど、不思議なことがあったのやねえ、原さん……

原さんもじっと陽のあたるところに座り込んでいたわけですが、百恵さん同様、まぶしくても日向《ひなた》から椅子を動かさないのは、これから秋へ・また冬に向けて、地下壕暮しをするわけで、充分に日光浴をしておく、という心づもりが原さんにも百恵さんにもあったのじゃないかと思います。すでにもうあまり強くはない陽ざしなのでした。百恵さんの呼びかけに原さんは顔だけ静かにこちらへ向けて、よくとおる穏やかな声で答えもしましたから、それまでも僕らのする話を聞いていたのでしょう。話が脇にそれますが、僕が小学生の頃たびたびお世話になった、もと軍医の内科の先生の待合室に、言語明晰、態度悠揚という医師の心得の軸が掛けてあったのを、僕は思い出しました。

――その山羊はね、おれがいろいろ考えて、すこし苦しいところに来ていた時に、下のやぶで角を引っかけて動けないでいるのを見つけたんだよ、と原さんは、まさにそうした様子でいったのです。聖書に、角を林叢《やぶ》にかけた牡羊を見つけて、それを燔祭《はんさい》に献げた、という文章があるね？　あれとまったく同じだったよ。

――アブラハムとイサクの話ですか？　僕は聖書をよく読んだわけじゃありませんけど、父からコーランのおなじ話を聞いたこともあります。

――アブラハムが、……そうだね、コーランならばイブラーヒムが、自分のうしろをやっとついて歩き廻れるようになった息子にいうわけだ。これわが子よ、わしは、お前を屠《ほふ》ろうとしているところを夢に見た、お前どう思うか。それに対して、子供がなんとも立派な答えをするんだね。父さん、どうか、（神様の）御命令通りなさって下さい。アッラーの御心《みこころ》なら、僕きっとしっかりして見せますよ。

――私にはその話をしてくれなかったね、と百恵さんは、原さんが暗記している文章を正確に・しまいまでつたえようとしている様子なのは気にかけず尋ねました。それでどうなったの？

――やれ待てイブラーヒム、かの夢にたいする汝の誠実は既に見えた、という声が天から聞えて、子供は殺されずにすむんだよ。

――子供を殺そうとしていたの？

――そうだよ、屠ろう、というんだからね。縛った息子を柴薪《たきぎ》の上に載せて、ナイフで殺そうとしていたんだよ。

――そうなの？　子供を殺そうとしておったの？　と百恵さんはショックを受けて、そのままもの思いにとりつかれるようなのでした。

　今度は原さんが百恵さんの反応に気をつかうことなしに、僕に向けて話を続けたのです。

――ヨーロッパにはね、古くから、アブラハムはイサクを殺してしまったのじゃないか、という解釈があったらしいよ。殺すことを決意させられて、遠くまでやって来て、そこで息子を縛って殺そうとした時に、天から声が聞えた、というのじゃ調子が良すぎるものね。また、原理的にいえば、アブラハムが、神への燔祭として、自分のいちばん大切なものを、つまりイサクを献げることは、信仰にそくして正しい行為だからね。イサクはすぐにも神のみもとに行けるわけだし。

原さんはそういって、自分の考えを検証するように、ちょっと黙りこみました。その間も百恵さんは原さんになにか問いかけたい様子だったのに、原さんがあらためて口を開くと、それは僕への質問だったのでした。

――ウィルフレッド・オーウェンという詩人を知ってる？

39

――いいえ、知りません。

――第一次世界大戦に出征して、二十五歳で戦死した、イギリスの詩人、と原さんは説明しました。オーウェンの詩に、この話を主題にしたのがあるよ。かれはイサクが殺された、という立場なんだね。確かに柴薪の上のイサクと、脇に立っているアブラハムに天から呼びかける声は聞えたが、それにしたがわなかった。老アブラハムは、夢で神の声が命じたところに柔順だったが、現実の、神の意志をつたえる天使の声には抵抗した、ということだね。But the old man would not so, but slew his son,—/And half the seed of Europe, one by one.... 老人がかれの息子を殺し、いまにつづくヨーロッパの子孫らの半数は、ひとりずつ屠られてゆく…… あの聖書の一節には、こういう想像を誘うような、なにか気がかりなところが確かにあるからねえ。

——神さまへの献げものがない時に、やぶに角を引っかけて動けなくなっている牡羊が見つかったんだと、原さんは私にいったよ。そしてこの下のやぶに山羊が角をからめてじっとしていたのは、それと同じだといって喜んだでしょう? そうしたことの前に、子供を殺す計画があったのは知らんかったわ。原さんも、子供を神さまに献げることを考えておったの?

——そんなこと、あるはずがないよ、と原さんはきっぱりいいました。

——それでも、苦しい気持でずっと考えていたのでしょう?

百恵さんは追及しましたが、原さんは穏やかな表情のまま、しかしそれと矛盾せぬ頑固さで黙っていました。こういう時、僕にはつい不必要なことでも口を出さずにはいられない、子供の時からのくせがあるのです。

——原さんは、ここでなにをしていられるのですか? と僕は、あせった気持で正面から喰ってかかるようなことをいったのでした。

——若い人には、滑稽だろうから……、と原さんはためらっていました。

——滑稽な方がいいよ、と無視されてムッとしたのを、意思的に方向転換する具合に、百恵さんは強くいいました、滑稽な、といわれる方がええよ。変にカングラれるよりも！

——そうかも知れないね、と原さんは素直にいうと、眉の間に皺をよせて、コンクリートの空間をへだてた木立を見つめました。それが僕には、原さんが髪を大量に生やしているこどもあって、映画に出てくる、サンフランシスコあたりで警察につとめているインディアン出身のアメリカ人、というようにも見えたのです。

——おれはね、祈っているんだね。いまは、その他になにもやっていないよ。自分の本当にやりたい仕事は、実現おぼつかないから。起きている間は、ずっと祈っているといっていいね。夜の間も、眠って夢を見ることがあれば、それは祈っている夢だから。

——なんのために、祈って？　と僕は一応聞きかえそうとしたのです。ところがその言葉が、僕の内側の、というのとはまたちがう力で、ガキッと押しとどめられてしまったのでした。

夜の間も、眠って夢を見ることがあれば、それは祈っている夢だから、といってから原さんがそれこそ大男らしくもなくショボンとした顔になり、僕から眼をそらして、また木立を眺めている。夏の日向に座っていながらウロ寒そうなその様子を見て、僕は突然、鼻の奥がキナクサクなったのです。一応こちらがもっぱら滑稽なといわれても仕方のない反応として……

40

そこで僕たちは、三人ともしばらく黙りこんだのです。百恵さんは、いったん小屋掛けの向うへ入ってゆくと、コップに水を汲んできて、僕と原さんにくばりました。水は本当においしい冷たさでした。あの湧き水を汲みあげて、地下壕のなかに置いてあるだけで、適当な冷たさになるのでしょう。百恵さんは、またトタン板の小屋掛けにかくれ、原さんは僕が話しかけなければ木立の方を眺めたままなので――つまり祈っていたのだと思います――、僕は足頸の手当をしてもらった椅子に掛けたまま、頭のなかで「模擬問答」をしてみたのでした。

a、父と。**父**「きみは捻挫した足を百恵さんに手当してもらった段階で、出かけて来た用事は終った、と感じてるんだね。しかし足を捻挫したのは、出かけてからの偶発事故で、行く前に計画したことじゃないぜ。つまり、出かけてからマイナス1の事故がおこり、それを手当してもらったことで、プラス・マイナス・ゼロに戻った、そういうことだろう？　ただ、百恵さんが子供ともども元気で、原という人が、昼も夜も祈っている、と聞いただけでは、忠に頼まれて隠れ家を見に行った責任は果たせていないのじゃないか？　隠れ家が、持主との話合いで借りられているとわかったのはよかったけれどもね。」**僕**「……」

b、忠叔父さんと。**忠叔父さん**「自分としてはね、百恵さんが元気に暮しているか、知りたかったわけやから、オーちゃんは充分役割を果たしたよ。挫いた足をしっかり手当できたということは、百恵さんの気持にゆとりがあったせいやと思う。年じゅうサラ金のヤクザに追いかけられておる、という気持から幾分自由になったんだよ。オーちゃんが足を挫くことがなかったなら、そんなにうまく百恵さんとうちとけられなかったはずやから、オーちゃん自身は痛くて大変だったにしても、全体からみて、捻挫は決してマイナスじゃなかったね。」**僕**「……」

僕はこうした「模擬問答」をやってみることで、自分を肯定ないし激励していたわけです。そのうちあらためて小屋掛の向うから――つまりはそこに昇降口のある、地下壕からということです――百恵さんが四、五歳の男の子を連れて出て来ました。かれは長ズボンの裾を切って水泳パンツほどにも短い半ズボンにしたものをはき、上半身はピンク色の裸で、それまで昼寝していたのがすぐわかる、赤い下ぶくれの顔いっぱい、不機嫌そうな表情です。しかし僕と原さんに対して二等辺三角形をなす頂点の、コンクリートの真中まで来ると、鳥のような声をあげながら、幼児としてはまったくうまい徒手体操をやり始めました。男の子が体操を始めたとたん、松の高い枝から張られているロープの三角旗が、そこにふさわしいかざりのように思われたのです。

41

百恵さんは、男の子を僕に引き合せるつもりだったようですが――タロー、タロー、としきりに呼びかけました――、子供はいつまでも熱心に体操をしてとりあわないのです。僕としては、そうした全体がなんだか愉快でした…… 百恵さんもあきらめてしまいながら不満でもない様子で、あいかわらず陽ざしのなかの椅子に座っている僕のところへ来ると、

——そういうわけで、みんな元気にやっていると、忠叔父さんにつたえてね、といったのでした。

——そういいます、と僕も立ち上って挨拶しました。足頸の湿布はじつにうまく靴のなかにおさまって、窮屈でなく、現在の痛みも、これから痛みそうな危うい気配も感じられません。

——林から出て行くのに、外からは目立たなくした道があるから、とやはり立って来た原さんがいって、スタスタ先に立ちました。

一応、捻挫した足をかばいながら僕は歩いたのですが、原さんについて行くのに苦労はありませんでした。さきにくぐりぬけた椿や茶の木のトンネルをひきかえし、そこからは沢に降りるのともちがう傾斜の細い道を歩きました。途中、林のなかに、二メートルほどの直径の、道からは底が見とおせぬほど深い穴が掘ってありました。それはゴミ穴でしょうが、原さんと百恵さんの二人だけで掘ったのだとしたら、大男の原さんは力仕事の経験もある人なのじゃないか、という気がしました。林のなかを歩きながら、はじめから自分が入って来た丘陵の高みへのコースとはちがうことを感じていたのですが、気がついてみると細い川の流れている低地のきわで、たがいちがいに重なっているふたつの崖の間の狭いところに、段を掘って板で土どめした道が作られています。原さんと僕はそこから、アキノキリンソウやブタクサが生えて、脇はぬかるんでいる平坦な所へ下りたのでした。川を渡って南へ降れば、こちらへ来る際通った道だから、後は迷うことはないはず、というようなことを親切に説明してから、原さんは、

——会えて面白かった。さっきもいったけど、またいらっしゃい、といってさっさと崖の間に隠れた階段の道を登って行きました。

42

木立のなかを降って来る間、原さんはかなりのことを話していたのです。大学を卒業してすぐ、事情があって日本から逃げ出して、メキシコを旅行したこと。テオティワカンのピラミッドを見に行ったが、メキシコ・シティからのバスの終点まで乗っていればピラミッド正面まで楽らくと行けたのに、言葉ができないので早トチリをして、ピラミッドの裏側の停留所で降りてしまった。礫がゴロゴロしたなかに、曲りくねった柳の生えている荒地を突っ切って行き、ピラミッドの裾から壁面に植えこまれている、細い鉄の手すりを頼りに、最初の段落まで登った。次の段落へは登山靴でもはいていなければ

無理で、気落ちして段落の平たいところをつたってゆくと、角を曲った向うがピラミッドの正面だった。それまでは日陰だったのに、そこはメキシコらしい太陽の光があふれていて、安全な正面階段をアメリカの観光客たちが登っていた。しかし自分にとって、あれは決して無意味なピラミッド登りではなかった……

原さんは、僕が足頸を挫くほど困難なコースを辿って百恵さんの隠れ家に近づいたのに、簡単でずっとましな近道があったことを知ったならがっかりするかと、それを慰めてくれたのではないかと思います。

さらに原さんは、他ならぬ僕のことについても話したのです。つまり忠叔父さんが百恵さんと成城学園前駅で会っただけだとすると、その短い時間におそらく僕のことしか話さなかったのかと、久しぶりに再会した百恵さんとの会話として、ふたりにあいすまぬ気持がしたのでしたが……

――ディケンズの小説を読んでいるそうだけど、なにを？　と原さんは僕に訊ねたのです。『骨董屋』、という僕の答えに、名前は知っているけれども、読んだことはないなあ、ドストエフスキーを読んでいて、またその研究書を見ていて、『骨董屋』のことはよく出て来るんだがな。きみはドストエフスキーを読む？　そして僕の、読んだことはない・またいまのところ読む気もない、という返事に、それじゃおれがきみの読書のために役立つことはないと思うけれども、また遊びに来ないかい？　もっとゆっくりと、ともいってくれたのでした。

　帰りは直接都心へ向って、忠叔父さんのホテルを訪ねようと、わずかな距離だけ小田急線に乗って、小田原駅のＪＲフォームに出たのですが、その際の僕は、いかにも機嫌がよかったと思います。

　僕は忠叔父さんから百恵さんの隠れ家を見に行って来るよう頼まれた時、オリエンテーリングの地図の×のしるしに関して、なにかじめじめして陰気なものを予想していたのでした。それが明るい木立を伐り開いた、コンクリートの平面だったわけです。発見する、ということ自体にも生きいきした昂奮があったのですが、さらに、三角旗の下で一輪車に乗る百恵さんや、松の大木の根方で祈っている原さんに、涼しい寝床で昼寝をした後、明るい陽を受けて体操する子供、という暮しぶりだったのでした。

　それが僕の感じていた愉快さのみなもとをなしていたのですが、ひとつだけ目算ちがいの、その結果の出来事が残っていたのです。僕はこのところ、おもにお年玉や誕生日にもらう、ふたりの祖母からのお祝いをためこんで、計四万円持っていました。もし百恵さんたちの生活の困窮が緊急にそれを必要とするほどであるなら、カンパしてこよう、と思いついてもいたのです。しかし大人の他人にお金を差し出すということは、これまでした経験がなく、やりにくい気もしたのでした。いろいろ考え、いかにもなにげなく、カンパする、という方式にきめて、グルグル巻きにしてシャツのポケットにいれて来ました。しかし自分としてはまとまった金額なので、気になってもいたのです。杉の倒木の脇でひっくりかえった時、ウラジロの上をズルズルと滑り落ちて行きながら、胸の上をおさえたほどでした。

ところが百恵さんたちに会ってみると、生活の内容自体はよくわかりませんが、僕がお金を出してふさわしい雰囲気ではなかったのです。

43

そういうわけで、結局カンパしないことになったお金を、小田急線の風祭という駅で、小田原まで乗る電車を待つ間、ポケットから定期券入れにしまいなおしたのです。しかもマヌケなことに、僕はプラットフォームで丸めていた紙幣をたたみなおす際、一応数えてみたのでした。それをベンチのうしろに立っていた女の人に見られたような気がします。スカートに皺がよるのを厭がる女学生がたいていそうであるように、ベンチに座らぬ女の人は意外に多いものです。

小田原駅に着いてすぐ、東京への急行があと五分で到着すると時刻表で確かめて、僕は自由席の車輛に立っているつもりで、プラットフォームにあがって行きました。伊東から伊豆急線に入って行く下りの急行が、隣りのプラットフォームから出て行くのを、なんとなく見送ったりもしていました。そのうち、僕はすぐ脇で、さしせまった嘆息がもらされるのを聞いたのでした。

ずっと百恵さんたちの暮し方のことを考えていたので、不意をつかれるようにしてそちらをふりかえると、黒ぐろと艶のある髪を太い束にして、よくめだつ右の肩胛骨の脇に載せている人です。僕の顎ほどの背たけの二十前後の娘さんが、ほかならぬ僕を、大きい濡れたような眼でじっと見つめている。それがもう一度あからさまに嘆息すると、わずかに残った元気をかき集めるようにして呼びかけて来たのでした。

――下田へ行く急行は、このフォームでよかったのですよねえ？　到着が遅れているのでしょうか？

――こちらは上り急行のフォームです。下りの伊豆急線の急行なら、いま出て行きました。

――ああ、やっぱりそうだった！　どうしたものか⁉　と娘さんが突然、唸り声を出して身悶えするようだったので、その古風ないいまわしのせいもあり、僕はギョッとしました。

これは母と姉の会話から自然に仕入れた知識ですが、この年の流行だった濃いワインカラーと黒のチェックの布地の、腰がひどく狭まっている他は、どこもかしこも嵩ばって、痩せた身体がなんとかそこに引っかかっている、そういうデザインの服を着た娘さんは、放っておくと倒れてしまいそうなのでした。僕は現実に女性が卒倒するところを見たことがないけれども、『骨董屋』で女性たちが倒れる幾場面かは印象に強いので、一応あせったのです。しかし娘さんは卒倒しませんでした。そのかわりに、心のなかで素早くまとめたことを僕に話す決心をしたようなのです。そして話しはじめた彼女が話し終るまで、僕はなにひとつ口をはさむことができず、ついに彼女が口をとざした時には、定期券入れに畳んでいれておいた四万円を取り出し、手帳を破いて自分の住所を書いたのと一緒に、娘さんに手渡していたのでした。

これはあとで考えたことですが、百恵さんと原さんに小さな男の子の、穏やかに澄みわたった生活に接したなごりがあり、なんであれ、困っている人の役に立つことをしたい、という心が動いていたようにも思います。つまりこちらに、向うのたくらみを進んで引き受ける、というところがあったのです。そして自分のそういう態度の奥底には、ずっと夏の間『骨董屋』を読みつづけて、ネルの憐れな運命に同情してきたことの影響があったようにも思うのです。

44

夢中になって話す娘さんは、悲しみながらも自分に腹をたてている様子で、どういうつもりかこちらの、杖をついている側の腕のシャツをつまみ、僕を確保していました。そして息は切れぎれに、しかし論理の脈絡はしっかりつながっている仕方で、話しつづけたのでした。

――私はまたしても運が悪い！　どうしたものか？　どうしたらよいものか⁉　私は今度連続ドラマの主演をいただきました。今日から下田の港でカメ・リハの予定でした。プロデューサーも監督も、男の方の主演の松岡さんも、ヘア・メイクの女の子たちと一緒にね、あの急行に乗っているんです。私はやっと大きい役がついたので、箱根の別荘の両親に報告しに行って、ここから同じ電車に乗りこむはずでした。……下田へ行く急行はもうずっとないし、やっとこさ普通電車を乗り継いでも、三時間は遅れてしまいます。私はおろされてしまうことでしょう。基本の礼儀の大切な業界ですからね。……あ、どうしたものか？　どうしたらよいものか！　タクシーで追いかければ、渋滞もない時間帯ですから、三十分の遅れ程度でしょう。誠意をつくして、気転も働かせたということが、かえって認められるかも知れません。けれどもね、私はどこまで運が悪いのか、おサイフを箱根の別荘に忘れてきたんだわ。……どうしたものか？　どうしたらよいものか⁉　……あなた、もしも、の話ですけれど、余分のお金を持っていられませんか？　四万円もあれば、タクシーにむりをいって急がせても、向うについて、監督さんらにおわびの品を配っても、それで足りると思うのですけれど。……あなたの住所を書いてくだされば、すぐに現金書留でお返ししますよ、速達で。どうでしょうか、おねがいできないでしょうか？

　僕がおとなしく定期券入れから畳んだ紙幣を取り出し、住所と名前も書いて渡したところへ、電車が入って来ました。乗り込んで、座席はないまま通路に立って、プラットフォームを見おろすと、いまさっきの、途方にくれ・取りみだした様子とは裏腹に、落着きはらった娘さんが、僕の渡したお金をワシづかみにした手で髪の束を肩のうしろに押しやるようにしながら、ゆっくり歩いて行く。走り出した電車に向けて顔をあげようともしない娘さんは、いまやどういうわけか四十前後に見えたのです。僕は——自分でもどういうつもりだったかわかりませんが——、拇指を人さし指と中指の間につき刺す、例の握り方をした拳を、窓へ向けて突き出し、すぐ前の座席に座っていた立派な身なりの初老の夫婦から、顰蹙《ひんしゅく》の表情を示されたのでした。

……僕はこの日、東京までずっと立っていた電車のなかで、これまでしたことのない仕方で、人生のことを考えたように思います。百恵さんと原さん、そして小さい男の子と会ったことで、人間の生き方の愉快で楽しい側面にふれたような気がしたのです。まったく特別な環境での生活であるわけでしたけれども、じつに独特な明るさの！　サラ金のヤクザに追われて逃亡をつづけ、知り合いの警察官にすらも、住所は隠している、そういう先入見で組みたてていた生活のイメージがまるっきり崩されたことから、なんと穏やかで明るい生活か、という気持が拡大されていたとも思いますが……

45

東京駅でホテルに電話をすると、外出中ということで、あらかじめ教えられていた番号を廻してみると、警視庁の分室らしい場所で書類を調べる仕事をしていた忠叔父さんがすぐ出てきました。ちょうど一区切りついたところということで、僕らは銀座のデパートの食堂で待ち合せたのです。忠叔父さんは、僕にチャーシュー麺とギョーザをご馳走してくれながら、この日自分はなにも食べず、報告を熱心に聞きました。その時分には百恵さんの手当はそれとして、やはり痛みはじめていた足頸を気づかって、別れる際にはタクシー代までくれたのです。忠叔父さんの今度の東京滞在は、相当な出費となったはずだと思います。

百恵さんがコンクリートの空地の生活に一輪車を役立てていた、と話すと、忠叔父さんは愉快そうな、誇らしくさえあるような表情を、僕から隠すように脇を向いて笑い声をあげました。小さな男の子の、上手な徒手体操の話にはさらに満足そうでした。

なんとなく、祈っている、、、、ということは話しそびれたのですが、原さんが考え深く落ちついた様子だったこと、地下壕は見なかったが、すくなくともその上のコンクリートの平面は、そこでの暮しを楽しめそうで、貸してくれている地主との間には、良い関係が開かれているのらしいということも、いちばん重要なこととして話しました。あらためて忠叔父さんは顔の皮膚と骨格を堅固にひきしめるようにして考えると、注意深く言葉を選んでこういいました。

――原さんは、どんな状況にあっても自分本来の態度は失わない人やから……　ただ、時おり原さんも心理的に悪い時があって、その時期に、百恵さんが原さんを頼りきっているもので、影響される勢い以上に自分で加速して、恐慌状態になるんやなあ。しかしいまは二人とも、調子がいいわけだね。

――サラリーマン金融の問題はどうなったでしょう？

――どうやろうねえ？　いまのところは小康状態なのやろうなあ……

――キルプから逃れて街道を旅したあと、ネルと老人が学校の先生の家に世話になっている部分なぞ、なごやかですものね。教会の脇の家に住みついてからも、ネルの病気さえなければ、もっと。……百恵さんも原さんも、男の子もみんな元気でした。僕は男の子が徒手体操で準備してから、一輪車に乗って見せるのじゃないかとさえ思いました。

――子供の足がとどく一輪車があれば、百恵さんは乗り方を教えるね、と忠叔父さんはいいました。

僕はこのようにして、一応、忠叔父さんから依頼された仕事をやりとげたのです。足を捻挫する、という事故のおかげで――おじいさんがオムスビを転がして追いかけ、穴に落ち込み、おかげで財宝をためこんでいるネズミどもと仲良くなる、そういう昔話と似た展開でしたが――、百恵さんと原さん、それに男の子の一家と平和的な関係を結ぶことができた。そのうちもう一度訪ねて見ようとも思う。僕としては、夏休の終りに自分が一仕事やりとげ、また自分の世界が新しく拡がったようにも感じて嬉しかったのでした。

46

しかし秋の学期に入ってからは、滅入っているのじゃないかと友達からいわれ、一応自覚してもいました。いくつか事情がかさなってもいたわけです。まず、オリエンテーリング部の内部事情の変化です。昼休のランニングの集りが極端に悪く、土曜の放課後の活動はそれほどでもありませんが、熱気でムンムンするともいえない。競技会にはいつも天才的な理由を見つけて参加しないですます某君なども――プライヴァシーの点を考慮して、とくに名を秘す――、部室には毎日立ちよって暇つぶしをしていたのが、まったくあらわれなくなりました。学期が始まって二、三週目の月曜日、登校の際に駅を出たところで会い、話しながら校門へ向ったのですが、――このごろサボッテルんじゃないの？　という僕のバットのひと振りは、ボールにかすりもしなかったのです。某君は反撥するかわりに、こちらを諄々と諭すふうであったわけなのです。部室で毎日雑談していた際の態度とは大ちがいで、僕はたちまちあせってしまいました。

――おれね、人生をシビアに考えることにしたわけ。つまりね、受験勉強を始めたよ。もう遅いというやつもいるけどね、塾にはずっと通ってきたわけだから。それで、部活動はリタイヤするからね。きみは信念持ってオリエンテーリングやってるんだから、続けるだろう？　メンタルには応援しますよ！

攻守逆転。僕としても、別に信念持ってオリエンテーリングやっているのではなく、シラケてしまって、準備していたことをとりあえず全部いう某君の言葉の勢いに、異議をはさむ気にはなれなかったのでした。

確かに、人生をシビアに考え始めた連中の増加は眼に見える勢いで、秋の最初の実力テストでは、僕の席次はいちどに三十番もさがりました。それも、自分として得意な課目と考え、その方向に大学の専門課程をきめようと考えている、生物と化学が惨敗だったわけです。それでもなんとか全体としての低落傾向に歯どめすることができたのは、思いがけなく英語の点がよかったからでした。僕は忠叔父さんの授業のことを思ったものです。

別の方向で僕を滅入らせたのは、進学塾での出来事でした。自分も二年になってから通い始めた、東大の学生たちの塾なのですが、秋の学期から僕らのクラスに上ってきた女子高校生が、妙によくできるわけです。この段階で、僕は三角法の考え方をなんとか頭にいれただけでしたが、彼女はクラスの正面の黒板に進み出て sin や cos の記号をバリバリ使いながら、練習問題を解くわけです。自分の高校が男子校なもので、女子高校生にはどう話しかければよいか、確信がなくてためらっていたのが、二、三週間たって時どき話すようになってみると、小柄で真ん丸な顔の、その女子高校生は、一年生だとわかりました。なんとも人生を早くからシビアに考える性格だと思い、ほとんど理解に苦しんだほどです。

そういう事情で僕は落ち込み、なかなか眠れない時など、たびたび忠叔父さんを思い出しました。自分も忠叔父さんのように、高校を出ただけで就職し・結婚はせず、ずっとひとりで暮しながら、自分では性に合っていると思う理科系の勉強を続けようか、というようなことを思ったりもしたわけです。しかしこういう希望は、年末に上京して来るはずの忠叔父さんに面とむかえば、その叔父さんにこそ、もっともいい出しにくい、将来の計画のように思われたのでした。

47

こういうふうだった一日、めずらしく父と僕との間に真面目な・内容からいえばそれこそシビアな議論がもちあがったのです。日頃、父が僕と話をするのは、家のなかですれちがうような際、通りがかり的に話しかけてそれで終るのが、父のやり方です。たまに夕食のテーブルで話すこともあるわけですが、そういう時父は一杯機嫌で、こちらをからかうようなことをいい、なんとなく反撥すると、――コラ、怒るな！　からかっているだけじゃないか！　と大きい声でいうのです。僕としては、からかわれるから、反撥する、ということなのですが……

昔にさかのぼっていえば、父がもっとも恐かったのは、僕がまだ中学生の時分でした。日曜で自分も家にいる時、昼近くなって父が書斎から宿酔《ふつかよい》の状態でノソノソ降りてくる時！　全体に不機嫌で・憂鬱そうで、自分を恥じているようでもあれば世間に腹を立てているふうでもあり、家の誰ともろくに話をしません。整腸剤とビタミン剤をバッ！と口にほうりこんで、居間の長椅子に寝そべると、毎日読んでいる自分でカヴァーをかけた本を、辞書を引いては、細く削った鉛筆で書き込みをして読み続けます。電話がかかってくると、はじめから無愛想な返事をして、たいてい途中で腹をたてて切ってしまいます。母のいうところでは、それは日曜だけのことじゃなく、僕らが学校に出かける日も毎日繰りかえされ、午後三時ころになってやっと人間らしい活動性が戻って来るのだ、というのでした。こんなことでは、そのうち父は社会的に行きづまるのじゃないかと、中学生のメンタリティーにおいてではありますけど、寂しく不安な気持がしたものでした。しかしこのところ、父は宿酔をすることがあるとしてもごく時たまで、――円熟してきたからね！　というような、自分自身をからかっている言葉もはいています。

さて僕が自分の部屋のベッドに寝そべっていると、居間から隣りの書斎へ戻ろうとした父と、半開きのドアの間から眼があいました。その結果、めずらしく父が部屋に入って来たのです。床いちめん堆積させているオリエンテーリングの資料や参考書のわずかな隙間に立つと、父は僕がなんとなくムッとして天井へ眼を向けているのへ声をかけてきたのでした。

――オーちゃんよ、このところ人生に困難が生じているふうじゃないかい？

――別に！　断乎として、僕はいいました。

ふだんならば、この返答は、

──コラ、怒るなよ！　からかっているだけなんだから！　という父の言明を引き出して終りになったでしょう。ところがこの日、父は僕の部屋のあちらこちら点検するようにして、なかなか出て行かないのです。そのうち、こういうことをいいだしたのでした。

──オーちゃんよ、きみは身体をベッドにはすかいにして、苦しげにというか、痛ましげにというか、なんだか尋常でなく寝ているね。このベッドは、もう小さいかね？

──別に！　さらにもムッとし・さらにも断乎として僕はいったわけです。

48

──……二、三日前、ママがちょっといっていたことだけれども、進学するのを止めようか、という気持もあるんだって？

──突然、そう訊かれても……　まだ、時によっていろんなふうに考えているから、と僕は防禦をかためる式にいいました。

──そうだろうね。むしろおれの側の、いまの関心、ということで尋ねたんだよ。なぜおれの側の関心というかといえばね、大学に進むことの実際的な意味ということを、自分の経験にそくして考えてみたからさ。そこでいくらか整理した答を、示したいと思って。オーちゃん、きみがベッドにはすかいになった、金縛りのポーズでね、いろいろ考える際の、参考資料にさ。

——ああ、そう！　と僕はベッドに起きあがり、はだしの足を床におろして、ガラス戸の向うの、ちょうど眼の高さにある庭木の先端を眺める態勢をとりながら、いったのでした。それはご親切に……

——おれは大学のフランス文学科を終えたわけだね、と父は一応いうだけのことはいおうと腹を定めている模様で、めずらしく忍耐強く続けました。ご存知のとおりなんだけれども、それでいて、フランス文学研究者の学問の能力はないし、おれの実力では通訳にだってなれない。それでもね、いまおれの生活の三分の一は、フランス語ないし英語の本を読むことでしめられているわけだ。そしてそれがおれの、小説を書く生活をおもに支えてもいるんだね。大学の文学部で、外国語を読む、ある程度の能力をつけたのが役に立っているわけさ。しかし、かならずしも、大学へ進むことと、語学の能力をつけることとは、必要にして充分という仕方でかさなっているわけじゃない。忠は大学に行かなかったけれども、ディケンズを読む能力と根気では、おれなんかめじゃないから。

おれの友達で、芸術大学に行くことはしないで、いまや世界で有数の音楽家のTさんね。あの人は天才だから、一般的な例にひくことは意味がないけれども、Tさんより他にも、大学というようなところとは無関係に、才能を伸ばした人はよく知ってるよ、たとえば絵でいえばT・Sさんね。

おれの友達の大半は学者だけれども、かれらは大学で勉強した。当時もいまも、大学を基地にした情報網をうまく活用している。世界的に新しい研究を、どういう連中が、どういう水準と規模で、現にやっているか、というようなことね。大学の情報網を介して見とおしを作って、その上で、専門分野の学問をやってゆくとすれば、すくなくとも無用のエネルギーを使わなくていいだろう？ もっと素人っぽい基盤でもね、おれがたとえばブレイクを集中的に読もうとするね？ はじめにY君のような英文学者の友達に、素人向きの本を教えてもらって、それからすこしずつ自分として専門的な方向に行く。そういう仕方なんだけれどもさ。その過程でも、英文学者から時おり方向修正してもらう。こうした専門家の友達は大切なんだよ。大学では、そういう友達と出会えるし、ちゃんとやれば、自分自身、ある専門家になれて、当の分野で友達の役に立つこともできる。そうした方向への出発点のシステムが、大学にはあるわけなんだね。

忠はディケンズについて、永年、徒手空拳でひとりやっている。文科系の場合、それがやれなくはないということさ。しかし、やはり大変な労苦なのじゃないだろうか?しかもオーちゃんは、理科系の学問をやりたいんだろう?

49

僕は父が──もちろん、母にも頼まれて、ということだったでしょうが──、大学へ進学する方向で僕があらためて熱心にやるようにと、説得する気になっているのを感じました。そして僕は、自分が論理の筋みちをたてて、進学するのでない方向へ進もう、と考えたというのではない以上、父のこの勢いでは容易に説得されるにちがいないという気がしたのです。すぐにも迫っているその先ゆきに僕はあらためてムッとしたのでした。もの心ついてからずっと庭にあるハナミズキが、一本の木でありながら幾種かことなった層をなして紅葉しているのを見おろして、僕は黙っていました。大学ではこういう紅葉の仕方の、ある法則にもとづくバラツキというようなことについても、すぐ定式化できるような、植物や数学の専門家がいて、昼食の時間に箸袋の余白などを使い、あっさり計算してみせるんだろう、とも考えました。自分が独力でずっと研究しても、そういうことはとうていできそうにはない。大体、ハナミズキの紅葉ということがなぜおこるか？　それすらも自分には化学記号を使って式にあらわすことができないじゃないか……

僕は寂しい気持になったのですが、ムッとした感情も消えてしまったわけではないので、むしろふたつが相乗効果をあげるようだったのです。僕はなんとか反論を提出したい、と思いました。

――大学に進まなかった場合、専門家の友達をえられないというならば、パパは消極的な側から、大学の効用を考えてるんじゃないの？　一応、積極的な評価のように聞えるけどさ。以前、パパから、「受け身はよくない」ということをいわれたね。それを、ものを考えたり・行動したりする際の、原理にすればいいと、いわれたように思うけど。

――よく覚えていたなあ、オーちゃんよ。消極的というのを、和英で見ると、negative だけど、また passive とも説明してあるからね、きみの受けとり方は筋が通っているよ。……しかし、おれの教えた原理は少ないからね、覚えているのがあたりまえか？

――これも以前聞いたところでは、パパには大学へ行く積極的な理由があったのでしょう？　語学力をつける、というようなことよりも、あるきまった先生に習いたい、という希望があったのでしょう？

――そうだね。

――その点でも、僕には積極的な理由はないよ。

――大学に入って、そういう先生にめぐり会うことがないともいえないのじゃないか？

――いまの問題として。

――……もし大学へ行かないとしても、きみはひとりで理科系の勉強をしてゆくつもりなんだね？　ママが推測しているところでは。それならば、どうだろう。いったん自分がやりたい分野をさだめて、そこから考えてみれば、能率よく勉強できそうな場所として、ある大学が浮びあがってくるかもしれないね。そのように選べば、つまり大学を積極的に選んだ、ということになるのじゃないか？　理科系のことはよく知らないけれど……

――その方向で考えてみます。

――ああ、そうかい？　それはよかった。まあ、ゆっくりとね。オーちゃん、人生は長いぜ、きみにとっては……

父は話のはじめにくらべると、なんとなく元気がなくなった様子でした。つまり僕のことよりは自分自身について考えはじめているふうで、うつむいて書斎へ帰って行ったのでした。

50

ひとりになってセイセイして、あらためて庭を見おろすと白樺のこまかな葉の淡い黄色や、季節がら見通しのよくなった生垣にまつわりついているカラスウリの赤や、という具合で、小さいながらカラフルな眺めであることに気がついたのです。もう十七回もこの季節を経験しているわけですから——最初の数年は別としても——、秋の特色にずっと無感覚だったのに、いまそれを感じとるようになったのが不思議でした。自分はついに、「もののあはれ」にふれたのかね⁉ そういう言葉も、ついさっきまで古文の教科書を読んでいた関係上、頭に浮んだのでした。

僕との話合いで、父が一応満足したようでいながら元気をなくしてしまったのは、大学の先生のことを思い出したからだろうと思います。僕自身、まだ幼稚園児で、十二学者（つまり「星は生きている」、とか「森の誕生」とか、科学絵本で読んだ十二の分野の学者）になろうと思っていた頃、その先生に一度お会いして、——私は一学者ですから、と挨拶をかえされたことがありますが、妙に立派な顔をしたジーサンでした。先生が亡くなられた後、夜中に眼がさめて台所に水を飲みに行こうとすると、父が居間の長椅子で顔を真っ赤にして泣いているので、ビックリしたことがありました。この年の春、大学に入って心理学の授業をとった姉が、

——オーちゃん、私たちが、小学生だったかね、パパが夜ふけにいつも泣いていたことがあったね。私がいまガンコな性格になってしまったのは、あの折の経験によるらしいよ、アドラー氏によれば！　といったくらいで、先生が亡くなられた後の、深夜の父の奇怪なふるまいは、みんな口には出しませんでしたが、家で誰知らぬ者もなかったのです。

庭の紅葉についてもう一言いえば、父の書斎よりの窓のすぐ脇に、背は高いが幹の細いカエデが一本、キラキラするような赤黄色になっています。母はつねづねカエデがほしいといっていたので、父に不時の収入があったこともあり、年の初めにその木を買ったのですが、春になって葉が出てくる頃になって、これも家じゅうのヒソヒソ話の種になりました。

母としては紅葉を楽しみにしてカエデを買ったのに、この木は葉が出た段階で、すでに赤紫のような色だったのです。それがしだいに薄い緑色にかわってゆくのだと植木屋

が弁解したものですから、母はますますがっかりしてしまったのでした。父は、こういう時の癖で、赤紫から緑にかわった葉が、秋になって紅葉しないとは、原理的にいいきれないのじゃないか、とまわりくどい論理で母を慰めようとしました。しかし母は、永年の友達の植木屋の口を割らせたのだと日頃にない言い方をして、この種のカエデは紅葉しない、すでに春、赤紫の葉なのだから、と姉が最近自覚したよりもっとガンコに嘆いていました。そのうち、福祉作業所に行っている兄が、

——**いま見ても大変きれいな葉ではないでしょうか？**　といったので、ついみんな笑いだし、母も納得する、ということがあったのでした。

ところが秋になると——もう切実な話題とはなりませんでしたが——、カエデはきれいに紅葉して、父が紅葉しないとは原理的にいいきれないのじゃないか、といったのは正しかったのがわかっています。そういう父の考え方・ものの言い方は、あの妙に立派な顔のジーサンから教わったものではないか、と僕はあらためて思ったのでした。僕くらいの年齢だった父が積極的に、大学で教わりたいとねがったとおりに……

51

　こうして僕がスランプにおちいったのを救助しようとして、父と母が協力し、親サイドの策動を行なっている、ということはわかっていました。そのための手さぐりの過程で、母がひとつ思いつきをし、それが結局は大きい出来事に展開してゆく、ということになったのです。母が四国に電話をかけて忠叔父さんと相談するうちに、この前も話に出た叔父さんの古くからの友達の百恵さんが、小さい子供と一緒に――その父親もまた一緒であるけれども――、山のなかで地下壕暮しをしている、そしてその実際の住み家をつきとめて様子を見届けてきたのは僕だということを知りました。母は、まず僕のスランプを気にかけていたわけですが、今度は忠叔父さんの女友達とその家族が、これからの秋から冬にかけてを、どうやって山のなかの地下壕で暮すものか気にかけ始めたのでした。

　その結果、一挙両得というか、僕のスランプへの母としての対策が浮上することになりました。ともかくも気晴しにはなるだろうという発想で、僕が母の使いとして百恵さんのところへ届け物をすることになったのです。母が準備したのは、石油ストーヴと毛布、子供用の羽毛蒲団といったものです。僕は登山をやる友達から備品を借りて、なんとかひとりで背負ってゆけるかたちに荷造りしました。石油ストーヴは細長い箱型のPODという製品で、それは驚いたことに父と母が結婚する際に買ったスエーデン製だということです。

——おお、超レトロの六〇年代気分か！　と僕は辟易していったものです。

もっともストーヴ自体はきれいに掃除されて、永年書庫の隅に——書庫は幾度も模様がえされたのに——、ずっと大切に保管されてきたのです。父によると、このかたちのPODはもう日本では売っていないということですが、用心深い母の性格で、替え芯を二ダースも買っておいたので、新しいままのが一ダース残っているというわけです。父は、地下壕で使用しても、注意深く換気すれば心配はない、それがスエーデン製ということなんだ、と保証したのでした。僕としては、新しい製品を買って贈れば、と思わぬこともなかったのでしたが、このタイプのストーヴは、歴史が始って以来PODがいちばん良いと、両親ともに信じこんでいるのです。子供ベッド用の寝具は、ほかならぬ僕自身の使用したものを、クリーニングに出して取っておいたということでした。

荷物を背負うと、PODの側面は思いがけず背中にしっくりしました。電車のなかで、この大荷物は顰蹙を買い——混雑する急行はさけて、普通電車を選びはしたのですが——、そうなるとかえってその味方をしたい気もしてきたのです。あまり親しいつきあいじゃなく、しかも儀礼的に贈り物をするというのでもない、いまの場合、こういう清潔に保管された中古品の方が、持って行きやすいようだとも考えて、母の考え方を納得したのでした。——こういう使い古しなど、物の豊富な八〇年代に、私どもではいらないね、といわれるとしたら、そのまま担いで帰ればすむわけです。

この日は、住宅地の突端を一段低く囲む道を歩いて行く途中で、水の涸れている河川敷の草地に降りました。この前、帰り道として原さんに教えられたコースを逆に辿るつもりなのです。踏み跡がかたまっただけのような狭い道を歩いて行ったのですが、両側にはアキノキリンソウとススキの群生が、計画して植えつけたように濃くひろがっていました。道のすぐ脇には、僕の胸の高さに、ショボクレタなりに金色の、円錐状の花がズッと並んでいる。その上、三十センチほどぬき出るようにして、こちらはもっとまばらに、しかしやはりある法則性を持った分布の仕方で、広い一帯をススキの白い穂が埋めている。ひとりその中を歩いて行く者の眼には、なかなか贅沢な眺めで、僕はなにか近頃にない生きいきした気持を感じながら、砂地を踏みしめて行ったのでした。

52

向う側の台地へ上る、崖の間の隠れた通路は——こうしたものにオリエンテーリングで出会う際、たいてい幾分かは崩れているものですが——、丸太で土どめされてしっかりしており、時どき管理に廻って来る人がいるのだろうと思いました。しかし、ここを通って自分たちの住み家に上って行くのは百恵さん一家だけですから、そのためには原さんが働いていているはずです。身体の大柄な、ゆったりした動作の人でしたが、こうした点でマメに働くタイプのような気もしました。つまりその時点では、僕ははじめて尋ねて行って足頸を捻挫した際と同じく、百恵さんが原さんと男の子との三人で暮していると思いこんでいたのでした。

ところが、台地の斜面を昇った勢いのまま、——ザワ、ザワ、ザワ！　と無意味なことを景気づけにいいながら、すっかり見通しのよくなった落葉樹の林を抜け、まつわりついたヤマイモの蔓こそ枯れているものの、濃い緑の葉叢はそのままの、茶の木や椿のトンネルをくぐりぬけると、屋敷林のような木立に囲まれたコンクリートの平面では、男ふたりと女ひとり、この前には見なかった人たちが立ち働いていたのでした。

もちろん百恵さんとその家族もいました。百恵さんはあいかわらず一輪車に乗ってサーッと走ったり、急停車して方向転換したりする練習をやっているし、原さんはコンクリートの平面の向う隅の、むやみに花がついている山茶花の木の前で、テント地の長椅子に横たわって本を読んでいます。タロー君も、あらかた作物は終ってキャベツを収穫した株だけがめだつ畑の間の道を僕が近づくと、この前さかんにやっていたと同じく、達者な徒手体操を始めました。

――オーちゃん、遊びに来てくれたのやねえ！　とコンクリートの平面の端まで一輪車を走らせて、サドルを片手で摑まえた百恵さんが、いかにも親しい友達を見るようにして声をかけました。

――この間は、ありがとうございました。足はすっかり良くなりました、と僕は挨拶してから、ゆっくり上体を起した原さんにも会釈したのです。お忙しいところを、お邪魔なのじゃないでしょうか、突然うかがって……

――いいのよ、ここへ来るには予告しようがないもの。だから、かえって嬉しいのやよ。そういって百恵さんは、僕らが向い合っている場所から、原さんが横になっていたところと反対側の、三人組の働いている方へ勢いよく身体を向けました。忙しいのは、いまのところあの人たちだけ。私たちは手伝わなくても良いといわれたから、……あの人たちで定めた手順があるんやね。

三人は建築現場によくある、プレハブの小さな家を組立てようとしているのです。原さんと同年輩の男が、コンクリートの平面に置いた枠組に柱をボルトでとめていた動きを中断して、なにかじっと眼をこらすように僕を眺めていました。大学生だと思うのですが、若い男と女のふたり、すでに立っている二本の柱の間に壁面をはめこもうとしていたのが、こちらも手をやすめてやはり僕をじっと見ました。そして僕は、すぐあとでも・またしばらくたってからもたびたび考えたことですが、自分がかれらに看視されているという、落着かぬ気持をあじわったのです。それも看視することになれている、そういうような立場の人によって……

53

――かれらはね、おれに映画の仕事を始める見通しがついてきたので、そのために協力してくれるクルーでね。まず共同生活の態勢を作ろう、というわけね。

立ってきて、百恵さんの背後によりそうようにした原さんが、立ち働く三人のことを説明しました。原さんは、もうさきに書いたことですが、大男で、骨格もたくましく、濃くぎっしりと生えそろった髪をしたタイプです。それでもこの間、祈っていると話した時は、静かな印象があったと思います。いま野太い声で新しい事態を説明する原さんには、現実的な精力にみちた印象があり、思いがけない感じでした。

——「事務所」を建てたらね、お便所とお風呂と台所を作るのよ、もう材料も来ているのやよ、と百恵さんは嬉しそうにいいました。

僕は大荷物を背負ったままで——といっても石油ストーヴのタンクはからですし、ほかの嵩ばるものは子供用の寝具ですから、見かけにくらべれば軽いのですが——、プレハブの「事務所」の建設を見ていたわけです。僕としては、荷物をおろして母の伝言をつたえる必要があったのですが、百恵さんも原さんも、満足そうにプレハブの工事を見守っているので、キッカケをつかめず、そうして立っていたのでした。

あわせて僕の胸のうちには、ジレンマがあったのです。これまで僕としては、サラ金の傭った暴力団から追及されている百恵さん・原さんの苦しい立場、という思いがあり、林のなかの地下壕で子供と暮す貧しい一家、というふうにもかれらをとらえてきたわけです。そこで母が百恵さんの子供のために毛布や羽毛蒲団、ＰＯＤの石油ストーヴを持って行くようにといいだした時、ふたつ返事でひきうけたのでした。とくに、古いけれども機械としてよく保たれていて、芯を替えれば機能的に新品と同じ――僕は一応試してみていました――スエーデン製の石油ストーヴを持ってゆくという発想は、百恵さんたちの生活に似つかわしいことのように、しだいに思えてきていたのです。

しかし、いま原さんは映画の仕事を始めるところで、「事務所」のプレハブまで建てている！　三人もの人間がそのために立ち働いているわけで、これじゃ貧しさもなにもないじゃないか、と僕は考えたのでした。そこへ中古品の石油ストーヴと、いったん自分が使った寝具など、持ち出すことができるものだろうか？

僕は大荷物を担いだまま途方にくれて、あいかわらず徒手体操をしながらチラチラこちらを見ている男の子になにか期待する気分にさえなったのでした。

54

そして事実、男の子は、僕を窮境から救い出してくれたのです。それも好意的なふるまいどころか、その逆の、乱暴な・敵対的ですらある仕方で。僕がまだコンクリートの平面のはずれの、一段低い畑のなかに立っていた点を利用し、かれは向うの小屋掛の脇から木箱を運んで来ると、それに上り、あわせて持ってきた棒切れで、僕の背負っている荷物を叩きはじめたのです。徒手体操をする時そのままの真剣な顔で、緊張したというよりも、端的に怒っている眼でこちらをうかがいもしながら……

そのうち、――あら、タローはどうしてオーちゃんを攻撃するのやろ？　と棒切れの横殴りの音に気がついて、百恵さんがいいました。

――オーちゃんと関係をつけたい、ということなのじゃないか？　それならば、タローにはいいことだよ、そういう気持になるのは、とふりかえって原さんもいいましたが、それでも百恵さん同様、男の子がさらにしつこく僕の荷物を叩くのをとめようとはしないのです。

僕は素早く打撃をかわすことで箱の上の男の子のバランスを危うくしないよう注意して、百恵さんたちが男の子を注視しているひまに、手早く荷物をおろしました。またいったんそうしてしまえば、荷物の内容について説明しないわけにゆかなかったのでした。

――林のなかの地下壕で暮していられる、と母にいったもので、自分たちが結婚した頃使っていた石油ストーヴや、僕が寝ていた毛布を、お役に立たないものか、と考えたわけです。それで、母にいわれて持ってきたんですが……、使っていただけるようでしたら、駅前まで一往復して灯油を買って来ます。お金もあずかってきましたから。……ともかくお見せします。

僕は竪長の荷物が倒れないよう膝で支えながら、丸い束にした毛布からほどいていったのですが、荷物を作った時には気がつかなかった、チョコレートの箱とコンビーフの缶詰が、いつのまにか毛布を束にするための芯として巻き込んであるのでした。僕がそれらをどこに置くか思案する必要もないほど素早く、小屋掛の向うへ一輪車で往復した百恵さんは、花茣蓙《はなござ》をコンクリートにひろげてくれていました。

男の子は、サッと毛布を引っぺがして注意深く胸にかかえ、とくに集中的にチョコレートの箱とコンビーフの缶とを見張っています。僕は思いがけずその毛布に懐かしい気持をそそられ、かつはすでに自分のものとなったそれを確保しながら、食物には手を出さない男の子に、なにかかれ自身が自分に課している生活の原則のようなものも感じたのです。

55

ＰＯＤの石油ストーヴは、原さんが花茣蓙の上に据えて、正面の覆いを脇の囲いに固定してあるガムテープを手ぎわよく剥がしました。

――これこそ、地下壕にうってつけのストーヴ！　ゆっくりと、完全燃焼するから。北欧のデザインが抜群だった時分の製品だね。灯油ならば買いおきがあるから、早速、入れてみよう。

――これは何？

――その黒い筒のなかでひとつずつ燃やす、替え芯です。ひと組みで一シーズンは保つそうですけど、母はそうしたものをストックしておく性格ですから、と僕は百恵さんに答えました。父の伝言ですが、自分らは若い頃、密閉した部屋でこのストーヴを半日つけっぱなしというようなこともしたけれども、地下壕はまた特別かも知れないから、換気に気をつけてください、ということでした。

――忠叔父さんは、強くてこまかなことに気のつく人やから。……兄弟は似ているね。

――これは本当にちゃんと保存してあるよ、と原さんは筒の内部も調べてみていうと、立って行って赤い合成樹脂の容器を取って来ました。そしてすぐさまストーヴのタンクに灯油を注ぎいれたり、芯の調節をしたりを始めました。

そうか、忠叔父さんのことを、強くて、こまかなことに気のつく人、と百恵さんはとらえているのか、と僕は胸のつかえになっていた贈物を受け入れてもらったことで安心しながら思いました。もっとも忠叔父さんの兄ではあるとしても、父については、息子の偏見は当然あるとして、強くてこまかなことに気のつく人というのじゃないように感じるけれども、と……

陽はあたっているのですが、冷たい風が吹いて、驚くほど赤い柿の葉が転って来ると、花茣蓙の上に乗っかりました。もっと小さい柏や椎の、またブナの、こちらはくすんだ色でそりくりかえっている葉も、バラバラと。すると男の子が、徒手体操をする時と同じく独特な勢いのある様子でそれらを拾ってまわりました。子供らしく、赤い柿の葉が気にいったのか、と思っていると、むしろ大人めいた仕種で、コンクリートの平面からいくらか離れた畑の中へ、それらの木の葉を棄てたのでした。

ストーヴは燃え始めました。黒い筒に開けられた覗き窓から、澄んだ濃い青色の炎が見えます。そのうち原さんは正面の覆いもとりつけて、上部の空気出しのところに手をあて、暖かさをはかる具合でした。百恵さんも男の子も、同じことをしました。二箇の芯が灯油を燃やしてゆっくり暖気を放射する、そうしたタイプで、戸外から戻って来た者が、――ああ、寒かった！　と手をかざして寄ってゆくようなストーヴじゃないのですが、原さん一家が、晴れた秋空のもと、林を吹きぬけて来る冷たい風のなかで、淡い灰青色の箱型のストーヴの周りに集って手をさし出している。その光景に、僕は思いがけなく一種センチメンタルな感情をそそられたのでした。

56

――調子は上々だなあ！　と原さんが百恵さんと男の子に呼びかけ、ふたりは考え深そうな様子でうなずきました。原さんは屈みこんでまた外覆いをはずし、芯を動かすネジをこまかに動かしました。地下壕に運んでおくよ。露天でずっと燃しても、地球の表層をすっかり暖めるわけにはまいらぬからね！

芯はパチパチ微細な音をたてて、二点間の素早い信号連絡というふうに青い炎を水平に走らせてから消えました。はじめてそこからやはり微細な・灯油の燃える匂いが湧き起って、男の子は仔犬が妙な臭いをかぎつけたと同じ様子で、機敏に花茣蓙の周りを調べてまわりました。百恵さんがそれを面白がって笑い、原さんも笑顔でストーヴを運んで行く。男の子はいかにも働き者らしく、外覆いを身体の右脇いっぱいに抱えてついて行きました。

あらためて原さんと男の子が戻って来ると、プレハブ建築の仕事をひと休みした三人に僕を加えて、花茣蓙の上に腰をおろし、靴をはいたままの足はコンクリートの平面に置いて、百恵さんがいれてくれたお茶を飲みました。母は毛布のなかにせんべいもいれていたので、そうしたものが花茣蓙のまんなかの盆に盛られもしたわけでした。男の子は毛布をしっかり胸と腹におしつけるようにして、ひとり花茣蓙の真ん中に上りこみ、盆の前に陣どって、せんべいやチョコレートをたえず口に運びながら、その間も、僕をチラチラ偵察するふうだったものです。

そして僕の方も、こちらはプレハブを建築している、それぞれに口数の少ない三人組に、やはり観察力を働かせていたのでした。原さんと同じ年輩のひとりは、禅寺のお坊さんのような顔つきで、度のきつそうな眼鏡をかけた——僕らの学校で「フクスケ」という渾名のついている数学の先生に似ている——人でした。男の子が、生まれてからずっと抱えこんできたようにしている毛布のことを面白がって、その端を引っぱっては反撥させるような子供っぽいことをして、大声で笑うかと思うと、

——タローはハッピーか？　と単語ひとつだけで、あきらかに僕などとはちがう、本式の英語の発音をする人だとわかるようでもあり、正体のわからない人物です。

原さんは、座っても二十センチほど自分より小柄なこの人に、ある親しみをこめた丁

寧さをあらわして、鳩山さんと呼びかけていました。それも鳩山さんがタロー君に呼びかけた仕方をまねて、この人がモーツァルトの肖像のついた丸いチョコレートを、

——これは懐かしい、としげしげ見つめてから銀紙をはいで口に入れると、

——鳩山さん、ハッピーか？　そして、——ハッピー、ハッピー、とやはり親しげな返事を受けとるという具合だったのでした。

57

あとのふたりは大学生のようでした。森君という人は、鳩山さんが子供じみたところのある大人であるのに対して、逆に年齢より老成した感じの青年でした。両方のもみあげから顎を吊りあげる具合にひげを生やしているのですが、油じみた色のひげが適切な量に保たれていると見えるのは、もともとひげが少ないためらしく、唇の上など薄くまばらに生えているだけです。その唇や鼻の稜がきわだって見える、仏像のような顔つきで、僕に一度ていねいに頭をさげたあとは、こちらをよく見ようともしませんでした。

そのかわりにサッチャンという同じ年頃の女性が、こちらにいろいろ質問する仕方で、

僕を花莫蓙での会話にひき込んでくれたのです。もっとも彼女の質問は、僕の高校で反・公害運動とか、核兵器廃絶のための運動とかが行なわれているか、というような主題で、僕にははかばかしい返事もできなかったのでした。日本じゅうから森がなくなるとか、水爆で人類が絶滅するとかいわれれば、僕ももちろんそれを惧れます。ずっと続けてそのような、妙にカラフルな悪夢を見て、隣りの部屋の父を驚かせるほどウナされたこともあります。しかし僕の高校にもある、そうしたことに意識的な人たちの反対運動には、なんとなく尊敬の気持は持つけれど、近づいて行くことがなかったわけです。

僕はわれながら自分の答があいまいなもので、初対面の人をはぐらかしていると思われないか気にした結果、

――献血は年に三度くらいします、とつけ加えてサッチャンの失笑を買ってしまいました。

しかし、百恵さんは、

――偉いわねえ、私は他人のためを思って自分の腕に注射針をたてることなんか、できないよ。献血車のなかでは、やはり注射針で血をとるのでしょう？ といいました。

――ヒルでも使って血をとると思うの？ と原さんは笑いましたが、

――私はその方がもっと恐い、と百恵さんは気を悪くしないでいったのでした。

そのうちトンデモナイことに、サッチャンの顔に見覚えがあるような気がしてきたのです。そこでじっと彼女の顔を見てしまったわけですが、いったんそうするとサッチャンはおよそ警戒的に僕を見かえすふうなのです。それで僕には、さきにプレハブの建築現場からこちらを見張られているようであったのが、とくにサッチャンの態度に原因があったのだと、気がついたわけでした。

それにあわせて、僕はサッチャンが、自分の塾のクラスに上って来て、数学の席次では以前からのメンバーをゴボー抜きするようだった一年女子の人に似ているのだと発見してもいました。それもあの一年生の、皮膚の下にはなにもないようなツルッとした顔に、眼とか唇とかはそのままで、こちらは脂肪の層を一枚しきこんだならば、サッチャンの顔になる、と思ったのです。全身的に肥っているというのではないのに、顔に始まり、身体のいたるところ、脂肪の層がしきつめられている感じが、よく陽灼けしていることもあって、サッチャンを東南アジアからの留学生のようにも見せているのです。僕はその思いつきを確認しようとして、あらためてサッチャンに、ギッ！と見かえされたのでした。

58

こういうわけでサッチャンの抵抗感のある対応こそありましたが、突然、異物のようにしてこちらがあらわれたせいで、それをのぞけば、初めて来た時とはちがい、ここの雰囲気がずっと活潑になった、という気持を僕は持ったのです。いってみればそれは、これまで「社会」から切り離されていた、林のなかの原さん一家に、「社会」が向うから近づいてきて、しかもそれとの相互関係がうまく進行している、という感じなのでした。

それにしても、いったいどのようにしてこの変化があらわれたのか？　僕が胸のうちでそう不思議がっていると、すぐにもそのことについて、百恵さんが話を切り出してくれたのです。

――オーちゃん、本当にね、原さんが映画をとることになったのやよ。長篇の劇映画。そしてね、私が主演なんやて！　これまでにも、いろんな場所で私が一輪車に乗るところを撮りだめしてあるからね。それもずっと以前からよ。私がまだサーカスで働いていた頃に始まって、原さんと一緒になってからも、まだ赤ちゃんがお腹のなかにいた時から、はじめて赤ちゃんを抱いて一輪車に乗った時も、ちゃんとフィルムに撮ってあるのやから！　もともと原さんは、ドキュメンタリー映画の監督やからね。その撮りだめしたフィルムの現像代から、いろんなトラブルに巻きこまれてしまったんやしねえ。忠叔父さんから、私らがサラ金に追いかけられていると聞いたでしょう？　その現場も見たのやしね。……それが今度、ずっと前からの企画が通って、もう来年の初めからね、撮影に入ることになったんやわ。大きい資金が出るからね、サラ金のお金も、企画のためのフィルムの現像代として、きれいにしてもらったのよ。忠叔父さんに、あのことはもう大丈夫になったといっておいてね、オーちゃん。本当に良かったよ。撮影に入れば、沢山の人たちに働いてもらうのやろうけど、いちばんの基本としてね、鳩山さんたち三人が、これから私らと一緒に暮らさはるのよ。鳩山さんは、とくに原さんの古い友達やからね。

——本当に古いねえ、われわれは。大学一年の時以来だから、古いよ、と鳩山さんはレンズの奥の眼をパチクリやって、愉快なようでもあり当惑しているようでもある様子でいったのでした。

59

百恵さんのじつに嬉しそうな、手放しで情況好転を楽しんでいる様子は、確かにこちらにも愉快な気持を呼び起すものでした。もっともこの時僕の受けとめたかぎり、原さんはじめまわりの人たちが、やはり新しい展開にいそいそと乗っかって行くようで、まったく警戒したり留保したりする様子がないことに、――これでいいのかな、という落着かない気持も湧いたのです。そしてその気持の根拠は、人生に経験の少ない僕にとって、やはり『骨董屋』なのでした。キルプは、ある段階まで、ネルのお祖父さんに進んで金を貸してやるわけです。それでいて老人が深みにはまってしまうと――老人の方では、ついにツキが廻って来つつあると考えているのですが――無情にも、それ以上は金を貸すことを断ってしまいます。頼みに行ったネルはむだ足を踏み、厭な性的アテコスリの言葉もかけられます。老人は絶望して熱病になり、とどのつまり骨董屋の店も住居も、キルプに奪われてしまうわけです。いまにここでも、そんなことになってしまったならばどうなるか？　林のなかの住居はもともと原さん一家のものでないし、その点はどうということもないでしょうが、「映画資金を出すキルプ」が、もし百恵さんへ下心を持っている、というふうであった場合、どういうことになるだろう？

そのうち僕の懸念をというか、すくなくとも釈然としないでいる様子を、原さんが見てとったのでしょう、百恵さんの言い方ではよくわからなかったところを説明してくれたのでした。

――今度、われわれの映画に資金を出してくれるのは、個人じゃなくて、ある文化財団なんだよ、オーちゃん。基盤は製薬会社なんだけれども、あまった利益を政治献金にまわすかわりに、そこは医学の研究のための国際会議を主催する文化財団を作っているんだね。この会社の新しい薬品のＰＲ映画を、おれが作った。ＰＲ映画とはいっても、以前にいた科学映画の会社のスタッフと協力した、研究者や医師だけを相手の映画だけれども、それが、とくにフランスの側の関係者に興味を持たれた。そこで、かれらが日本に来た際に、これまで撮ってきた百恵さんの一輪車の旅のフィルムを見せたらば、それを劇映画にしろ、ということでね。それがまあ、きっかけ。そこで財団に出しておいた企画が通ったわけ。

フランス側は、ヨーロッパでの配給とか映画祭に参加する折の面倒は見る、といってくれたけれども、実際に映画を作る金を出す力はないからね、いまはフランスに対しても円は優勢だし。しかし口は達者なものだから、財団をすっかり洗脳してくれたんだよ。もともと財団としては、日本とヨーロッパの文化交流ということも目的のひとつだから、ヨーロッパ側の好意的な受けとめが期待できる映画なら、作ることには乗り気になれるわけね。

――財団の石井さんという人は、その製薬会社の創立者のお子さんということやし、育ちの良い人で、とてもつきあいやすいのよ、オーちゃん。ずっと大阪の方に住んでおられるから、私も関西弁で話せてホッとするし、タローにはいろんなお薬をもらったわ。百恵さんは、なかでも楽観的で、ひたすら情勢の好転が嬉しくてたまらぬ、という様子なのでした。

――大阪の実業家は、政府の基金の窓口などとちがって、官僚的なところはカケラもないからね。それに実際的だから、映画クルーの宿舎が必要だというと、東京支社で倉庫の増築の際に使ったプレハブを一棟、すぐに運ばせてくれたよ。ここまで道らしい道もないのに、資材を運んで登ってくれる連中も、いっさい文句をいわなかったからね。

60

さきに僕は、サッチャンがこちらをギッ！と見つめて批判したといいました。僕として、当然それは愉快じゃなかったのですが、しかしそのサッチャンのギッ！が、僕のこの日の原さん・百恵さん宅訪問に、新しい展開をもたらしたのです。それは男の子が、つまりタロー君が踏み台にあがって、僕の背中の荷物を棒で叩いたのが、話の切りだしに困っていた、母からの土産の件を解決してくれたのと同じ効果だったわけでした。

……ひとしきりチョコレートやせんべいを食べて話し、さてそろそろ鳩山さんたちがプレハブ建設の作業を再開するならば、それを機会に、挨拶して引きあげた方がいいかも知れない、と僕は心づもりしていました。百恵さんはしばらく黙りこんで、花莫蓙のへりに這いあがってきた、川蟹の小さいやつみたいな恰好で、それなりにちゃんと紅葉している蔦の葉を見おろしていたのですが、その顔をあげて、しみじみと懐かしそうに、こういったのです。

——忠叔父さんにはあんなに親切にしてもろうたのに、サラ金のことがあってからは、警察の人やからというだけで、こちらの居場所は匿すというようなこともしたのに、あいかわらず、私らのことを考えてくれてたのやね。……忠叔父さんが、オーちゃんのお母さんに話をしておかれたから、私らの生活に必要なものを届けてくださったのやよ。この前も、忠叔父さんの署の管轄内で、暴力団の衝突があったと新聞に出ておって、忙しいやろうなあと思うとったのに……

そこで、サッチャンがさらにもギッ！と僕を見たのでした。僕は赤くなったと思います。実際にサッチャンが暴力犯係の刑事からひどいめにあわされた――それ相応の理由はあるとして――というようなことがあるのならともかく、忠叔父さんのことを知りもしないで、ただ警察というだけで、こういう顔つきをされるいわれがないと、腹を立てたわけです。

その赤くなって黙っている僕の様子は、森君と鳩山さんの視線をもまた、こちらに引きつけるようでした。三人はプレハブで働いている時も、こちらにやって来てからも、かならずしもおたがい緊密に結んで、という感じではなかったのに、いまや同盟をかためたかのように、そろって僕をひどく怪訝《けげん》そうに見つめたのです。

オーちゃんの叔父さんが、忠叔父さん。ずっと刑事をやってきた人でね、四国の愛媛で。百恵さんがオートバイ乗りの芸人にあこがれてサーカスに入った、その初めの頃から、親切にしてもらったよ。それがずっと続いてきたわけ。おれも忠叔父さんには会ったことがあるけれど、暴力犯係の刑事であることが不思議なような人だよ。身体のがっしりした・そして心の堅固な、かつ優しい人。甥のオーちゃんを前にしてこんな批評めいたことをいうのも、変だけど、その堅固さというものは、忠叔父さんは本当に良い人だ、ずっと良い人だった、と百恵さんがいうと、それを信じないではいられなくするような堅固さだからね。そういうことで、忠叔父さんは、警察の人。しかし、忠叔父さんが百恵さんに優しい心くばりしてくれつづけているのは、昔からの友達だからで、それより他のふくみは一切ないよ。そのような人物だね、忠叔父さんは……

61

原さんの説明を、百恵さんは、サッチャンと鳩山さん、森君よりもさらに熱心に聞くようでした。もし原さんがなにかまちがったことをいったならば、断乎として反対し、取り消させようと勢いこんでいるように。ひととおり原さんが話を終えた時の百恵さんの態度は、それに不満ではないけれど、自分にはもっと話したいことがあるし、それは話さなければならないことだ、という感じのものでした。百恵さんも顔を赤くしています。しかしそれは僕自身が赤くなった、その内面での理由とはちがう・気持のよい動機からで、僕は百恵さんのその表情を、――きれいな人だ！　と初めて感じるようだったのです。そして百恵さんは、泉の水が湧きあふれる、というようにも言葉をほとばしらせたのでした。

――忠叔父さんは、若い刑事の時から、ずっと暴力犯係で、骨おしみしないで働いてきたよ。悪い人を捕まえようとして、怪我をしたこともあるんやよ。警察が目の敵にするから自分の組がめちゃくちゃになったと、ヤクザの組長が気が狂ったようになって、警察にピストルを射ちこんだこともあったのやけど、それは誰より忠叔父さんを殺そうとしたのよ。組の若い者が死にもの狂いで探しておったやから、忠叔父さんは夜中ずっと家の前の桑畑に隠れていたんやわ。

そんなに大変な職場やのに、忠叔父さんはその間も、ずっと私に親切にしておくれたよ。小さなことでもな、私が困ったなあ、と思っておると、四国のはずれにテントを張っておる時にも、山口や広島に渡ったり・九州で興行しておるような時でもな、土埃りで白い車がとまって、ちょっと近くに来たからと忠叔父さんがスマシ顔でおりて来たものよ。手紙を書いて相談したこともあったのやけれど、それだけじゃなしに、カンで！

忠叔父さんは、そういう人よ。

忠叔父さんは、暴力犯係の刑事を永くしておられるけれども、自分の勉強も続けておられるのよ。ずっと、ディケンズを読んでおられて……　原さんも、その点では、忠叔父さんは民間学者やというておるわ。原さんが鳩山さんらと、この前、ディケンズをよく読んでおる知人のことを話してられたでしょう？　今度の映画のシナリオのことで……　あれが忠叔父さん。オーちゃんは、忠叔父さんからディケンズを習ったのよね。

僕がうなずく前に、

——忠叔父さんというのが、あの人？　と鳩山さんが勢いのある声をあげました。警察ということにみんながこだわり出してから、神経症かなにかを疑わせるほど暗い表情になっていた鳩山さんが、あらためてそれこそハッピーな光で厚いレンズの向うを埋めるようにして。面白いなあ！　ディケンズの素人学者というのが、暴力犯係の刑事か！　そしてかれは、作家のOの弟ね、あはは！

62

自分の父についてもすでに話が出ていたことがわかったわけで、それがあまり好きでない僕は、得意のもの凄い横目で一瞥したはずですが、ハッピーな鳩山さんは、平気でその僕に笑いかけるのです。その天真爛漫なというか、ともかくあけっぴろげな愉快がり方につられるように、サッチャンも森君も、さきの警戒心から一応自由になる感じなのでした。

——お父さんが作家のOならば、きみのお母さんの側のお祖父さんは、映画監督のIさんでしょう？　それならば、きみも映画に興味持っているのじゃないですか？　Iさんのシナリオ読んだことある？　映画自体は昔の作品で、見る機会がなかったにしても……

鳩山さんはハッピーに微笑したままの眼に、僕には「率直な好奇心」と感じられる色合いをあらわして尋ねます。そんな脇道に話が展開していいものか、百恵さんとしては忠叔父さんのことでまだ話したいことがあるのじゃないか、とも僕は考えましたが、鳩山さんの問いかけ方には、ある真面目さもあって、答えないわけにゆかなかったのでした。

――映画のヴィデオがあることは知っていますが、見たことはないし、シナリオを読んだこともありません。Iという名前を知っているだけです。母や祖母がなにか思い出話をしても、映画監督としての祖父のことを話すのではありませんから。

――オーちゃんは理科系やからね、お父さんの小説も読んだことはないらしいと、忠叔父さんがいっておられたよ。それもあんまり行きすぎやないかと心配して、忠叔父さんは、オーちゃんとディケンズを一緒に読まれたのやないの？

――それが『骨董屋《オールド・キュリオシティ・ショップ》』？ と鳩山さんはしっかりした発音でいいました。原書で読んだわけね？

――ちゃんと読みおえたのじゃなく、とびとびに一応最後まで、筋を追って読んだ、という程度です。

――それならばね、原君、われわれのシナリオ作りに、オーちゃんに協力してもらおう。原君も『虐げられし人びと』のネリーのことは知っているが、『骨董屋』のネルはよく知らないのでしょう？　われわれには、いまさらディケンズを原書で読む根気はないからね。Iさんの孫が、シナリオに協力してくれるというのは、発想としても楽しいじゃないの！　きみ、どうですか？

シナリオなどこれまで自分と関係づけて考えたことはなく、僕は、家で父によくいいかえすように、

——どうですか、といわれても、と答えるしかなかったのですが……

——きみ、それじゃ、ドストエフスキーの『虐げられし人びと』、読んだ？

——いいえ、僕は教科書にのっているよりほか、小説の本を読んだことはありません。『骨董屋』が初めてです。

——しかし、ドストエフスキーの方は幾通りも翻訳があるわけだから、すぐに読めるよ、と原さんも加わって、僕を励ますようにいいました。おれの本を貸してあげてもいいけれど、きみの家ならばお父さんの書庫に、ドストエフスキーの全集があるでしょう。『虐げられし人びと』に、ネリーという女の子が出てきてね、彼女は『骨董屋』のネルをモデルにしたといわれているわけなんだ。ドストエフスキーは、ディケンズの愛読者だったたし、実際に名前自体、ふたつの作品の女の子の共通性を示そうとしたからだろうし……

——原さんは、劇映画を監督するならば、ということで、以前から『虐げられし人びと』のネリーをもとに、自分のイメージをかためていたのやよ。原さんが企画書をまと

める時、私も小説を読んだわ。映画では私がネリーの役をやるわけやから。そのしばらく後で、忠叔父さんが、ネリーはもともと『骨董屋』のネルから来たと教えてくれて、それから原さんも私もディケンズに興味を持っていたのよ。忠叔父さんと『骨董屋』を読んだのならば、オーちゃんに、映画のシナリオを手伝ってもらうほどいいことはないと思うわ。お祖父さんのシナリオをオーちゃんが読んでいないことだけは、惜しいと思うけども……

63

映画監督のI・M氏に、母をつうじて僕の血がつながっているのは事実です。しかしI・M氏は、戦争直後に亡くなった人ですし、僕には個人的ななじみはもとより・一般的ななじみもありません。小学校に入った時からの友達で、いまはロック・バンドに入れこんでいるM君が、中学の終りから高校の初め、映画にこっていたことがありました。M君は、フィルム・ライブラリーの例会によく出て、I・M氏が志賀直哉の原作で作った映画も見たそうです。国語の時間に志賀直哉の文章を読んだ際、M君がその映画の話をしたので、先生が僕に、——きみはI・M氏の孫だろう？　といい、僕は学校の国語の時間に、I・M氏とむすびつけられてしまったことで、おおいに面くらったわけでした。

その後も、一度だけ、今度はI・M氏の文章に公開模試で出会い、それをきっかけにして父とすこし話したことがあります。国語の問題に、長文読解として、次の一節が出たのです。

《中野重治氏の随筆の中に「ある種の論文の目的は、そのような論文を書く必要をなくすることにある」という意味の言葉がある。このように的確に目的を見すえることは困難ではあるが美しいことだ。物事をこのように見ることのできる人の書いたものは、純粋で、わたくしがなく、論理の混乱もなく、正確に問題の中心に迫って行くから、表現の難易にかかわらず読みやすくわかりやすい。しかし、世の多くの論文において、私はその反対のものを感じる場合が多い。中野氏の場合は、途中の思考をいじくっているようなことはなく、ただ問題の対象をどうするかということに専心しているようにみえ、それさえ片づけば自分の考えや文章はどうなってもかまわぬという覚悟がうかがわれる。》

I・Mという名と無関係に、僕はこの文章が本当にいいと思いました。公開模試の長文読解に出てくる文章で、それを読んで、なんだか自分が高められた気がしたのは、これが初めてでした。そういうわけで、こんなことはかつて無かったのですが、父に公開模試の出題の話をしたのです。父は、職業柄というか、この文章についてよく知っていて、まずこういうことをいいました。

――出題された文章は、片カナだった？　ああ、平がなかい？　それならば、もともとI・Mが発表したかたちとはちがうんだよ。長患いの人間が、病床で、消耗しやすい体力をかばいながら書く。その際、片カナの方がいいと、自分の体験から割り出した・科学的な原理で書かれた文章だからね。I・Mは、子規の『仰臥漫録』も、宮沢賢治の「雨ニモマケズ」も、みな病床にある人が片カナで書いた、そういう仕事だと傍証してもいるよ。とくに「雨ニモマケズ」の場合、きみもそれは、片カナでなければならないと思うのじゃないか？

そういってから、父は僕がこの文章をつうじて興味をひかれていることをいった、中野重治の論文の載っている本を貸してくれました。僕はやはりめずらしく反撥せず、いくつかの論文を読んで、I・M氏がいっているとおりだ、と思ったのです。ただ中野重治の文章の、文体および全体の感じということではI・M氏に対して頭をかしげる気持もあったのでした。そこで二、三日して、また居間で顔をあわせて、父がいつもの説明

をぬきにする言い方で、

――どうだった？　と尋ねた時、次のように答えたのです。

――「口さきだけでならなんとでも言える」というタイトルの論文ね？　七千人から一万人ちかく、東京に欠食児童がいるという、そして、今は冬だ、飢の上に寒さがやってくる、という。あの論文は、Ｉの読みとりのとおりだと思うよ。後半は文学運動に関する提案らしくて、よくわからなかったけど。しかし「素樸《そぼく》について」という論文など、書いてある内容は好きだけれども、書き方という点では、ずいぶん文章にこってあると思うね。国語の先生など、むしろ中野重治は文章がひねくれ曲っていて、読みとりが厄介だといっていたけど、そのとおりだったよ。

――ひねくれ曲った、ということだがな、通りぬけの難かしい暗礁だらけの海を行く船のコース、というようなことはあるだろう？　ひねくれ曲っているのが、むしろ正解だということがさ。しかし、公平に見て、中野重治の文章が、その目的よりほか文章自体のことは考えていない、というのはやはりいいすぎだね。Ｉ・Ｍは、中野重治が本当に好きだったからね、なにもかも好きな方向へと受けとめたかったんだと思うね。そしてＩ・Ｍの受けとめの大筋は、客観的にいってやはり正しかったと思うよ。

父もまた、かなり暗礁の多い進路を辿るようなスタイルでいったのでした。

64

そういうわけでI・M氏との関係は単純でなかったのですが、僕は原さんたちの映画のシナリオ作りに参加するということに、おおいに乗り気になったのです。それは僕が、正当な理由を持って——つまり、サッチャンにギッ！　と見られても怯む必要なしに——、原さんの林のなかの住居に出入りすることができる、ということになるからでした。だからといって、自分に映画製作についてなにか役に立つ能力があると思っていたわけではないのですが……

このようにして僕は、林のなかの映画基地へ——原さんはそれまでの自分の住み家をそのように呼び始めていました——、毎日曜、出かけることになったのです。自分に起ったその生活のスタイルの転換を説明しなければならない相手が、当然のことながらいろいろあって、僕も時にはアセッタものです。まずオリエンテーリング部の連中。これまで僕は、日曜になると大会か練習競技に出ていたのです。それが毎日曜、林のなかの映画基地へひとり出かけるとなると、仲間の眼にうつる僕の印象としては、大転換ということになります。オリエンテーリングのトレーニングのつもりで、僕はたいてい小田急線の駅をひとつ手前で降り、そこから道を見失わないように線路ぞいの道をたって走り、丘陵の方へ向う、という心がけではいたのですが……

父には――つまり母に対しても、ということになりますが――、これから当面は日曜ごと林のなかの映画基地に行くことにした、とすでに定まったこととして報告し、親の権威で反対されるならば、がんばって押しかえす覚悟でした。しかし父は、ただこういうことを、必要な注意としていっただけでした。

――おれは毎日、中野のプールまで泳ぎに行くけれども、行きかえりの電車で自由な本を読むことだけが楽しみだと思うことが時にはあるよ。きみも小田原近くまで通うとなれば、電車に乗っている時間が役に立つのじゃないか？　とりとめもないことを考えたり、夢見たりするだけでも、あまり混んでいなければ、電車は考えるのに良い場所だからね。それが第一。第二に学校のなかで出会わぬタイプの人間と話したり、一緒に仕事をしたりすることは、やはり有効だよ。おれは学生の頃それが少なかったせいで、いまなお克服できない性格的な欠陥があるからね。第三に、これはちょっとちがう角度にむかう話になるけれど、ある集団に、新参者として入って行く時ね。われわれは概して、その集団の中心的な事柄によりもね、周縁的な・どうでもいいようなことに横のつながりを確保して、仲間になったという安心感をいだくものなんだね。一緒に酒を飲んだり、煙草をすったり、マリファナをやったりさ、あはは、これは我が国では一般的でないことか？　おれとしては、そうしたことは無意味だと思うがね。……きみが映画作りに関心を持ったことを、ママは面白がっていたよ。考えてみれば、きみもママもI・Mと血縁でつながっていて、おれはアウトサイダーだからさ。そこのところへおれとしては入って行けないけれど……

とくに第三項目について、僕にひとことといっておくようにと、母が父に依頼したのじゃないかと僕は思いもしたわけでした。

65

忠叔父さんには手紙を書きました。それはただ新しい展開を説明するだけとしても簡単すぎると感じられる、短いものになってしまいました。僕の映画基地への参加について、忠叔父さんが自分の依頼したところより出すぎている、と思うのじゃないかという気持に縛られもしたわけです。

ある薬の会社の財団から資金が出て、原さんが百恵さんの一輪車乗りを中心に映画を作ることになり、あわせてこれまでの借金から自由になった。正当な目的からの流用じゃないか、といわれなくてすむのは、映画の資金の規模が大きく、それは準備段階で必要な金として充分に処理できる枠内だからだと、原さんたちはいっている。そのように僕はつたえ、自分も原さんがドストエフスキーの『虐げられし人びと』からみちびいた構想に、『骨董屋』の要素を加えるために、ディケンズを最近読んだ者として協力をもとめられている、とつけ加えました。

忠叔父さんの返事は葉書でしたが、新しい情報を聞いての素直な喜びが示されているように感じ、そこから逆算すると、僕のせいぜいニュートラルな文体で書いた手紙にも、overjoy とはいかないまでも、ある楽しい活気が出ていたのかもしれないと、安心するようにして思ったのです。当の手紙を書いてから、僕には忠叔父さんに感情的な隠しごとをしている、という気持もあったのでした。忠叔父さんは書いていました。原さんには若い時からいろいろあったが、やはり根本では映画一筋の人で、百恵さんのことをサーカスにいた時分から記録していた。こうなると、ここしばらくの苦しい旅もムダでなかったことになるから、やはり芸術というものには力があると思う。『骨董屋』の筋書が映画のプロットに反映するなら、自分としては foundryman とのいきさつが落ちないようにしてもらいたい。あの男当人が面白いし、ネルが放浪の旅への決意を新たにするシーンでもあるから……

僕はすぐ『骨董屋』の、foundryman つまり鋳物工場の炉の係のことを書いた部分を読みなおしました。ネルと老人は、サーカス芸人たちとの出会いをへて、蠟人形の興行主ジャーリー夫人の馬車に住まうことになり、生活の安定をえていました。ところがなお関係を絶てぬ賭博仲間のそそのかしに乗って、老人がほかならぬジャーリー夫人から盗みを働くことを計画する。それを未然にふせごうとねがうネルの決断で、老人と孫娘はまた不安定な放浪の旅に出る。今度は、騒がしい小都市で夜を迎え、宿屋に泊る金もなく、田舎の大きい木の下を恋しく思いながら、街角で雨に濡れているふたり。そこへ不思議な男が救助者として現われるのです。光のなかに初めてこの男の姿が浮びあがる時、最初の原稿でディケンズは、男が cripple だとしていて、それがつづいてのこの人物による "You may guess from looking at me what kind of child I was." という悲しい言葉に対応させられていた。それがのちに消された、と註に書いてあることにも、ここを一緒に読んだ際、忠叔父さんは注意をうながしていたのでした。

男は、――ともかくも暖かい火はあるから、といってネルたちを鋳物工場に連れて行き、仕事の性質上、昼夜燃えつづけている火の前に、寝床を作ってくれます。堆積している灰の上に、ということにすぎませんが。そして続いてのところに、忠叔父さんは例の赤線の囲いをつけさせたのでした。——鋳物工場の人たちは、それぞれ元気に働いているのに、あなただけとても静かですから、病気じゃないかと心配しました、というネルの言葉に、火を見つめながら男が答えるくだりです。

" 'They leave me to myself.' he replied. 'They know my humour. They laugh at me, but don't harm me in it. See yonder there—that's *my* friend.'

'The fire ?' said the child.

'It has been alive as long as I have,' the man made answer. 'We talk and think together all night long.'

The child glanced quickly at him in her surprise, but he had turned his eyes in their former direction, and was musing as before.

'It's like a book to me,' he said, 'the only book I ever learned to read; and many an old story it tells me. It's music, for I should know its voice among a thousand, and there are other voices in its roar. It has its pictures too. You don't know how many strange faces and different scenes I trace in the red-hot coals. It's my memory, that fire, and shows me all my life.' "

《「かれらはわしをひとりにしておいてくれる」かれは答えました。「かれらはわしの気質を知っておる。かれらはわしを嘲《わら》うが、それでわしを傷つけるのじゃない。あちらをごらん。あれがわしの友達」

「火のこと?」子供はいいました。

「あれはわしが生きている限り、生きてきた」男は答えました。「わしらは一晩中、一緒に話したり、考えたりするよ」

子供は驚いて、かれを素早く見ましたが、男はもう視線をもとに戻し、さきのように考えに沈んでいるのでした。

「あれはわしにとって本のようだ」とかれはいいました。「わしがかつて読むことを習った一冊だけの本。そして沢山の古いお話をわしにしてくれる。あれは音楽なんだ、なぜなら千もの声のなかでも、また吠えたてるような声があっても、わしはあれの声を聴きとることができるから。あれには、絵もあるんだね、また。どんなに多くの不思議な顔や様ざまな場面を、わしがあの赤熱した石炭にたどることができるか、わからないだろう?

あれは、わしの記憶でもあって、わしの生涯の全体を見せてくれるんだよ」》

翌朝、男は意図のあらわな言葉でというのではありませんが、ずっとここにとどまらないか、という意味のことをネルたちにいいます。これからあなたたちの行く道は、辛いはずのものだと。しかしネルは断乎として自分の決意を示すのです。“We are here and must go on.” そうしてネルと老人とは、街道に出て行くわけです。忠叔父さんにとっては、こういうところがいかにもネルらしい場面なのか、と僕はあらためて思いました。それから、これは父のいった通り、小田急のなかで自由なもの思いにふけりながら、ということだったのですが、僕は原さんの映画で当の foundryman を、忠叔父さんが演じるところを想像したのです。『骨董屋』の挿絵に見られる鋳物師は、若い仙人といった頼りない姿恰好であるのに、忠叔父さんは首筋からまっすぐつながる肩・箱のような胴と、まったく堂どうたる体格の人で、炉の前に座ってもしっかり背筋を伸ばし、周囲の職人たちを精力的に指導するふうだろうとも思ったのですが……

66

はじめて原さんの映画基地での話合いに加わる前、僕が準備したことは、まだ『骨董屋』でしっかり読んでいない部分をなんとか確実に読むことと、父の書庫から探して来た『虐げられし人びと』を、こちらはもちろん翻訳で、急いで読むことでした。

僕はこれまでも、オリエンテーリング部の主将という責任上、練習に出てこなくなったメンバーに、反省をうながす電話をかけねばならないことがありました。そういう時、相手から、人生論のようなシビアな言葉をかえされて面くらうと——つまり、進学をひかえて、オリエンテーリングどころでなくなっている友達からの、真剣な反論だったわけですが——、苦しまぎれに、教科書で読んだ小説の一節を引用して、相手を説きふせようとしたりしました。これは僕自身が受験のことで悩むようになる以前の話ですが、居間にいてそれを耳にした父を驚かせ、——チェホフなども読むのかい？　と、意外の念を示されたことがありました。しかし僕はさきにもいったとおり、『骨董屋』の他、教科書以外で小説を読んだことはないのです。そのためかえって、教科書にある小説はよく覚えていたともいえます。

そういうわけで、ドストエフスキーは初めて読んだのですが、——これは暗くて、暗くて！　とすぐにもひとりごとをいってしまったものでした。また、——これはトンデモナイ人だ！　と嘆声を発してしまうくらいで、じつに暗い話に、トンデモナイ人たちが出て来る作品でした。どうしてこんな小説を人は楽しんで読むのかね!?　と不思議な気がしたくらいです。その点、ディケンズならば、キルプのような人物でも、ある点では滑稽で面白く、結局ネルは死ぬのではあるにしても、生きている間は美しく、気持の良い印象をふりまきます。悪だくみにかけられたキットは、その災難をまぬがれることで、かえって幸福なしめくくりをむかえるわけですし……　一方ドストエフスキーの方は、ワーニャという青年が『虐げられし人びと』の語り手ですが、現にいま物語を語っているのは、孤独な重病の床のなかという設定で、かれもキット同様、美しい娘さんを心から尊敬しているのですが――最初その娘ナターシャが、ネルにあたるのかと思っていましたが、それはまちがいであることがすぐわかりました――、キットのように小説の終りで健康な娘と結婚し、沢山の子供にめぐまれる、という気配はありません。

小説の初めの方で、ナターシャがワーニャに次のようにいう、その口調の天真爛漫さは、ネルに似ているけれど――つまりこの時点では、僕はまだナターシャ＝ネルという仕方で読み進めていたわけです――、話の内容は残酷なものです。ナターシャが、父親のイフメーネフと母親を見棄てて、とくに父親には仇敵にあたる一族の、恋人のところへ家出しようとしているシーンで、僕が読んだ新潮社の全集版ではこういう台詞です。

――ワーニャの身にもなってみてくれよ、とやはり僕はつい口に出したものでした。

《「もうたくさん、ワーニャ、よして」とナターシャは私の手を固く握り、涙を浮べながらも笑顔で私の言葉をさえぎった。「ワーニャ、あなたっていいわね！　親切で、まじめな人ね！　自分のことはなんにもおっしゃらないのね！　あなたを棄てたのは私なのに、何もかも赦して、私の仕合せのことしか考えていらっしゃらないのね。……」》

67

ワーニャは、のちに病床につくのが当り前と感じられるとおり、この段階でも健康状態は良くなく、経済状態も悪いのですが、先にいったようなわけで恋人の所へ行ったけれども苦労のたえないナターシャのために、なおも心をくだいて駈けまわります。その悪戦苦闘のさなか、ワーニャがひとり住んでいる貧しい借間に、おかしな女の子が出現します。彼女がつまりドストエフスキーにとってのネル、ネリーと呼ばれる少女なのですが、はじめから『骨董屋』のネルとはずいぶんちがう雰囲気です。

《出しぬけに何やら奇妙な生きものが敷居の上に現われた。闇の中で識別できた限りでは、確かに何者かの目がじっと執拗に私を見つめていた。私の全身を寒気が走った。ぞっとしたことには、それはよく見ると子供であり、しかも女の子だった。》

《私は近くで女の子をつくづく眺めた。それは十二、三歳ぐらいの背の低い少女で、重病の床から起きあがったばかりのように痩せて蒼白かった。そのために大きな黒い目はいっそう明るく光って見えた。少女は左手に握った穴だらけの古いハンカチで胸のあたりを抑えていたが、それは夕方の寒さにまだ震えている胸を辛うじて覆っていた。着ているものは、全くのぼろとしか言いようがない。濃い黒い髪は櫛を入れた様子がなく、ひどく乱れていた。》

女の子が発する聞きとりにくい声は、まだ幼いのに胸か喉でも患っていそうな嗄れ声です。ワーニャは、すでにあきらかなとおり善良な性格の人で、せいぜい優しく応対しますが、少女の方ではここに住んでいた自分のお祖父さんと、その犬のことを聞き、両者ともに死んでしまったと知らされると、プイと部屋から出て行ってしまいます。少女のことが気になったワーニャが探しに行くと、少女は暗い階段の踊り場で声をたてずに泣いていました。

ワーニャが名前と住所を聞こうとしても答えないので、かれは死んだ老人から聞きかじっていたある場所のことを口にします。すると、女の子は叫び声をあげて、痩せこけた骨ばった手でワーニャを突きのけ、階段を駈けおりて行ってしまうのです。——これは、可愛気のなさもきわまった！　と僕は辟易して考えました。この不幸で貧しい少女が『虐げられし人びと』で『骨董屋』のネルにあたるとしても、しかしこれじゃどうにもふたりそれぞれの子供の印象としては、つながらないじゃないか、と思ったわけです。

さきにワーニャとナターシャのことをいいましたが、ナターシャの父親のイフメーネフという地主も、この女の子に輪をかけて、不運な人なのです。イフメーネフは、もともと好意を持って、自分の隣村にある領地の管理にあたってやったワルコフスキー公爵という人物から、当の土地の管理のことで裁判にかけられ苦戦しています。しかもワルコフスキー公爵という当面の敵の息子が、さきにいったとおりナターシャを家出させた恋人なのですから、イフメーネフの立場はまったく踏んだり蹴ったりです。

68

この時分、たまたま父と一緒に朝食をすることになって、僕はまだ三分の一も読んでいなかったけれど、『虐げられし人びと』のネリーがあまり猛烈な人物なのに驚いていることを、話したのです。それまで父は、僕が原さんの映画基地に手伝いに行くようになった、そのこと自体については、わずかなことしかいわなかったのでしたが……

僕がドストエフスキーを読んでいるということを知ると、なにかが父の頭のなかで、ムックリと身体を起すふうでした。

――ドストエフスキーを、初めて読んだの？　オーちゃん。おれが四国の森のなかから郵便為替を送って、初めて買った本が、岩波文庫の『罪と罰』。新制中学の、二年か三年の時だね。それで、どうだい？

――どうだい、といわれても、と僕は一応、いつものガードをかためたのですが、この朝父はその程度の反応にはメゲない強さの興味をいだいているのでした。……こんなに辛くて暗い話を、よく読むなあ、みんな読んだ後で気が滅入らぬものかなあ、と思ったよ。

――終りまで読んだかい？

――いや、まだだけど。終りは楽しい方向に行くの？

――これだけ苦しい設定で始まったものだからね、なかなかそうはゆかない。しかしネリーがイフメーネフ夫妻の家に引きとられて、看護されながら死ぬ過程で、イフメーネフと娘のナターシャの間にね、「罪のゆるし」というか和解というか、それが成立することは確かなんだよ。ナターシャに家出までさせた男は、遺産のある娘と結婚して去ってゆくし、その父親の、イフメーネフとナターシャをひどいめにあわせたワルコフスキー公爵が、罰せられるというのでもない。かれはネリーの父親でもあることが判明するわけだけど。以前からナターシャを愛していたワーニャは、結局ひとりぼっちになってしまう。この小説自体、重病の床についているかれが物語っている、という動機《モティヴェイション》づけだからね。こういえば、小説の動機《モティヴェイション》づけということの、それとしての意味もわかるだろ？　そうしたわけで、つまり終りまで楽しい方向に行く、とはいいきれないね。それでいて、全体を読みとおせば、やはりきみは励まされるよ。こういうのがドストエフスキーの小説だね。それにさ、小説の部分、部分で、苦しい悲惨なことが書いてあるのに、読む方では心がたかまると感じないか？　意地悪な快感じゃなしにだよ、そうした気持はなかったかね？

——それはあったと思う、実際、不思議に感じたもの、と僕は答えたのでした。ごく初めのところで老人が、八十歳以上にもなったというような犬を連れて歩いていて（アゾルカ！　と父は夢中になっていいました。そういうところが、僕として父にＰＴＡに出てきてもらいたくなかった理由の一端です）喫茶店でドイツ人をジロジロ見つめたせいで喧嘩になりそうになるけれど、犬が突然死んでしまうと、そのドイツ人が感動して、剥製にする金を出したいといいだすところなんか、話自体は悲惨なのに、なんだか陽気で愉快だものね。

——それがドストエフスキーの書き方なんだよ、と父はますます嬉しそうにいったのでした。

69

――しかし、ネリーはひどく寒い街を、もの凄い恰好でうろついて、叱られてひっぱたかれて、あげくの果てには発作まで起すんだからね。ネルより格段に、悲惨だよ。

――ネリーを家に住まわせていたブブノワという女は、あいまい宿のようなことが商売だからね。いかがわしいパーティーをやってる最中に、白いモスリンの服はずたずたで・ピンクのリボンはちぎれた恰好で、化粧したネリーが悲鳴をあげて逃げてくる。あれはブブノワがネリーに客をとらせようとして、ということなんだよ。

――大体そういうことだろうと、僕にもわかったよ。……出来事のあとでワーニャにひきとられたネリーが、また猛烈に反抗的でね。優しくなる時もあるけれど。どうしてこんなアバズレが『骨董屋』のネルの書きかえかと、不思議だったよ。老人とふたりで貧しい暮しをする少女ということをのぞけばね。

――そのとおりだ。……書庫の奥のDと書いた段ボールの箱に、小さい本でね、なんといったかな、『ドストエフスキーのディケンズ』というふうなタイトルの、イギリス版の本があって、そこにネルとネリーが比較してあるよ。きみに興味があるならば、あげよう。ネルにしても、かならずしも柔順で善良なだけの女の子じゃないと、そういう分析もあったと思うよ。

父が本についてする話はたいてい聞き流すことにしているのですが——一日じゅう、いくらか仕事にも時間をさくとして、そのほかは長椅子でずっと本を読んでいる人と、学校へ行かなければならず、オリエンテーリングもやらなければならず、加えて受験勉強もしようかなあ、と思っている者とは、本を読む量で比較はできない、と僕は考えています——この日は面白く感じて、Dのしるしの段ボールの箱を探しに二階へ上りました。

父の本が段ボールに整理されたのは、夏の忠叔父さんの上京で、僕が書庫で眠ることになったのと直接関係があります。それまで永く書庫の床に平積みされていた本を、整理してもらいたい、このままでは埃りを吸うだけでも身体に良くないと、母が主張したのです。父は二、三日朝から夜まで立ちづめで働くようにして、目下必要な本の他は、主題や作家の名前ごとに分類し、段ボールに入れて床に並べました。Dの箱を開けてみると、ディケンズだけじゃなく、ダンテとドストエフスキーも入っているようでしたが、僕は苦労せずに目あての本を発見しました。

"Dostoevsky's Dickens—A Study of Literary Influence"という本で、著者はLoralee MacPikeという女の人です。僕はこの名前が気に入り、姉が洋服を着たウサギのぬいぐるみをもらって、名前をつけようとしていた時、ローラリー・マクパイクを推薦しました。いまも姉の部屋にローラリー・マクパイクは健在で、名前も家族みなが覚えています。

70

僕はこの本を、父が外国語の本を読む際の手つづきの、丹念にやってある書き込みと傍線を手がかりに、自分に必要なところだけ読みました。その結果、ネルとネリーの関係について一応わかった気がしたのでした。それも問題のネリーより、あの可愛らしいしっかり者のネルについて、この本に教えられる新発見がありました。

まず上品でひかえめな——挿絵ではまったく人形のような——ネルが、じつは頑固者で、つねに独立にこだわっている、という点です。それも端的に、人の世話になるのが厭だ、というわけなのです。ネリーの方は、ワーニャの庇護のもとからしばしば逃げ出そうとすることで、当の性格がはっきりしています。逆にネルについては、これまでそのように考えなかったのですが、しかし気がついてみると、そもそもの初め、キットが弟や母親と住んでいる自分の小さい家で一緒に生活しないか、といってくれるのをことわったのに始めて、ネルはさきにいった鋳物工場の炉の番をする風変りな人物の誘いもふくめ、すべて受けつけず、放浪の旅を続けるのです。

キルプが悪だくみをして、ネルの祖父が賭博をしている秘密を自分にいいつけたのはキットだと、老人に思いこませます。腹をたてた老人から、もう店に働きに来なくていいと宣告されるキット。それをつたえにやって来たネルの言葉は、脇でそれを聞いている者にも――キット当人なにより事の意外にびっくり仰天しているのですが――なんという切口上かと、そのようにいうネルの性格に反感をいだかせたはずだと僕は思ったのでした。あらためて読んでみて、の話ですが。

"No, no," cried Nell, "there is one there, you're not wanted, you—you—must never come near us any more!"

老人が、自分たちは乞食にならねばならないかも知れない、と嘆くのに対して、ネルが元気に、"Let us beggars, and be happy." というところ。それは初めに読んだ印象は、世間知らずの愛らしい女の子が勇敢にお祖父さんを励ます言葉、ということでした。しかし、おなじような境遇におちいったネリーは、実際に乞食をしているのですから、ネルも具体的に乞食をやりかねなかった――いちどはそれに近いことをしています――、ということになると思うのです。これは現実的な決意表明なのでした。

そして父の話にも出てきたことですが、マクパイクはネリーが売春をやらされそうになることにむすんで、ネルもまたいろんな人から性的対象として見られていることを示しています。

そういわれてみれば、確かに、キルプがいまのキルプ夫人の次の、とネルにいったのは、本気だったわけです。リチャード・スイヴラーもいったんは、ネルの不良の兄とキルプにそそのかされて、彼女と結婚することをもくろんだのです。そうした証拠を示した後、マクパイクは、ネルが塔から落ちる夢を見たことを指摘し、フロイドによると、「塔」は男性または phallic source を象徴する、とまでいうわけでした！

71

しかしそれよりさらに驚いたのは、ネルが死にたいと思っている、それも自分を罰するためだ、とマクパイクが書いていることでした。なぜ自分を罰したいのか？　マクパイクは、ネルがいちどお祖父さんの死をねがったからだ、と説明するのです。――よく、いうよ！　と僕はシラケたわけですが、マクパイクは心理学も相当にやった人らしく、その知識を武器に、話をもりあげて行くわけです。確かに、まだ放浪の旅に出る前、賭博に出て行って留守の老人のことを、ネルがぼんやり空想するシーンがあります。お祖父さんは、殺されるか・自殺するかしてしまうのではないか……　マクパイクはそれを白日夢というふうにとらえて、夢の分析を行なうのです。つまりそれを手がかりに、ネルの抑圧された願望をさぐってゆくわけです！

このシーンのことは、忠叔父さんと毎朝『骨董屋』を読んでいた時も、確かに気になっていたのでした。現に忠叔父さんにいわれた赤鉛筆の囲いもあります。ネルがひとり窓から外を眺めていると、煙突が自分にしかめっ面をしてみせる顔のようで恐い。暗くなって、それが見えなくなるのは嬉しいが、そのうち街灯がともされてゆく。棺桶をかついで通りを行く人、黙ってそれにつきしたがう人たち。窓から見おろしながら、死んだ人のことを想像し、そして身震いするようにして、このところのお祖父さんのふるまいや顔つきを考えて、新しい恐ろしさのもの思いにとりつかれる……

"If he were to die—if sudden illness had happened to him, and he were never to come home again, alive—if, one night, he should come home, and kiss and bless her as usual, and after she had gone to bed and had fallen asleep and was perhaps dreaming pleasantly, and smiling in her sleep, he should kill himself and his blood come creeping, creeping, on the ground to her own bed-room door—"

《もしあの人が死んだなら――もし急病にたまたまとりつかれて、もう生きては決して家に帰って来ないなら――、もし、ある晩、あの人が戻って来て、いつもの通りキスして祝福してくれ、そしてベッドに入った彼女が眠りにおち、おそらくは愉しい夢を見て、眠りながら微笑している時、あの人が自殺して、その血が忍びよって来る、忍びよって来る、床の上を寝室のドアのところまで――、というようなことが起るなら。》

この、恐さをこらえて留守番している女の子の胸に湧く思いを、どうしてお祖父さんの死を望む、無意識の願望のあらわれだといえるのか？　僕はマクパイク式の考え方に、やはり疑問を感じたのです。しかも一方で、――これは、これは！　とアセッテくるような気持もあじわっていたのでした。

それというのも、父について同じような白日夢（！）を見たことを思い出したからです。

僕が小学校上級の頃の話ですが、まだ若い男の人から父にしょっちゅう電話がかかってきていました。父が出ると、——オ前ガ精神病院ニ行ケ！　というか、ワッ！　と怒鳴るか、またはただ黙って荒い息をついているという、そうした電話だというのですが、たまたま僕が出ると、母のことをなれなれしく名前で呼んで、かわってくれといったり、誰もいないというと僕相手にいろいろしゃべることがあり、——近頃は、電車で隣に座った人間から、鈍器で頭を殴りつけられることもあるよね、といったりもしました。

そこで僕は、父が外出した後など、電車に乗っても本を読んで・片手には赤鉛筆を握っている無防備さの父を、当の青年が鈍器で殴って殺す、そういう血なまぐさい光景を思い描いたことがあったのです。

——マクパイクさんよ、どうでもいいけど、僕を父親殺しにはしないでもらおう！

といいたい気がしました。

72

しかし、自分ひとりで『骨董屋』を読んでいた時には気がつかず、マクパイクの本で初めて——そういえば、それはそうだな！　と思うことは、正直な話、幾つもあったのでした。

旅に出る直前のこと、老人とネルが二階の寝室で庭の樹木を照らす月の光を眺めている——階下の骨董屋の店と住居自体、すでにキルプとその部下に占領されているのです——、そのうち老人が涙を流してネルに許しを乞う。それに対するネルの反応が特別なものだ、とマクパイクはいうわけで、そういえばそのとおりだ、と僕も考えたのでした。

"'Forgive you—what ?' said Nell, interposing to prevent his purpose. 'Oh grandfather, what should *I* forgive ?'

'All that is past, all that has come upon thee, Nell, all that was done in that uneasy dream,' returned the old man.

'Do not talk so,' said the child. 'Pray do not. Let us speak of something else.'"

《「あなたを許す——なにを」とネルはいいました。かれのいいたいことを妨げるように、言葉をはさんだのです。「ああ、お祖父様、なにをこの私が許す、とおっしゃるの？」

「過ぎ去ったすべてのこと、おまえに起ったすべてのことだよ、ネル、あの苦しい夢のなかでなされたすべてのことだよ」と、老人は答えました。

「そのようにおっしゃらないで」と子供はいいました。「おねがいだから、そうしない

で。私たちは何かほかのことを話しましょう」》

マクパイクは、老人が許しをもとめているのに、ネルが意地悪して受けつけない、というのです。

――そんなことといわないで、おねがいだから、そうしないで、と子供はいった。なにかほかのことを話しましょう。

ネルのこうした言葉を、お祖父さんに辛いはずのことをいわせたくないのだと、一応、日本的に僕は解釈していたわけです。しかし、当然のことながら、ネルが日本的な人であるいわれがない！　それは実は意地悪さを底にひそめての拒否なのだ・そしてこうしたことをいってしまったという思いが、自分を罰したいというネルの気持をさらに強化する、とマクパイクにいわれてしまうと、僕には反対する根拠がなかったのでした。

僕が気を滅入らせた、その原因のひとつと書いた、塾のクラスに途中で上って来た女の子ですが、教室の前の黒板に出て問題を解く。いまから考えてみると、塾の先生が、他の生徒によくわかっているかどうか、心配したのだと思いますが、ちょっと女の子を制して、――きみたち、これでおかしいと思う者いない？　と質問したことがあったのです。

僕は手をあげて前へ出た――シャシャリ出た――、そして女の子の書いていた数式を半分消して、続きをやり始めてすぐモタモタすることになった。すると女の子は、僕が消したところをあらためて書きなおして、例の sin, cos を使ってバリバリと解いてしまった。われながらしょんぼりした僕が、――消してすみませんでした、というと、女の子はこちらの顔も見ないで、――謝ってもらう必要ないよ！　といったのでした。

73

以前、父のヨーロッパ土産に、合成樹脂のカヴァーのついたルーズリーフの・箱のようなノートをもらっていました。日程とか住所表とか、複雑なインデックスのある構成で、堂どうとしすぎているものですから、野外を走るオリエンテーリングには不適当だし、教室へ持ち込んで友達にからかわれるのも厄介だと、引き出しにしまったままでした。それを僕は、原さんの映画基地へ自分がなにか準備して行きうるとして、そのためのノートにすることにしたのです。そしてまず、マクパイクがネル（『骨董屋』）、ネリー（『虐げられし人びと』）と二項目にわけて、それぞれに共通の、かつズレもふくんだ性格を書きぬいている表を写しました。

それにあわせてドストエフスキーを最後まで読み進まねばならず、またマクパイクの引用でよくわからないところがあると、『骨董屋』も読みかえす必要があり、そのたびに英文は僕に新しいおとし穴を準備してもいるようで、実際、かつてないほど本を開いて座りづめの一週間だったのでした。

僕がこうやって三冊の本をいじくり廻していると――自分の部屋では授業のことや受験勉強のことや、いろいろ気になるのと、父が長椅子の脇に置いている各種の辞書を使うためもあり、居間でそれをやっていたのですが――、マクパイクの二項目に分けた表など、脇から覗きこんで、あらためて興味をひかれるようだった父が、ある日とうとう声をかけて来ました。

――マクパイクは『骨董屋』のテキストにどういうものを使ったと書いている？　もし他の版だったらば、引用の後に原典のページが示してあっても、ペンギン・クラシックス版で当の箇所を見つけ出すのが大変だろう？

――マクパイクの本の序文には、ニュー・オクスフォード・イラストレーテッド・ディケンズ版、と書いてあるよ。

――ママが忠からもらった『荒涼館《ブリーク・ハウス》』の版ね。おれの本棚にあれのペンギン・クラシックス版もあるから、ふたつを対照して、ページ数の置きかえ公式を作ればいいね。

第三の項にマクパイクの引用ページをいれれば、『骨董屋』のペンギン・クラシックス版のページがすぐに出てくる、という仕方でさ。

――マクパイクさんの、とつい僕は親しげにいってしまったのでしたが、引用をふたつ見れば、ペンギン・クラシックス版で任意の引用箇所が、一ページか二ページの誤差で計算できるよ。

――そういうものかね、と父は妙に感心して、つまりは僕の突っけんどんぶりに閉口もして、書斎へ上って行ったのでした。

74

ともかく『骨董屋』と『虐げられし人びと』について、僕としてはできうるかぎりの準備をして、次の日曜日に、林のなかの映画基地へ出かけて行ったのです。サブリュックに入れておいたノート・ブックは、原さんたちの前でとり出すのが照れくさい立派さで、あらためて普通のノートにすれば良かったと後悔されたのでしたが、とくに原さん・鳩山さんが僕から話を引きだそうと積極的につとめてくれたので、そのうち僕はオリエンテーリングの競技前に地図を検討するように、もう自意識に悩まされず、安定のいいノート・ブックを膝にひろげて、自分の調べてきたことを話していたわけです。

　それにこの日、林のなかの映画基地に着いて、まず印象的だったのは、プレハブの家がそれに並んだ風呂場と台所ともどもできあがり、とくに鳩山さんとサッチャンと森君が、そこにずっと住みついてきたように悠然と暮していたことでした。

　プレハブの、百恵さんの呼び方では「事務所」は、一軒の家がまるごとひとつの部屋でできています。映画の撮影クルーのための「事務所」らしく、肩に載せて使うカメラや照明機器と、沢山のコードの類が置いてあるほか、奥の風呂場に接した壁ぎわに、二段になったベッドと、カーテンで仕切った洋服箪笥がわりの空間があるのみで、中央に座卓を置いてその周りに集って話せるようになっています。原さんの寝椅子も、プレハブ正面の林の側に開いた窓の下に持ち込んでありました。

　二段ベッドのあたりをキョロキョロ見ている僕に、百恵さんは、

——サッチャンは地下壕の方で、私たちと一緒に寝ているよ。若い娘さんに、もしものことがあるといけないから、と経験豊かな中年婦人の口調でいったのでした。

　また原さんの映画クルーのなりたちについても、次のように説明してくれたのです。

——鳩山さんは、もの静かな人やと思っておると、急に子供のように面白いこともい

う人でしょう。あんな人が学生運動から始めて、ずっと革命運動をして、そのために結婚もしないできたらしいのね、いまは運動と関係がないけれど。原さんとは、大学の時からの友達。この前もいってたでしょう？　原さんは鳩山さんのことをいつも気にかけていて、インテリの仕事をしている女の人が、それも四十歳近いような人が、思いたって鳩山さんと結婚してくれたらいい、といっているのよ。そして、本当にそうなるのじゃないか、ともいってるわ。鳩山さんは、自分から人に働きかけたりはしない、おとなしい人でしょう？　それでも森君についてここへ来たサッチャンが、鳩山さんのことになると親切にね、森君よりももっと大切にしている様子やよ。

僕は一応、社会の慣習としてというか、自分に許される限界より奥の方まで入りこんでゆくようで、百恵さんの打明け話を当惑して聞いていたと思います。後で考えてみると、百恵さんも、確信をこめてその情報を僕につたえたというより、なにか心のなかにひっかかりがあって、それで僕にこうしたことを話してみたのじゃなかったか、という気がします。

75

それというのも、百恵さんはこれから作る映画の主演女優なのですが、不思議なことに林のなかの映画基地で、かえって孤立してきたような感じがあったからです。あわせてタロー君は、自分から積極的に、ひとりぼっちでいることを望んでいるわりです。猛烈な熱心さで食事をする時よりほかは、大人の誰の傍にも寄って来ず、元気に徒手体操をしているか、剝き出しになった黒い畦《あぜ》にへばりついている、いちばん最後に収穫されたキャベツの葉の匂いが、土の匂いにあわさって立ちのぼって来る畑に踏み込んで、小石をひろっては塚のようなものを造っています。

林を伐り開いてコンクリートの平面とわずかな畑が接している、俯瞰《ふかん》すれば正方形に見えるはずのこの地所の、林との境界には、今度やって来て僕自身足を引っかけてしまったのですが、新しく地上四十センチメートルほどの高さに、丈夫な梱包用の麻縄が張りめぐらされ、拳ほどの大きさの鈴が二メートル間隔で連ねてありました。麻縄を揺すると、ジャラジャラ鳴る仕掛けです。

それはひとり黙って遊んでいるタロー君が、この地所の外へ出て行かないように注意するためのものでした。実際、百恵さんはジャラジャラと鈴の音がすると、何をしていても、サッと頭をあげて空地を見廻すのです。

――あの高さにロープを張っていても、タロー君が下をくぐりぬけたら、出て行ってしまったことがわからないのじゃないですか？　と、心配の種をひとつ増すだけのようにも思いましたが、僕は気にかかって尋ねたのです。

――タローは誇り高いからね、縄の下をくぐろうとして身体を屈めることはしないよ、と百恵さんの脇から原さんがかわりに答えました。

それでも百恵さんは、鈴が鳴って、かつタロー君が見あたらない時、敏感な耳を澄ましていたにもかかわらず仔が群からそれてしまったのに気がついたインパラ、とでもいうふうに、殺気だったほどの緊張ぶりで「事務所」から駈け出して行ったのでした。

鳩山さんと森君がもう住みついてしまった、という感じのプレハブの「事務所」で、百恵さんは大体において居心地が悪そうだったものです。「事務所」での、原さんと鳩山さんを中心にした、映画の進め方についての話合いに、僕も森君たちも加わったのですが、百恵さんは食事の時とか、お茶を飲んでいる時しか――僕が、彼女をアセラせる不用意な発言をしたのはそういう時でした――「事務所」に入って来ないのです。

それでは百恵さんはなにをしていたかというと、撮影の本格的な開始にそなえて、一輪車に油をひき車体や車輪もきれいにみがきたて、コンクリートの平面の一頂点を斜めに結ぶコースを、流れ星のようにサッと横切る、そういう仕方で練習をかさねていたのでした。

76

「事務所」は、この前まで建築現場の飯場として使われていたものです。薄い空色に表側を塗ったボードを枠にはめこみ、ワイヤーで十字にしめつける。この形式の壁がふたつ、そしてその間に窓をはさんだ上下のボードがある。その横長の壁面ふたつと、もっと狭い竪長の壁面ふたつに囲まれて、十畳ほどの広さですが、天井が剝き出しなため室内の高さだけは充分で、合成樹脂の波板に、やはり合成樹脂で加工したテント地のようなものがかけてある屋根の、山型の空間が、なんだか風とおしのいい感じです。

しかし床板にじかに座っていると、天井が高すぎて不安な気がすると、あまりものにかまわぬ感じの鳩山さんがいいだし、乾いた枯葉を床にしきこみ、その上に煉瓦を置いて、防寒用でもある第二の床を造ろう、という話になりました。

そこで僕も、大きい柳の木の周りから乾いて淡黄色になった・きれいな枯葉を集めました。その作業をやりながら、僕はこの年になるまで柳の木をゆっくり見ることもなかった、と気がついたのです。あらかた落葉した後にも、黄葉した葉はいくらか残っており、それが陽あたりのいい側は明るい黄緑で、北の側はみずみずしい感じも残っている翳ったような緑色で、風に揺れている柳……

僕はまた、泉から水を汲みあげました。まずトイレのため、そしてこちらはひとりで全部やりとげたのではありませんが、風呂の浴槽をみたすために。トイレは、やはり建築現場によく見かける型で、紙粘土で型をとったようにふやけた輪郭の竪長の箱から、換気用の煙突が出ているものです。煙突の下の穴に電動式のファンがついていますが、林のなかの映画基地には目下のところ電気がつうじていない。そこで臭気がこもらぬよう水洗式にして、流し出されたものは林のなかの自然吸収式の汚物槽へ太いパイプでみちびくシステムです。そのために、斜面の下の湧き水のところから水を汲みあげる必要があり、サッチャンが黙ってずっとそれを担当している様子だったので、僕はヴォランティアとして手伝ったのでした。一段落すると、半分がた浴槽にたまっていた水に、二往復分、汲みたしもしたわけです。

サッチャンと戸外で一緒に働いてみて僕が感心したのは、彼女がムダなことはいっさい口にせず・誰も見ていないところでも骨おしみしないで働いたことです。青ざめた顔をして、なにか身体のなかで、それもわれわれ男性にはない器官に異常が起っているのじゃないかと——僕が具体的にどんな器官か想像しえたというのではありませんが——そう心配させる感じでいながら、身体をいたわるかというと、むしろ逆に酷使するというふうで、しかもその間、なにか考えつづけているようであったのでした。

77

このようなサッチャンの様子は、戸外で働いているかぎり、かなり立派ですが、室内でみんなと一緒になるとやはり不自然でした。むしろ異様でさえあることに誰もが気づいているけれど、そのことに正面からはふれないようにしている、という感じもあったのです。ともかくそのような雰囲気の「事務所」のミーティングで、僕は原さんにうながされて、『骨董屋』のあらすじとしての、ネルの生涯の初めから終りまでを説明したのでした。

その上で、僕はマクパイクについて説明し、僕自身が最初に感じた、ネルとネリーの印象のちがいと、それを越えての共通性、ということについてもノート・ブックに書いてきたことをまとめて話したわけです。

――マクパイクという人の読み方は、面白いねえ、と原さんは僕を充分励ます力をこめていってくれました。ディケンズの読みとりということで、妥当かどうかは、忠叔父さんに聞くとして、おれがずっと考えてきた、自分たちの映画のヒロインの性格づけには、それでぴったりだからね！　そうなんだよ。じつに徹底して独立心をそなえていて、なんとしてもひとりでやりぬくという娘の生き方を描きたいわけだから。まずはその独立心がどこからきているか、映画的にリアリティーのあるかたちで示さなければだめなんでね。『骨董屋』のネルと、『虐げられし人びと』のネリーの、まあ、こちらは過激すぎるけれど、ともかくその両極の間に、われわれのヒロインを性格づけてゆけばいい。

――「罪のゆるし」という主題が、やはりとても大切だね、と鳩山さんも眼鏡の深い奥の眼に感情をこめていったのでした。「百恵さん」の場合、こちらはもちろん映画のヒロインの方ね、彼女が達成する「罪のゆるし」をね、フロイド式にあとづけたくはないけれど……　それでもね、「罪」ということと「ゆるし」ということを、それぞれはっきり性格づけて、「百恵さん」に担わせたいよ。

それまで、サッチャンほどではないが、やはり考え込むようにブスッと黙って、僕の話にもほとんど反応しなかった森君が、思いがけず鳩山さんに突っかかって行きました。

――「罪のゆるし」といってもね、罪があればそれをおかしたやつがいるわけで、ゆるすとか・ゆるさないとかいっても、まず誰が、ということになるでしょう？　その点を追究しないで、「罪のゆるし」ということを先に出すのは、あいまい主義じゃないですか？　はじめからすべてベタッとゆるすとなると、なにもかも無意味になるように思うなあ。国家権力が規定する罪と、そのゆるしというようなレヴェルでいっているのじゃないんでしょう？

――国家権力には、処罰する・罪をあがなわせる、ということはあっても、「罪のゆるし」ということはないよ。こちらも特赦というようなレヴェルでいってるのじゃないし、と鳩山さんはレンズに翳った眼をパチクリさせて答えました。

――罪をめぐっていうならばね、自分の犯罪的なあやまちを認めるほかなくなって、いたしかたなく、そのままグズグズ滅びてゆくやつと、脇に立って・断乎として、そいつが滅びてしまうまで確認する者と、そのふたつの役割しか、僕は考えないな。罪をゆるす・ゆるさない、というようなこと、まるで問題にならないと思うなあ。

――脇に立って見とどける、などというより、自分で滅びようとしているやつを、さらに断乎として脇から叩き潰す、それがきみの立場じゃないのか？　と原さんがある鋭さでいいました。

——ゆるす・ゆるさない、などと悠長なことをいっていると、逆に叩きかえして来るかも知れないし……

——森君もその気になるとよくしゃべるね、とこの日言葉らしい言葉を初めてのべるようだったサッチャンが発言しました。そして、森君は不意撃ちされたようにして、顔を赤くしたのです。それはずいぶん後まで、不思議な感じを僕に残したやりとりでした。

78

実際、原さんもなにか新奇なものを見る様子でそのふたりを見ましたが、

——ともかくも、絶対に独立した・不遜《ふそん》なくらい自立した、そしてその態度を確保するためには、所かまわず逃げ出してゆくような娘が、われわれの映画のヒロインだからね、と話を本筋に戻しました。それがなくては、娘が一輪車で日本列島を縦断する、といういきさつは起らぬわけだから。その点で、ネルとネリー両者ともの、独立不羈とい

う読みとりは有効だよ。そして「罪のゆるし」という思想が、死をまぢかにひかえた病床で来る・ネルにもネリーにも訪れる、ということが大切だね。われわれの映画のしめくくりに、ヒントがあたえられると思うよ。

——あれ、私が死ぬの？　と、お茶を運んで「事務所」に入って来ていた百恵さんが、ぶたれた女の子のような・本当に憐れげな声をたてました。

——映画のなかの「百恵さん」が、物語のしまいに死ぬわけね、と鳩山さんは、原さんのために百恵さんにとりなしました。

——現実の私とその区別ならば、サーカス育ちで教育がなくてもわかるわよ。けれどもやね、せっかく映画ができても、私が死んでしまうのでは、「パート2」が撮れないでしょう？　大ヒットしたならば、どうするの？

——非常に楽観的だね、とだけ原さんはいって黙りこみました。百恵さんはみんなの笑い声を期待していたようですけど……

百恵さんはそのまま悄気こんで「事務所」から出て行き、しばらくすると、またコンクリートの平面を、ただならぬ勢いでサッと横切る、一輪車の練習風景が見られたわけです。話がとぎれたあいまに、僕はずっと考えてきた、そして原さん・鳩山さんに聞いておきたい、とも思っていたことを口に出しました。

――キルプのことですけど、『虐げられし人びと』では、ワルコフスキー公爵の役割がそれにあたるのでしょうか？　僕には、両者はずいぶんちがうと感じられますけど。今度の映画にも、キルプの役割をはたす人物は出てきますか？

原さんと鳩山さんは、ふたりとも熱心に、意見をのべるこちらを観察する様子です。僕としては、自分の切り出した話をしまいまでつづけるしかありませんでした。

――いまさっき僕が話したあらすじは、『骨董屋』で、ネルと老人とがどのように旅行したか・放浪したか、ということを追いかけたわけでした。つまりネルたちが骨董屋の店と住居を明け渡して、出て行ってしまってからは、もうネルはキルプと直接にはつながることがありません。旅先の小さな町で、ネルが夜ふけにキルプを偶然見かける、というシーンはありますけど、それだけで。

しかし（と僕は、思いがけず、父との話合いに根ざしている意見をのべている自分に気がついたのでした）、ネルの想像力《イマジネーション》のなかには、キルプがいつも大きい影を落しています。そのことは重要だと思います。それから、ネルが死ぬと、その死はみんなから悲しんでもらえて、キットなど、やがて自分の子供が生まれて来ると、ネルのことを熱心に話してやります。ずいぶん時がたって、骨董屋の建物が取壊された後も、地面の上にそこにあった地所の輪郭をなぞりまでして、子供に詳しく話しつづけるんですが、反対にキルプの死は、なんだか酷たらしく客観的に描写されるだけで……　僕としては、キルプの死が読み手の心に落す影というようなことも、シナリオに反映するといいと思いますね。もし、キルプの役割があるのなら……

——キルプはどのように死ぬの？　殺されたわけ？　と鳩山さんは、こちらが思わずドキリとしたほど深い静かな声で訊ねたのでした。

79

——その時点で、キルプはキットを引っかけようとした悪だくみが失敗して、逆に自分が窮地に立ったことを承知しています。どういうわけか、キルプはキットを終始憎んでいます。ネルがきっかけをなしてということですが、悪玉が善玉を憎む仕組です。「キルプ埠頭」というところがあって、つまりテームズ川の河岸の、水際に接したところを直角に仕切って、その地所を事務所にしています。住居とは別の、そこにいまはひそんでいるんですが、追手がかかっているという情報があって、高飛びする準備をしています。ともかく、街路からの入口はバリケードでかためた。その間も、ボウルに作ってあるパンチを飲んで、もうかなり酔っています。さかんにひとりごとをいうのですが、そのなかには、自分の手から逃れて放浪の旅に出たネルと老人への言葉もふくまれています。ノート・ブックに書きぬいて来ましたから、そこを読んでみます。

"'And this, like every other trouble and anxiety I have had of late times, springs from that old dotard and his darling child—two wretched feeble wanderers. I'll be their evil genius yet. And you, sweet Kit, honest Kit, virtuous, innocent Kit, look to yourself. Where I hate, I bite. I hate you, my darling fellow, with good cause, and proud as you are to-night, I'll have my turn. —What's that!'"

《それに、これだ。このところおれがひっかぶった他のどの面倒事も心配も、あの年をとって耄碌したやつと、あいつの可愛い子と——ふたりの惨めで弱い放浪者のおかげなんだ。おれはまだあいつらの悪霊でありつづけてやるぞ。そして、おまえ、優しいキット、正直なキット、徳があって無垢なキット、注意していろ。おれは憎んでいるところに、噛みつくぞ。おれはおまえを憎む、親愛なるボーヤよ、その理由があって。おまえは今夜、鼻が高いだろう、しかし次はおれの番だ——あれはなんだ?》

あれはなんだ《ホワッツ・ザット》、といってるのは、ついに警察が追いつめてきた物音というわけです。キルプは、正面のバリケードを頼りにして、それが防いでくれる間に川の側から隣へ抜けようとして、暗闇ですし・酔ってもいますから、よろめいて水に落ちてしまいます。川の方から助けてくれ、とわめく声が聞えてきても、バリケードの向うの警官たちにはどうしようもない。そこで溺れ死ぬまでが、なんだかキルプを苛めている具合に相当長く書いてあって、死体が砂州にあがるところの酷たらしさも、静かに死んで丁寧に葬られるネルとは大ちがいです。

――自分が充分に英語の引用をコナしたかどうか、あいまいだけれども、と鳩山さんは、慎重にいいました。キルプは確かにキットを憎んでいるね。いま、あいつは冤罪が晴れて、誇らしい気持だろうけども、いつかまた自分が優位をとり戻す、と報復の希望を棄てていないものね。相当な人物だねえ、キルプというオッサンは！　ネルと老人についても、あの老いぼれの、みじめで弱よわしい放浪者のとか、ひどいことをいっている。自分はずっとあいつらにとりついているevil geniusだ、とかね……

――evil genius、悪霊か？　と、原さんもいいました。キルプは、ネルと老人の想像力《イマジネーション》のなかでの、自分の役割をよく知っていたんだね。

――僕も、そのとおりだと思います。

――『激突』という邦題だったかな、大型タンクローリーの運転手が市民の乗用車の運転ぶりに腹をたてて、しつこくしつこく追いまわす。そういう映画があったね、原君。

あれのやり方で行ってはどうだろう? ネルと老人の想像力《イマジネーション》にまで入りこんでつけまわすevil geniusが、あの映画のタンクローリー運転手同様、決して顔を表に出すことはない、そういうかたちでさ。「百恵さん」が、画面には顔をあらわさないevil geniusに追いかけられる、という設定にすればいいね。そうすれば、追いかけて来るサラ金のヤクザ役の、配役の難かしさという懸案は、越えられるよ。

――そうだね。それでいて「百恵さん」を追いかけるやつの存在には、なによりリアリティーがある、という仕方でね。

――追いかける者らの、存在感はつねにある、ということですね、と引きこまれて森君もいいました。

――われわれの映画クルーは、存在感という言葉は使わないことにしよう、リアリティーということにしたいね、と原さんはそれまで話に熱中していた感じと裏腹の、冷たい調子で言明しました。

映画クルーの「事務所」での討論に一応役にたてたし、水洗便所やお風呂のための水汲みや、「事務所」の床の改造のための枯葉集めにも、自然に参加することができて、ともかく僕はまずまずという一日を過しました。夕暮が近づいて、林のなかを通り抜けるのが危険でなくなる前、引きあげる仕度を始めていた時、原さんが、

——今日はどうだった、面白かった？　と声をかけてくれたのですが、

——面白かったです、こんなことはずっとなかったような気がします、と僕は正直なところを返事したわけでした。

その時、僕らは西の高い木立にさえぎられて冷えびえと翳った大気のなかの、「事務所」前に立っていたのですが、原さんはうしろの「事務所」を顎で示すようにして、

——気にいったか、ハッピーか？　とあわせて鳩山さんにも尋ねました。

——ハッピー、ハッピー、と鳩山さんは、中年になった男がこんなに無邪気でいていいものかと思わせる様子で答え、淡い黄色がかった青の空がシンと澄み渡っている下に立っていることもあり、僕をもの悲しいような気分にしたのです。

原さんが、鳩山さんにわざわざ「事務所」のことを確かめたのには、明らかに理由がありました。僕たちの脇には、三十分ほど前に来たばかりの、石井さんという国際文化財団の人も立っていたのです。石井さんは熱心にゴルフをやっている人の・無闇に陽灼

けして血色のいい皮膚に、目鼻だちがしっかりした、いかにも裕福な環境で育った、という感じの人でした。この土地をふくめ、一帯の地主だということですが、伯父にあたる人が一族の事業である製薬会社を統率して、関西を本拠にしています。そこで石井さんも関西で、製薬会社を母体とする文化財団を担当し、国内半分・国外半分の仕事内容だということでした。中肉中背で地味なネクタイをしめ、ニコニコしながら関西弁でしゃべる人です。石井さんに似たものごしの人としては、以前よく祖母のところにお歳暮をとどけに来た、やはり関西の会社の総務課の人のことを思い出すくらいでした。ともかく映画基地の誰ともちがったタイプであることは確かです。

「事務所」で原さんと打合せをしているのを傍で聞いていたところでは、翌月曜日に、正式に映画のための製作費の第一段階にあたる額が、原さんの銀行口座に振り込まれると、石井さんは通知に来たのでした。それを聞いている原さんがむしろボーッとしたような鷹揚さであるのに、まだ忠叔父さんから聞いたサラ金に追いかけられている人のイメージが残っていたこともあり、僕は正直感心しました。むしろ石井さんの方が、なんだか恐縮して、

——本当に恥かしいくらいの額で、といって立派な目鼻立ちの顔をクシャクシャにしたのでした。

百恵さんが「事務所」に顔を出して、石井さんの会社からビタミン剤や造血剤を大量にもらったことを原さんに報告し、それを受けた原さんのお礼の言葉にも石井さんはあいかわらず恐縮した受け答えをしていたのですが、そのうちあることに気がつくと、戸外に立っていたやはり背広にネクタイの青年に、

――おまえ、あれ忘れてなにをしとるんや？　早う走って行って取って来い！　と眼のあたりがサッと紅潮するほど力をこめていいつけたのです。

僕は誰か大人がもうひとりの大人に、おまえと呼びかけるのを、これまで聞いたことがなかった気がして、アッと思いました。

81

林を降りて、すっかり水の涸れた河川敷を渡り、またいくらか上って行った道路に、車が駐めてあるのでした。そのトランクに、関西から肉と魚をいれて運んで来た、アイス・ボックスが積んであるのを、運転手もかねている部下が度忘れしていた。それに気がついて、石井さんが注意したというわけなのです。石井さんは部下の失態に腹を立て

て赤くなった顔のまま、またひとしきり百恵さんに、

――本当に恥かしいようなもので、と恐縮をあらわしたのですが……

そういうわけで、みんなが「事務所」から出て行ってコンクリートの平面にたたずみ、車までお土産を取りに行った青年を待つ具合でいたのです。あわせて原さんは鳩山さんと短く言葉をかわす仕方で、石井さんに提供されたプレハブの建物への映画クルーの感謝を示す、ということもしていたのでした。

ついで原さんは、ふだんはこれまで同様、なしですむのだけれども、「百恵さん」の、地下壕での暮しぶりを幾カットかとるため、照明用に電気を必要とするのだが、という話をしました。それに対して、このあたりの地所の持主として、石井さんは、いまは管理人にすべてまかせてあるが――そういうのを聞いて僕は、イフメーネフがワルコフスキー公爵の土地を管理したのと似たことが、いまの日本にもあるのだと驚きました――、農作業のために林の上の小屋まで引いた電気があるから、半恒久的にこちらへ電線をつけるというのでなければ、当局に申請しなくても、電線を臨時に伸ばすだけで問題は解決できるだろう、と答えました。事実に立って、かつ推論においては慎重でもある答えぶりで、それもやはりこの映画基地の人たちとは別の、という印象が石井さんにはあったのです。

さて僕はそのようなやりとりをする原さんたちに挨拶し、すこし離れて鳩山さんや百恵さんに囲まれながら、いまはおもに石井さんを意識して徒手体操を続けているタロー君にも手を振って、ひとり出発しました。ところがさらに離れた所に森君と並んで立っていたサッチャンが、用ありげな様子で僕を追いかけて来たのです。

82

サッチャンは、黙ってしばらく並んで歩いたあと、鈴をつけた麻縄をまたいで林のなかの薄暗がりに踏み込むと、

——ここで起ることを、なにもかも、警察の叔父さんに報告するの？ と背後の耳を心配するというふうに、わざとらしい低声でいいかけてきました。

——そんなこと、しません。忠叔父さんにも、僕にも、その必要がありませんから。

——それはよかったわ、とサッチャンは、ムッとした僕に平然たるものでした。もしものことがあるかと思って、ね。

——僕の叔父のこと、なにも知らないのでしょう？ ただ、警察につとめている、と

いうよりほかは。それでいてなぜ、そんなことというんですか？

――きみの叔父さんも、私たちのことは知らないわけね。原さんと百恵さんのことをのぞけば。その、なにも私たちのこと知らない人が、こちらに介入して来ることがありうるのよね。ただ警察の人間だというだけで……

――こちらでなにも違法のことをしていなければ、警察も介入しないでしょう、と僕はいったのですが、それはむしろ忠叔父さん個人のことを考えながら強弁したわけでした。じつは僕も二年前、前車灯の壊れた自転車に乗っていて、それが盗んだものじゃないかと、ふたりの警官にさんざん問いつめられたことがあります。僕はなにも悪いことをしていなかったのですが、警官の質問は、ニュートラルであるより、悪意にもとづく嘲弄といっていいものだったと思います。

――そのように本当に信じているんだとしたら、とサッチャンは、なにか断念する具合に頭をふって、アッサリいいました。きみは、確かにノンポリよね。……つまりきみは映画少年なんでしょう？　お祖父さんが映画監督だものね。

――とくに映画に興味を持っている、というのでもありませんけど……

――それじゃ、ここになにしに来るの？　きみも百恵さんが好きなのか？

僕はサッチャンをすっかり軽蔑して、一方的に会話を切りあげ、いつもの歩き方に強調を加えるようにして、さらにもスタスタ歩いてゆきました。そこへ椿や茶の木のトンネルをぬけて、朝の電車で一緒になる海釣りの人がたいていぶらさげている大型のアイス・ボックスを抱えながら、石井さんの部下の青年が登って来ました。

サッチャンは、まさにそのためにやって来たとでもいうように、

――なにか、お手伝いすることあります？

と青年に声をかけ、今度はかれにつきそって斜面を上って行ったのでした。

僕がサッチャンに対して不愉快に感じたのは、結局忠叔父さんとむすんでのことだったと思います。確かに忠叔父さんは百恵さんが好きでしょう。しかしそれは誰にも、外部から口をはさみうるような性格のことではないのです。サッチャンが、きみも百恵さんが、という、そのきみもの前提に、まず忠叔父さんが百恵さんのことを好きで、ということがあるのならば、そうしたことをあんな小娘がいう権利はあると思えない。それならば、なぜ、直接そういいかえさなかったか？

僕はそのように考え進め、さきにはサッチャンに対していだいていた怒りを、今度は自分に向けて、胸苦しいような気持になり、すっかり暗くなった林のなかをズンズン降って行ったのでした。それと矛盾せず、僕の身体全体には、さきに原さんに答えたとおり、今日は面白かった、という充実した気持もあったのですから、かつて経験したこと

のない不思議な心理状態だったと思います。

83

次の日曜日は、朝から曇っていました。冬枯れた田畑や丘陵の斜面の木立が、ぜんたい憂鬱に暗く見えたものです。小田急の急行も、成城学園前からのコース三分の二を過ぎると各駅停車になるので、なんだかノロノロと気の進まぬ運転をしているふうでした。林のなかの映画基地に着いてみると、原さんと森君は、早いうちから、石井さんの車で東京へ出かけたということでした。石井さんは、資金を提供する財団の側の人間として、映画のプロデューサーの役廻りもかねているわけです。

もともと、この林のなかの住いの提供も、原さんと石井さんが酒場でたまたま会って、という百恵さんの話には、彼女が暢気坊主式にそう受けとめているところがあり、実際にはいろいろ根廻しがあった後の出会いだったようです。石井さんは、この一週間のうちに林のなかの土地の地主の役もちゃんとはたしていて、プレハブの「事務所」に着いてみると、話に出ていた電気が、ちゃんとついているのでした。電力会社とも一応話合いが行なわれたようで、細い白木の電柱を点々と林のなかに建てて、いかにも仮設という仕方ではあるのですが、「事務所」の軒さきまで電線が届いています。百恵さんは、それを映画製作の限定された用途のためと厳密に受けとめて、――家庭用に使うとだめなのやよ、とキッパリいっていました。

確かに、「事務所」のなかに映画製作のための準備として、あらためて映写機のみならず、フィルムを編集するための機械まで持ち込まれており、大型のジュラルミンのトランクに入れた、これまで永い時にわたって撮影され・現像された、百恵さんのフィルムが地下壕から運び上げられてもいました。それらを壁ぎわに整理する棚を、鳩山さんがサッチャンを助手に造っているところでした。

――原と森君は、映画のセット部分をとる貸スタジオを見に行って、それから照明や録音の専門のスタッフと会ってくる予定、と鳩山さんは、原さんのことだけ呼び棄てにしていいました。

――僕も手つだいましょうか？

――そうだね、大工仕事は手が幾本でも多いほど助かるよ。……一応かたがついたらば、われわれは原の書いているシナリオを検討しよう。オーちゃんの他には、『骨董屋』をよく読んだ者がいないからね、その側からのアドヴァイスが有効なわけ。自分も、きみが置いて行った『虐げられし人びと』との比較の本は、とびとびに読んだけれども……

――父が、映画のことはわからないが、細部のイメージ作りに役立つかも知れないといって、別の本を教えてくれたもので……

僕は“Dickens and Popular Entertainment”という本を出して鳩山さんに見せました。Paul Schlickeという、イギリスの地方の大学の先生が著者です。こちらへやって来る電車のなかで、僕自身、父の赤鉛筆の傍線と黒鉛筆の書き込みを頼りにひとつの章だけ読んでいました。父から、この林のなかの映画基地へ通うとして、行きかえりの電車の時間が勉強するのに役立つだろう、といわれたことを気にかけていたわけです。もっとも僕は、文章の内容をつかむより、ディケンズの時代のサーカスや見世物の、すでにいくらかは『骨董屋』の挿絵でなじみになっているスタイルの絵や、当時の広告の図版に気をとられたのでした。いかにも寒ざむとした冬の気配の窓の外を眺めるのと、それらの図版を見るのとを交互にやりながら電車の時間をすごしたようなものでした。

84

それでも鳩山さんが赤いダスト・カヴァーの本をパラパラやりながら話しかけるのに、なんとか僕は内容をめぐって答えることができました。それは忠叔父さんの授業のやり方のおかげだと思うのです。つまり、英語の本の、ある長さの文章をザッと読み、しるしをつけてある部分を――今度の場合、父の傍線や赤い◎、cf.といったしるしですが――注意深く読みかえすというやり方です。

――これでいってる popular entertainment との関係ということは、『骨董屋』だと、ネルが老人との旅の暮しで会う、サーカスの芸人たちの演芸、というところにあらわれてくるの？

鳩山さんの質問に、僕は次のように答えたのです。

――そうですね。それともうひとつ、このシュリックという著者は、大体この時代にできた骨董屋という職業自体が、いろんなガラクタをいっぱい展示しているという点で、見世物小屋のようなものだった、といっています。その古いガラクタのなかにネルが住んでいるわけで、それは大蛇とか侏儒《こびと》とかと美少女が一緒にいる、見世物小屋の眺めと共通している、と書いてありました。

――あっ、それは面白いね！　本当にその通りだものね！　と鳩山さんは、この日はとくに憂鬱さが染みついたように青ざめていた顔の、眼鏡の奥に窪んだ眼をパッと輝かせたのです。シナリオにそのまま使えるんじゃないの？「百恵さん」がね、サーカスからしばらく縁がなくなっていて、あらためて猛然と一輪車の芸を始めるシーンが、設定上、必要なんだよ。そこに使おう！　地方の小都市の繁華街でね。その繁華街自体、時代とともに変化しているんだけれども、つまり高度成長の線で、繁華街も、豊かな消費生活という方向に模様がえしているわけだ。そこに漢方薬の店とか・骨董屋とかが並んでいる、古くて大きい店構えの一劃が残っているのね。大きい瓶に白っぽくなった蝮《まむし》をいれたのがゴタゴタしたなかに置いてある、そういう漢方薬店があるでしょう？　その並びに、これも建物だけは立派な骨董屋があって、しかも壺とか皿だけじゃなしに、一輪車がウィンドーに置いてある。かざってあるよりさ、置き場所がなくて、そこにずっと置いてある、というふうにね。ウィンドーがまた古風で、胸ほどの高さを、がっしりした木枠が仕切っていて、他の一劃の、高度成長式の広くて明るいウィンドーとはすっかりちがうんだ。

――いまはレトロ・ブームだから、きれいな街並のなかにね、かえって古いものを置いたり、エスニックなこまごました品をかざったりした店がけっこうあるわ、とそれまでブスッと黙って、とくに僕を無視しながら仕事を続けていたサッチャンがいいました。

――まだレトロ・ブームなどということのない、一般には眼が前を向いていた、オイル・ショック以前の挿話だから、と辛抱強く鳩山さんは説明して、それから僕に眼鏡の奥の眼をグルグルさせて見せると「構想」を話しつづけたのです。一輪車は古いものだし錆びついているから、自分にも買いとれる程度の値段じゃないかと、そう思った「百恵さん」が、いったんアパートに帰ってね、お金と、しまっておいた整備用具を取って戻って来る。買いとるとすぐ、骨董屋の店先を借りて整備するんだよ。それからパッと一輪車に乗ってね。見てるとあれは、そういう際、思いがけない高度差をカヴァーする感じがあるでしょう？　画面で効果が出ると思うよ。つまりさ、それまで胸よりも上の高さだったウィンドーのガラスにね、「百恵さん」の腰から上が映ってさ、サッと走り出すわけ。これは映画的だと思うよ！

85

――鳩山さんも、なかなか感覚派なのねえ、とサッチャンは、彼女の場合にかぎらず、僕がいつも厭でたまらぬと思う、そういう種類の女らしい態度で棄て台詞をいうと、できあがった棚の端から、音をたててフィルムのケースを並べ始めました。

僕自身も、映画のことはよくわからないのであるけれど、鳩山さんの「構想」は、確かに映画的なのじゃないかと説得されたのです。百恵さんの話から、ずっと革命運動というか・政治運動というか、そうしたことをやっていた人、とだけ知っていた鳩山さんが、むしろなにより映画の専門家であるように感じられたわけでした。原さんにおとらず、鳩山さんも映画作りに夢を持っており、それがふたりを、なにかすっかりちがったタイプとも感じられるのに、ずっと結びつけて来たのだ、とわかって来る気がしたのです。鳩山さんの役廻りはシナリオへの協力で、大筋の原案は原さんが持っている様子でしたが、鳩山さんはいま話したばかりの新しい「構想」を驚くほど緻密な字で紙に書きつけました。

それからまた鳩山さんは、なにか僕が役に立つことをあらためていうかと期待している、一応自分勝手に感じるくらい・もたれかかってくる態度で――紙に「構想」を書く間は、こちらをすっかり無視しておきながら――僕を見つめるのです。

――キルプのことですけど、と僕はアセッテいいました。シュリックがしている意味づけのことを、僕は面白いと思いました。一応キルプは、見世物ともサーカスとも関係ないわけです。ところが「パンチとジュディ劇」のパンチがキルプだというんですね。この街頭の見世物のことは、ネルたちの放浪が始まってすぐ出て来ました。それと別に、キルプは犬や子供を苛めるかと思うと、天井から吊るしたハンモックに寝ていたり、バカでかい兵隊の人形を部屋に運び込んで殴ったりもしています。そういうふるまいのはしばしに、パンチの性格が出ている、というわけです。ネルは、パンチ的な役割の人物に迫害されていることになりますね。本当に、キルプは、ネルに好かれていると一方的に思いこんだり、ネルが一文無しだとはっきりした段階では、そのネルをひとにおしつける結婚話をでっちあげたり、普通じゃありませんから。ネルは悪い夢を見て、“hemmed in by a legion of Quilps”とつくづく思うんですが、沢山のキルプが出て来て取り囲まれるように感じる、というんでしょうか、そこをシュリックは引用しています。キルプのことを、“freak-show creature”ともいっています。

――あっ、それも面白いねえ！　映画の第一の挿話で、まだ少女の「百恵さん」を迫害する人物を、表面には出さないにしても、侏儒という設定にしてもいいね、同じサーカスに出ている、それこそ freak-show creature のひとりとして。

――鳩山さんも差別的なことというなあ、現代のサーカスは、freak-show じゃないでしょうが！　とサッチャンが介入しました。こちらの話を、聞くだけは聞いていたわけです。

――むしろね、第一の挿話は、時代のリアリティーというか、アクチュアリティーというか、それを越えた感じにしたいわけ。大正時代のサーカス、という印象でもいいと思うね。

――原さんほどの人が、ノスタルジーを満足させるだけの映画を作るというのじゃ、意味ないと思うわ。伝説的な「原論文」の、原鉱作でしょう⁉

――サッチャン、きみそんなこと知ってるの？　とこれまでとはすっかりちがった、冷たさを一瞬あらわして鳩山さんはいいました。それはそれとしてねえ、レトロ・ブームというようなことをいいだしたのは、夫子《ふうし》自身じゃなかったかい？

86

フィルムのケースの整理が一段落していたこともあり、それには答えず、サッチャンは「事務所」を出て行きました。すると鳩山さんはすぐさま、映画の「構想」を僕に向けてつたえようとする、熱気のこもった話しぶりに戻ったのです。

——原が撮りつづけてきたフィルムを、石井さんと一緒に見たんだけど、共通の感想は、やはり原の開かれたものの見方ね。最初の頃のフィルムさえ、劇映画に構成するなかにいれれば、新鮮で強い力を発揮すると思ったよ。原の撮りためたものをそのまま編集して、日本のサーカス労働者の記録としてもいい、と感じたものね。しかし利益をめざさない文化財団でも、やはり金を出す側は、劇映画にして、それなりの興行成績を望むわけね。原には原で、百恵さんに昔約束した、劇映画を作ってやりたい、という気持があるしねえ、オーちゃん。

原の劇映画プランは、エイゼンシュテインの『ヴィヴァ・メヒコ!』にあるわけ。きみの親父さんは、この映画の資料も持ってるのじゃないかな? メキシコで暮していたことがあるでしょう？　一度、聞いてみてよ。ともかく、短いいくつかのドラマを組み合せて、全体にメキシコの状況と風物・人間が浮び上るというオムニバス映画ね。

われわれがやらねばならないのは、こういうことなのさ。これまで百恵さんをいろんな時と場所で撮ってきた、そのフィルムをベースにしてね、四つの物語を作ること。

原もひとつ、自分の物語を持っているようだから、あと三つ。いま自分が考えているのは最初の挿話で、百恵さんが懐かしいようなサーカスのテントを背景に、一輪車とブランコをやっているフィルムが沢山あるからね、それを背景にした物語なんだ。それを初めに置いて、中間にふたつあって、しめくくりは現在の百恵さんより年をとった「百恵さん」が、なおも一輪車に乗っている、そうした物語がいいと思うんだね。

原の「構想」は、旧約のイサクの話を下敷きにしているらしいよ。もちろん映画全体にはネルとネリーが人物像の原型にあるわけだけれども……　原は、タロー君を子役として使うつもりのようだね。百恵さんは、映画のプロットをすぐにも現実生活にひきつけてしまうから、心配させないように、まだ詳しくは話さないけれども。撮ってあるフィルムからいえば、タロー君をかかえて百恵さんが山裾の野原の道をズーッと一輪車で走るものがあって、それを使うつもりだといってたね。

87

——僕は聖書のことをまったく知らないんですが、もし『骨董屋』とイサクの燔祭を一緒にするなら、キルプの役割は聖書で誰が受けもつんでしょう？

——原はどう考えているんだろうね？　と鳩山さんは、レンズのせいもあるでしょうが、うつむくと水の層に覆われたように翳る眼つきで考え込みました。原はヤーフェについて、この宇宙のなにもかもをからかう意志の象徴として想像すると、学生の頃、大学新聞に書いたことがあるけれど、それならば、ヤーフェがキルプだなあ。イサクを燔祭にするように、と夢をつうじて命じてね、それを直前になって取消すというのは、悪意があったかどうかは別にして、ヤーフェがアブラハムをからかったと受け取ることもできるものね。

……ともかく、今度の本も、キルプ像を多様に考えてみることをさせる点、有効だよ。オーちゃんは親父さんから良い本を借りてくるね、しばらく自分にも読ましてくれ！

鳩山さんの言葉をしおに、僕はトイレに行くつもりで「事務所」を出ようとして、

――自分でも使うかわり、水洗用の水をタンク一杯汲みあげておいてやるか！　と勢いづいた気持でいました。靴紐を結んで上体を起こし、表へ踏み出すと、なにかしきりに考えているような、戸外の光のなかではさらに不健康に、青ぶくれしたようなサッチャンが眼の前に立っていました。その時はじめて気がついたことですが、彼女の身体からは、鰹節の袋の底にたまっている粉のような臭いがしました。

――鳩山さんから、いい気持にしてもらったんでしょう？　あの年代の運動家は、若い人をふるい立たせるのがうまいのよ。座ってられなくて、走り廻りたくならせるほど、アジテーションがたくみなのよ。

いまいったとおり、実際僕は、林のなかの映画基地の、みんなの役に立つ力仕事をやろう、という気持になっていたわけです。しかし僕にはサッチャンの言い方が不愉快でした。それも僕自身のことでというより、鳩山さんの映画に対する熱中に、なぜだかずっと不機嫌に対応し、自分ひとりのもの思いにこだわっているサッチャンを、フェアでない、と感じて不愉快だったように思います。

――別に鳩山さんがアジテーションしている、とは思わないですよ。励ましてもらった、とは感じますけど……

――励ました、でもいいよ。私はレトリックにこだわる人じゃないから。ああいうふうに若い人間を元気にしてやってね、相手が走り出して、深いところに入りこんでしまったとなると、自分はチャッカリ方向転換するというようならば、きみ許せる？

――どういう話の基盤からそういう方向に展開するのか、わからないので……

――そうだね、いまのきみの関心からいえば、その通り、とサッチャンは、アッサリ僕への関心を放棄して向うへ行ってしまいました。

僕はあらためて侮辱されたと感じたのですが、すぐにも気をとりなおして、便所脇に置いてあるふたつのポリ・バケツの、大きい方を提げて林の下方へ駈け降りて行きました。確かに僕は鳩山さんとの会話に励まされ、元気づけられていたのです。

88

原さんと森君が帰って来た時には、もう夕暮れで、僕は百恵さんから原さんへの挨拶をつたえてもらうことにして、引きあげようとするところでした。まだ四時をまわっただけなのに、コンクリートの平面を囲む木立から、夕暮れの気配が静かな力をこめてしのびよっていたのです。「事務所」の外に出ていた僕に、帰って来る原さんたちが見えた時から、なにか濃い気分の塊りがかれらを包んでいるようで、気がかりな思いがしました。すくなくともそれは、午後ずっと元気な感情で力仕事をした僕と、ディケンズの研究書からさかんにノートをとっていた鳩山さんの、共有していた気分とはちがうものでした。むしろ、僕が不愉快に感じたサッチャンの態度や表情と共通している雰囲気が、あきらかに森君に担われているようであったのでした。

冬枯れて見通しのきく林のなかを、森君が顔をふりたてるようにして、原さんになにかいいかけながら登って来ます。一輪車でコンクリートの平面をサッと横切り・方向転換する練習を繰りかえしていた百恵さんも、ふたりに気づいて、こちらは屈託ない声をあげ、いつも独立独歩のタロー君も、林から出て来る道を見張りながら徒手体操を始めました。午後はずっと見かけなかったので、身体の具合も良くなさそうだったし、地下壕の自分のベッドで休んでいるのじゃないかと思っていたサッチャンも、片手に雑誌を持ってあらわれて来ました。「事務所」のまわりからは死角になるところに椅子を置いて、その雑誌を読んでいたのかも知れません。地下壕にはランプしか照明がなく、ほとんど読書はできない、と原さんがいっていましたから。

――タロー君、帰ったぜ、徒手体操はうまく行ってるか？　百恵さん、撮影所の担当のスタッフがね、一輪車も新しいのや古いのや、タイプのちがうのを持って来る手はずを進めていたよ。協力してくれるサーカスとの交渉もうまくいってるらしいよ。（どのサーカス？　と百恵さんが勢いこんで聞くのに、原さんは直接答えず、……後から思えばこのあたりからギクシャクした雰囲気もあったのですが、そこへのんびり出て行った鳩山さんに）年内にはシナリオを仕上げてね、年が明けたら撮影所側のプロデューサーと検討を始めるよ。貸スタジオは二月からとったから。

――とうとう始まるわけだね、と鳩山さんはいいました。原君、ハッピーか？　オーちゃんが面白い本を持ってきてくれたから、こちらも新しいことをいろいろ考えてね、久しぶりに時間が惜しいほどだったよ。街頭で「パンチとジュディ劇」をやっているのを見ている群衆のクルークシャンクという人の絵などね、ほら、面白いだろう？　子供をさ、人ごみのうしろから持ちあげて、芝居を見せてやっている男のね、ポケットを掏《す》摸《り》が狙っていてさ、あはは！

89

――石井さんからの、食糧の差入れ、と原さんは百恵さんにいってから、それをジロジロ見ながら距離をとっていたタロー君に、かれの身体ほども嵩ばる紙袋を渡してやりました。タローも、ハッピーか？　しかしきみはなかなか正直に喜ばないからね。手ごわい子供だから。同じく端倪《たんげい》すべからざる人物といえばね、鳩山さん、われわれの映画に全面的な批判を始めた、手ごわいのがいるんだよ。

続けさまにしゃべる原さんには、仕事が進んでいることへの昂奮と・疲れた苛立ちとが共存している印象がありました。しかも当の手ごわいのが、それまでずっと原さんに話をしかけていたのに、いまは口をつぐみ、コンクリートの表面に上りもしないで、土の上に立っている森君のことだとは、誰にもすぐわかったわけでした。森君も同じような紙袋を持っていたのですが、先の紙袋はタロー君に渡ったので、こちらも子供のような好奇心を示している百恵さんに、催促されて、やっと手渡す始末なのです。

——どういうわけで、映画に反対しているの？　と鳩山さんが、こちらは思わせぶりのない態度で訊ねました。

——原さんが、石井さんや映画会社の路線にスンナリ乗っかるのを見てるとね、どうもね。これまでは最後で抵抗する腹案があるのかと思っていたけれども、そうじゃなくて、ただ商業ベースの映画をひとつ作るだけじゃないかと、そういう気がしてきたんですよ。自分らの思想なり・時代へのメッセージなりを、表現して行く映画、というのではないように感じるから……

——きみには、映画をメッセージとして作る、積極的な考え方があったの？

——僕の考え方というのじゃなくて、原さんの仕事としてね。映画が原さんの思想をまっすぐ表現するものになりそうかどうか、をいってるんですよ。これまで永い間フィルムの撮りだめもして、自分の映画をめざす、ということをしてきたわけでしょう？　それをただ、資金が出るというだけでチャンスだと跳びついて、映画会社のいうなりに作ってしまえば、モトもコもなくするという気がするんですよ。それならば、この豊かな世の中でめずらしいほどの耐乏生活をして、家族にもそれを忍耐させて、永い間、自分の映画を作ることをめざしてきたのは、一体なんだったんですか？

——映画会社のいうなりに商業ベースの映画を作ると、どういう根拠から判断したんだ？

——今日ずっとね、世界のことや時代のことなど、なんにも考えていない軽薄な連中との話合いを聞いていてね。主題についての話はゼロでいながら、実際の撮影の日どりの話は進んで、すぐにも本格的な撮影隊がここへやって来るというんでしょう？　これに乗っかってしまえば、じっくり立ちどまって考えることなんか、もう見こめないですよ。

それまで、紙袋から丸まる一本のハムやベーコンのかたまりや卵のケースとかを、いったん取り出してはまた紙袋に戻し、葡萄酒の瓶を鳩山さんに得意げに示したりもしていた百恵さんが、つい、という具合に割りこんだのです。

——正式の撮影は、ここから始まるの？　撮影所でより、その方が私にはずっといいわ！　原さん、ありがとう！　よそへ行って、慣れない人と仕事を始めるのは、なんや恐い気がしてたんやよ！

ものいいは穏やかながら、おそろしく生真面目なというか、暗い・兇悪なほどの眼つきになって森君を見つめていた鳩山さんも、相手の森君も、百恵さんの天真爛漫な発言に、いったん気勢をそがれたふうなのでした。

——荷物のな、下に残しておいた分、森君、あれを運び上げておいてくれ、と昂奮といかめしさをともにあらわして黙っていた原さんがいいました。

森君は、なお一言あるのにという不服そうな様子でしたが、まだ畑の地面に立っていたこともあり、そのまま肩をめぐらせて、戻って行きました。サッチャンが妙にノロノロと森君にしたがうのへ、僕もふたりと一緒に降りて行こうとして、

——来週の日曜、またうかがいます、と原さんに挨拶し、自分のリュックをかつぎ上げました。

――私たちをスパイしたいの？　とサッチャンが蒼ぶくれしたような顔でふりかえり、その僕に叫んでよこしたのでした。

90

僕は、そのまま立ちすくみ、鈴のついた麻縄を荒っぽく鳴らして踏み越えた森君とサッチャンが、林のなかを降って行くのを見送るほかになかったわけです。サッチャンはさっきまで片手に握っていた雑誌を、コンクリートの平面の端に投げ出していました。素人くさい不器用さの、黒と赤の地に〝SITUATION〟というズンドーの文字が印刷された表紙。およそこれまで見たことのない感じの古雑誌です。父は子供に対して、すくなくとも真面目にはあまり文句をいわぬタイプですが、それが雑誌であれ、印刷物を乱暴な仕方であつかうと、カッとなることを僕は思い出していました。吹きつけてきた冷たい風が雑誌のページをパラパラめくるのを、原さんがいったん見おろし、弾かれたように顔をそむけたので、突飛な着想ですが、サッチャンのいっていた「原論文」というのは、それに載っているのじゃないかとも思ったのです。

――スパイなんか、しないよねえ、オーちゃん、忠叔父さんのことでほのめかしているのなら、そういうのはよくないねえ、と百恵さんが気の毒そうに言葉をかけてくれました。私はね、映画ができたらば、忠叔父さんにまっさきに見てもらいたいよ。忠叔父さんにだけは、ずっとそのことをいって来たんやから。私は原さんが映画の主役にしてくれるというので、それを信じてついて来ているんや、と。ひとりで考えてみると、それだけでもないのやけど…… あれあれ、タローは、ソーセージを生で嚙じってるよ！

タロー君はそんなことをしていたし、原さんと鳩山さんは、向いあって立っていながら、お互いの顔からは眼をそむけている、という状態なのでした。そこで僕は、葉が落ちて見通しの良くなっている林を、最初ここへ来たコースの逆の、高みへ向けて登って行き・斜面の向う側へ出るプランをまとめ、そのとおりに歩いて行ったのです。もちろん事情はよくわからないのですが、森君プラス・サッチャンの一組が、原さんと鳩山さんに、ある深刻な問題をつきつけようとしているのを感じていました。サッチャンがいま泥ナワ式に「原論文」を古い雑誌から読むことで、そのための戦術を練っているのならば、それはローレツだとも思ったのです。ところで僕はこの漢字を、いつまでも覚えられないのじゃないかと思うほど、苦手にしています。

僕は、原さんの監督としての立場より、もっと直接に、あんなに主役であることを楽しみにしている百恵さんに対して、森君プラス・サッチャンが、映画への反対意見を押し出していることを、腹立たしく寂しく思ったのでした。シンとした夕暮の林のなかを、ひとり歩いて行くことで、理由もなくセンチメンタルになるふうでもあったのですが……

しかし懐中電灯を持っていないことでもあり、この季節のオリエンテーリングの大会の、まったく突然といってもいいほど暗くなってしまう山道でひどいめにあった経験もあり、林の尾根に出る頃は、もう感情的でいる余裕はなく、走りづめに、頭のなかで思い描いておいたコースを辿ったのでした。

91

次の週のなかば、年末には上京するという夏からの約束通り、忠叔父さんが東京の警視庁に来ている、という連絡がありました。仕事が終り次第、成城学園の家へ寄るということで、父はじめみんな楽しみにしました。とくに僕は、土曜日、たいていの二年生が部活動を「休眠」しているため、一年生に特別召集をかけてトレーニングをやる間、ソワソワしていました。家に戻った時には、もう夕食の時間は過ぎ、夏休みの間ずっとそうだったように、食堂には父と忠叔父さんだけが食卓に残って酒を飲んでいました。食堂を通り過ぎる時挨拶すると、忠叔父さんは大頭を斜めにしながら、ちょっと疲れた恐竜のような眼で僕を見まわし、こちらも overjoy になるような表情をかえしてくれたのでした。

台所で僕は母がオーヴンに入れておいた鮭のパイを受け取ったのですが、母は他にも父たちが酒を飲むために作った、こまごました料理を一皿に盛り合せて盆に乗せながら、

——パパたちはすこし話がおありのようだから、オーちゃんは、これを食べてから降りて来てくれる？　といいました。

——そのつもりだよ。

——忠叔父さんが、十年もかけてやって来られたお仕事が、今日で終ったらしいのね。これまでは進行中だったからなにも話されなかったけど、その結果を、いまパパに説明していられるのよ。

そこで僕は、機嫌よく盆を持って食堂に引きかえし、——ごゆっくり！　といって、また忠叔父さんの懐かしそうな恐竜の眼で見送られたわけです。ひとりで食事をするかぎりわれながら異様な加速度となってしまう僕が、パイに入っていた緑豆のハルサメの、

最後の一筋をパチンと呑みこんだところへ、姉がミルクと紅茶を運んで来ました。お代りのパイも一個、皿に乗っています。

――私たちがまだ小学生の頃、松山の空港で飛行機が落ちる事故があったでしょう？　オーちゃん、忠叔父さんは、あれをずっと調べていられたのよ。そのお仕事が終ったらしいわ。

――犯人は捕まった？

――十年もかけて？　飛行機の残骸のなかに隠れていないかどうか、探すの？　そんなレヴェルの話じゃなしに、原因についてのいろんな調査があったのね。そして警察の側からできることは終った、ということらしいわ。

――つまり犯人は捕まらなかったのでしょう？　単なる事故ときまって。つまりどんなレヴェルの犯人にしてもさ。

――ママも、忠叔父さんは十年間あんなに熱心になさって、骨折り損かと心配していたわ。

――骨折り損ということはないでしょう。なんらかの事実があきらかになったのならばさ。

――オーちゃん、今日は頭脳明晰ね、と姉はいって、「魚が水を飲むように」僕が飲んだミルクと紅茶のコップを持って降りて行きました。

ひとりになってみると、僕はさきの面白そうでもあり・懐かしそうでもある様子でじっとこちらを見た忠叔父さんの、クスンだ色の背広につつまれた大きな身体が、頑丈なまま、なにか一挙に年をとったような疲れもあらわしていたように感じました。それは胸にドスンとこたえたのです。

92

しかし頃合いを見はからって食堂に降りて行くと、忠叔父さんは、この十年の仕事の話を父とすることにはサッパリ切りをつけた様子なのでした。

——さっき、光さんと話したらね、と忠叔父さんは、障害からの発作を警戒して夜は早く眠る兄のことからいいました。**オーちゃんは、あいかわらずディケンズの勉強とオリエンテーリングをいたしております！** ということだったよ。

——いたしております、というほどじゃありませんけど……　兄もああいう、すこしズレたいい方を、半分は楽しみながらしているんです。

――ともかく、『骨董屋』は終りまで読んだ？　と父が尋ねました。

――読んだよ、一応。

――後半では、リチャード・スイヴラーが面白くなるねえ、と忠叔父さんはいいました。

――一番魅力的な人物として、表面に出て活躍しますね。まず、キルプと関係のある弁護士の書記になっているわけですけど、事務所の地下室に閉じこめられるようにして働いている女の子に、親切にしてやりますね。

――いま、こういう呼び名はないけれど、まあ、下女の身分のその子のことを、marchioness と呼んで、それはもちろん光がやるように、半分は面白がってということだけれども、すこし賭けてトランプをやったりするんだね。それは自分を romantic hero と見たてているんだと、オーちゃん、この間あげた本に書いてあったはずだよ。つまり『骨董屋』の登場人物全体がそうなんだけれども、サーカスや見世物の芝居仕立てになっているんだね。キルプは、ugly, cheerful and mocking な freak-show creature で、スイヴラーは romantic hero。その芝居めいた両者の闘いでスイヴラーが勝って、つまり無実の罪に問われたキットが救われ・キルプが滅びて、幕が降りるという趣向なんだね。親切にしてくれたスイヴラーが病気で倒れた危機に、地下室から抜け出して来た少女が看病する。彼女は以前から鍵穴ごしに聞いていた弁護士の悪だくみをスイヴラーに話す。それでキットの無実があきらかにされる。こうした筋立ては、on the fringes of society にある少女の、かえって中心的な連中のものごとを逆転させる強さ、ということだなあ。

――キルプはもともと悪い道化のようにふるまっているけれど、スイヴラーも、むやみに詩や芝居の台詞を引用したり、笛を吹いたりして、明るい道化めいたところがあるし……　「社会の周辺の」というと、すっかりYさんの理論ですね。

――そうだね、と父は毒気をぬかれたように、眼をパチパチさせて黙り込みました。父の友人の文化人類学者Yさんの on the fringes of society の理論のことは、道化の話（「パンチとジュディ劇」についての話）ともども、ディケンズとポピュラー・エンターテインメントの本を貸してくれる時、父が要約して話してくれたことなのでした。

93

――まだキルプたちの悪だくみだとわかっていない段階で、それでもスイヴラーはキットが逮捕されたこと自体を気の毒がって、ビールを差入れてやるね。あれはキットを励ましたね。わが国の、というより現代の警察制度では無理やけれども、と忠叔父さんはいいました。

——あすこに始まって、キルプの悪だくみをスイヴラーからつたえられた保護者たちが活動して、ついにキットを救い出すまで、ほんとに映画かテレヴィの活劇の雰囲気で、ドンドン進みますね。キルプに傭われた弁護士とその姉さんが追及されて、気の弱い弟は白状するけれど、姉さんはがんばるシーンも愉快だし。小説の終りで、ネルが死んでしまうところに行くと、小説は悲しい話に戻ってしまいますけど……

——K兄さん、この小説の書き方として、ネルは、やはり死ななければならないのかな？　と忠叔父さんが、ずっと考えて来たことのようにして、尋ねました。『骨董屋』が連載中に、ロンドンで上演された海賊版の芝居では、ネルはスイヴラーとめでたく結婚するようやけれども。

——……そうだね、あのまま展開してネルが健康を恢復するようならば、キットと結婚させるほかない、と書いた研究を読んだこともあるよ。しかしそれでは、やはりギクシャクしたところが残るのじゃないか？　『虐げられし人びと』のネリーの死とくらべれば、はっきりするけれども、やはり「罪のゆるし」、和解という大きい主題には、ネルの死が必要とされると思うね。オーちゃん、あの人、なんといったかね？　ドストエフスキーとディケンズを比較した本の、……そう、マクパイク。彼女のように、老人の死をねがった自己処罰として、ネルが死なねばならぬ、というふうにはおれも読みとらないけれど。

——小説の問題でなしに、現実の問題としていうと、「罪のゆるし」、和解ということの実現のために、娘の死が必要やというような場合、その死はなくてもすむ方向に、わしらはつとめねばならんなあ、と忠叔父さんは、脇で聞いていた母がハッとしてその顔を見るほど、きっぱりした口調でいったのでした。

しばらく誰もが黙っていました。父は自分のために新しくウイスキーをコップに注ぎ・水を加え、忠叔父さんの分も作ろうとして、こちらはやんわりと制止されたのでしたが。それからあらためて、忠叔父さんが、話し始めたのです。みんなでディケンズについてのんびり話す、というのとは別の、これは自分としていっておかねばならない、という仕方で。それは僕に一言お説教する際も、冗談のように進行させる・すくなくとも笑いでしめくくることなしでは話が終らない——そのため僕がまだ小さい頃は、どういう意図かよくわからなかった——父の態度とはまったく別種の、大人の話しぶりだったのでした。

94

——わしは公安の方面の人間じゃないし、またこれから話をする人物の誰もが、傷害事件のようなものを起して、全国に手配されておるというわけでもないのやから、これは自分の古い友達の百恵さんの身の廻りにいる人物らについて、これまでわしが気にかけてきたことを話す、というだけやけれども……

原さんという人は、もとは革命党派のひとつの活動家であった人や。わしは内部事情をよく知らんのやが、公然活動と非公然活動にわけるとして、たぶん公然活動の方でやっておった人。大学の芸術学部で勉強して、映画を作ろうとしておったのやね。現に映画については、政治活動をやめてから、短篇映画で国際的に認められた業績もあるらしいよ。

わしが自分で探った、ということではなしに、まあ、こうした仕事をしておるから、知り合いから噂で聞くようにして知ったのやけれども、鳩山という人が、いま原さんと一緒に仕事をしておるのらしい。この鳩山さんも、原さんと一緒に、革命党派で映画をつうじての社会改革ということをめざしておった仲間なんやね。かれらはいったん別れておって、再会した。いったん別れたというのも、個人的な仲たがいというのじゃなかったのや。もうずいぶん以前になるけれども、初めの大きい党派がふたつ・あるいはみっつかな、わしにはかれらの思想的なちがいということがわからぬけれども、すくなくとも戦略・戦術は対立するものとして、別々の党派に分れた。そして、党派対党派の闘いということが起ったわけや。それは新聞にも報道される、様ざまな事件になったから、新聞に報道されないこともあったかも知れんのやが、オーちゃんも、見たことがあるやろ？

　一方の党派が、他方の党派を襲って負傷させる、最悪の場合は殺してしまいさえする、ということやね。外部から見るかぎり、どちらの党派が殺されても、なんとも無残なことやという、そうした事態が続いたわけやった。とにかく真面目に社会や人間の将来を考えておる若い人のことやから。現にわしらより勉強をして・頭もずっと良いという、本当に真面目な人らのことやからね。どうしてああいうことになってゆくのか、何度もいうようやが、わしには詳しく論評する力もないけれども、真面目な若い人の党派的な傷つけあいや殺しあいは、なにより酷たらしい気がするなあ。暴力団の抗争とは、どうしても別のものやと思うね。あたり前だといわれるかも知れんけれども、しかし実際にはね、事件の現場に行ってきた者の話を聞いておると、両者似ておるところもあるのやね。

　原さんと鳩山さんは、最初の党派で、将来の映画作りを考えるグループとして、まだ学生の頃から、仲良しやったのらしい。それがどういうわけか、党派が分れた時、別々の新しい党派に行ってしもうた。それはやはりそれぞれに、自分としての考えがあったのやろうね。わしらにはわからぬ、革命理論やら戦略・戦術のちがいやらが、オオザッパにいってはいかんのやろうけれども、どこかに読みとれてのことやったろう。そしてたがいの党派が闘ううちに、時がたって、個人としては原さんも鳩山さんも、もう党派の人間としては活動しておらんのらしい。外側からいうかぎり、そのように見える状態が、永くあった。ところがというか・その上でというか、今度、映画を作るということで、ふたりがまた一緒に、仕事を始めたわけなんやね。

　――そこにオーが、手伝いを志願しているのかい、と父も考え込む様子でいったのでした。

95

この際の僕の反応は、一応、防禦一筋というふうであったと思います。大は穿山甲《せんざんこう》、小は団子虫といったタイプが、攻撃をしかけられて身体を丸め・ひたすら縮みこむ方式でした。風向きが危うい以上、自分から不用意なことをしゃべったり・進んで相手に妥協したりはしないで、被害を最小にとどめるぞと、かたくななふうに緊張していたのです。もとより忠叔父さんが僕に攻撃をしかけているなどとは、夢思わなかったのですが……

　僕は、サッチャンが自分をスパイあつかいしたことに、反撥しながら傷ついてもいたわけで、そうしたいいがかりが不当であると証明するためにも、自分が林のなかの映画基地について知っていることはなにひとついわぬぞ、と決意していたのです。僕は母のいうもの凄い横目で、カーテンの向うのビショビショ雨が降り始めている暗い裏庭を見たと思います。

——わしもな、さきの話に出た、「罪のゆるし」、和解というようなことやがね、現実に達成されればいいと思うよ。これまでわしが仕事がらみでつきおうてきた、幾組もの人間の間にな、それが暴力団のチンピラどもの場合というようなことでもね、連中の間で「罪のゆるし」、和解ということが行なわれればいいと思うものね。原さん、鳩山さんというような、永年、敵対しておった党派のそれぞれの古強者がな、仲なおりして一緒にまた仕事を始める、それも若い時の夢やった映画を作るということは、それが本当の仲なおりであるならば、なによりいいと思うのや。うまく行けばいいと思うのやがねえ……

わしの知り合いの公安関係の者が、これはいったん割れておった党派の、再統一の前触れじゃないかと、気にかけておるけれども……たいした情報はないのやが、わしはしかし、そういうことはないやろうと思うておるね。どちらかというと、原さんは実際の運動やら・組織作りやらいうことには向かぬ人で、いまも大きい規模で指導的な役割をやりうるとは思えんよ。鳩山さんも、大体はそういう人やないか？ ふたりとも共産党や社会党というような、そういう組織で運動をやっておったのならば、ずっと以前にやめて、映画の仕事に専念しておったタイプやないか？ それが非公然活動をふくむ革命党派に入ってしもうてみれば、そこから脱けることは難かしいのやね。仲間に対しても、自分に対しても、それがやりづらいということで、これまでそのまま来たのやないか？　しかも運動自体からはずっと遠ざかっておったのが、なんとかふたりで映画の仕事を、それも以前からの百恵さんとの線でやり始めたというのやから、わしはいい話やと思うとるがなあ……

ただ、気がかりなのはやね、ふたりがもうずっと直接に党派の仕事はやっておらぬとしても、ふたつの党派はいまも現に対立しておるのやから、それぞれの党派と関係のあった人間が一緒に仕事を始めるということで、現に党派に残っておる連中がどう考えるか、ということやね。そこはちゃんと話合いがついておるのかと、それがわしには気にかかっておるところやねえ。

96

僕の頭のなかで、森君とサッチャンが一挙に前面へ出て来るようでした。とくに今日はっきりした、映画作りへの森君の批判、そして考えてみると革命党派の雑誌じゃないかと思える〝SITUATION〟というどぎつい表紙の、固い内容らしい古雑誌をサッチャンが読んでいたこと。それが気にかかって来たのですが、僕は、さきに自分にたてた原則にしたがって、やはり黙っていたのでした。

そのように僕が沈黙を守っているもので、忠叔父さんに気を使ったのでしょう、突然父が次のようなことをいい始め、それはそれでこれまでのテーマとつながってはいたのですが、これをきっかけに話は別の方向にむかうことになりました。

――その原さんが、革命党派の人物として、かなりの位置の人だったとするならば、本名で文筆活動をするかどうか、疑問はあるけれどもね。一輪車に乗る奥さんと一緒に旅したり、林のなかの地下壕で暮したりする以前から、すでにペン・ネームで生きてきた、ということもあるいはありうるね？　ともかく原という名で文筆活動をしていたことがあるとするならば、それは「原論文」の人じゃないかな？　それならば、もう五、六年も、それ以上も前になるけれども、読んだことがあるよ。

――わしも「原論文」という名前だけは聞いたのやったが、わしらにはわからぬ、特殊なというか・難かしいというか、そういう問題が書かれておるらしいということで、実際には読まなかったがな。……あれはK兄さん、どういう論文やったの？

――そこにやってある世界情勢の分析とか、革命運動の新しい展望・戦略論とかいうことはね、おれにも忠同様、わかりはしなかったよ。広く事実を調べて、その上で論理をよく組み立ててある、と感心するかと思うと、よくまあこういう楽観的な・つまりは敵を甘く見た提案ができるなと、その提案自体、策略かと疑われてくるほどでね。

　しかし「原論文」ということでこれまで覚えているのは、こういう理由からだよ。あれが出たのは、そもそも例の「左派赤軍」の、山岳ベースでのリンチ殺人が発覚してね、それに関係して、浅間のふもとでの発砲事件やらもあった直後だ。忠がおれに、あのように武装抵抗をする学生も・攻めて行く機動隊員も、両方とも勇敢だといって、そしておれとの間にちょっといいあらそいがあっただろう？　警察の人間の忠が、そういういい方でさ、いわゆる文化人のおれにおもねってるのじゃないかとカングッテさ。浅間で捕まった指導者が、一年たって正月に獄中で自殺した。書きのこしたものが公表されもした。そういうこともあっただろう？

　指導者の書いた手紙だったかね。まずさきに獄中の一年間につみたてた自己批判ということがあって、警察側がそれをマス・コミに流しもしたわけね。あれは全体としてまちがっていた、そのまちがいをやりなおす闘いに出ようと思う、そう決心してみると、じつに清すがしい元日の朝です、というような内容だったよ。ところがその一、二時間後に、今度は遺書もなしに、突然縊死したんだね、当の指導者が。それに対して、「原論文」は、権力側の謀殺だったと主張してね、死んだ革命家の銃による闘争の理論を忘れまい、というものだったよ。

つまり「原論文」の原氏の党派は、「左派赤軍」の党派とは別であるのに、自殺したか・殺されたか、ともかく死んだ「左派赤軍」の指導者への積極的な評価が示されていたものだから、様ざまな方向に波紋を投げたのじゃなかっただろうか？　おれが覚えているのは、そういうことだね。

――いまの拘置所の内側で、そういう権力の殺人というものは、実際には行なわれえないと思うがな、と忠叔父さんはいいました。ともかくそういう論文を、自分の党派・他の党派といったことはおかまいなしに、原さんが書いたのやね。そういう人なんやと思うよ。本来は、芸術家やからね。明るい澄みわたった心で、これからの決意を示す手紙を書いた指導者が、二時間後に自殺する。そうした出来事に夢中になる人なんやよ。この話を映画にとりたいとも、百恵さんにいっておったそうやからね。

97

その時、ずっとおとなしく話を聞くだけだった母が、百恵さんのことを忠叔父さんに尋ねたのです。これまで聞いてきて、そのことがなにより重要だと思いきめたかのように……

——百恵さんも、やはりそのような革命党派で運動をしていた人ですか？

——いや、いや。百恵さんは、ただ地方のサーカスで一輪車やブランコに乗っておったただけで……

——しかしソヴィエトや中国では、サーカスや雑技《ザーチー》がさかんなのでしょう？　そういう芸術家は、国家からも大切にされているのでしょう？

——いま話に出た革命党派が、かならずしも現在の、ソヴィエトや中国を、社会主義の理想像にしている、ということはないからなあ。

——原さんは、百恵さんに、将来、サーカスがもっと沢山、いつも国じゅうを巡業しているような国にしたい、とはいっておったようなんやが、と忠叔父さんはとりなしました。百恵さんは、そういう具合にサーカスにも、またそこでただ一輪車に乗っているだけの自分にも、まともな関心を持ってくれる原さんが、ありがたかったんでしょう。原さんはもともと記録映画を撮るということで、サーカスにやって来たのやそうやから。

——そして百恵さんがサーカスを止めた後も、一輪車で旅するところを撮り続けたわけだね。つまりは百恵さんにうちこんで・百恵さんの一輪車への情熱を尊重しもして、これまで来たんだなあ、と父はいいました。百恵さんの方でも、サラ金から金を借りたあげく、西から東へと放浪するという、たいへんな暮しにつきあってきたんだからね。この夫婦は、しっかり結びついた夫婦だと思うね。その点では、今度の劇映画がうまく行くことを祈るよ。……オーも力をつくさなければな！

こういう話の進み行きということは、つまり父が僕に、――今夜のきみをいれての話合いは終った、自分の部屋に閉じこもるなりなんなり、自由に夜の残りをすごせ、ということなのです。僕は椅子から立ち上って、母にいいました。

――夏休の時のように、僕が書庫で寝るとすると、もちろんそれはいいんだけど、忠叔父さんの冬用の寝具を運んでおきますか？　僕のベッドの上にあるものは、まるごと書庫に移すから……

――今夜はとくに冷えそうで、書庫は寒いでしょう。忠叔父さんには、居間のソファで寝てもらうわ。明日は日曜日で、遅くまで誰も居間に降りてこないし。忠叔父さん、そうなさってくださいね。

そういう次第で僕はひとり二階に上って行くことになりました。つまり書庫でなり僕の部屋でなり、もう一度、今度はふたりだけで忠叔父さんと話す、というチャンスを失ったわけです。

98

この夜のことで記憶に残っている、さらにふたつのことがあります。ひとつは僕が洗面所で歯をみがいてから自分の部屋へ引きあげようとして耳にした、忠叔父さんと母との会話です。そこにいたるまでの続き具合はわからないのでしたが、ともかく母は次のようなことをいっていました。

――御本家の娘さんの結婚式の時、お義兄さんが、結婚に失敗した者として参考意見をいうように、と忠叔父さんにいわれたでしょう？　私たちはびっくりしたけれど、忠叔父さんの挨拶にユーモアがあって、みんなほっとするようでした。

――あの時、おれは行けなかったんだね、と父がいいました。忠はどんなことといったの？

――よろしい、忠告しよう、といったよ、と忠叔父さんは、父に答えるより、母をもう一度笑わせるために話している感じでした。第一は、自分のように、結婚に失敗するな、ということ。第二は、やはり自分のようにとはいわんのやが、ともかく警察のお世話にならぬように、ということ。

——あはは。第二のレトリックがとても上手だったから、みんな笑ったのね。忠叔父さん、あの時は、いまいわれたのとはまた別の言い方だったでしょう？　あはは。

つまり原さんのことでかなり深刻な話がかわされたのではあったわけですが、母をふくめ、家じゅうの誰も、原さんの映画基地に僕が参加していることに、それほど気がかりな思いをしている、というのではなかったのです。母の屈託ない笑い声を後にして二階に上る踊り場で、妙に底冷えする感じが窓からつたわってきました。カーテンを脇に寄せて庭を覗くと、雨が雪に変り、それに風も出て、さかんな粉雪が宙に激しく舞っているのが街灯の明るみいっぱいに見えたのです。

99

日曜日の朝、眼をさます直前から、広大なシンとした底で横になっている感じがあり、——トンネルを抜けると……じゃないが、これは雪が降りつもっているぞ、とワクワクして思いました。僕のベッドは、居間の真上に位置しているわけで、忠叔父さんの睡眠を妨害しないよう、窓へ向かってスリ足で歩いたのですが、どういうわけかそこにあった、兄が手術をしてプラスチック板をうめた頭を、その頃ときどきあった小学生の投石から守るため、養護学校に通うときかぶっていたヘルメットを蹴とばしてしまいました。ともかくカーテンを開けると、こちらの庭から生垣、お向かいの家とその向うまで、直立しているものも平面も、みな厚く雪をかぶって、空はみずみずしく晴れわたっています。僕の昂奮はたかまる一方で、すぐにも林のなかの映画基地にスッ飛んで行こう！と思いきめたのでした。前の晩に聞いた原さんたちの過去についての説明のおかげで、夜の間じゅう、それと関係はあるけれど物語の筋みちはわからない苦しい夢にとりつかれていたのに、雪の戸外を眺めたとたんに、いくらかでも翳りのある着想は雲散霧消していたのです。

オリエンテーリングの関東大会で、雪量の多い三多摩の奥まで出かけたことがあります。競技開始時間を二度延長しても雪は降りやまず、ポストの標識が隠れてしまうありさまで、結局中止となったのですが、帰るだけでさんざん苦労しました。その時に、将来の同じような天候の競技会のことを考え買ってもらっておいたスノウ・トレッカーをとり出し、雪のなかで転ぶことも考慮して、着かえのズボンにシャツ、靴下をリュックにつめました。電車のなかで食事をするつもりで、ハムとパンとを母が静かに立ち働いている台所に取りに行く途中、カーテンのあわせめから入って来る・雪の反射で強化された光に、居間のソファで眠っている忠叔父さんの身体が、なにか大きい気圧に耐えている、という恰好で眼にうつり、ドキンとしました。それでも、まだ車の跡も人の足跡もない通りを、雪を蹴立てて駅へ向かううち、すぐにも僕は、眼がさめて以来の昂奮の水位に逆戻りしたのでした。

いちめんの雪景色のなかを電車で走るのは爽快です。先頭の車輌にこだわるのも子供じみていると思い、最後尾の車輌に乗ったのですが、駅に停まるたび、まだ雪掻きしてないフォームのはずれの、高い雪の壁に踏みこむようにして降り、なにか無闇矢鱈に元気よく叫ぶ若い車掌も、僕と同じ気分のようでした。出発進行！　というのと、これは二十回以上も聞いて、なお意味を聞きとれなかった、もう一種の叫び声をあげながら、それは確かに勤務の規則にしても、ただ雪の降りつもった戸外で、青空のもと・雪を蹴散らして大声で叫ぶのが愉快でならぬ、というふうなのです。同じ車輌には、五、六人しか乗っていないので、一度、僕と眼があって、ついふたりともニッコリしてしまい、それからは注意してお互いに眼をそらしあっていたくらいでした。

電車を降り、市街地を離れると、僕はいったん立ちどまって、いまや雪の日のオリエンテーリング大会の後半、これまでのところ好調で、ラスト・スパートすれば上位入賞もありうる、という心理的設定をしました。見渡すかぎり、誰ひとり雪のなかに降り立った気配のない河川敷を渡って、向う側の斜面を登り始めてからは、おおいに難渋もしたのですが、気合は鈍りませんでした。落葉した林の雪は、幹や枝の疎密によって、整理された耕地のように、くっきりした層を浮き出させて、それに雪をかぶっている常緑の林をあわせ、日頃は雑然と見えていたひとつの山腹が、入念に植林されてできあがっていることが一目瞭然でした。もっともこうしたことは、子供の時ずっと森の奥で暮し、東京に家庭を持ったいまも樹木の好きな父から、いつかテレヴィの雪山の風景をきっかけに説明されたことで、僕はあらためて実感をこめてそれを再発見したというだけでしたが……

100

椿やお茶の木のトンネルがどんなふうになっているか、それも楽しみにしていたのですが、期待は裏切られず、雪の向うに、そこだけ黒い地面の隧道が狭いサイン・カーヴの恰好で開いていました。折しもそこから、サッチャンと妙に嵩ばった感じの森君が出

て来たのです。僕は雪を膝で蹴ちらして進んで行きながら、

――お早うございます！　凄い雪ですね！　と、あの出発進行！　の・まだ自分ほどの年輩に思えた車掌と同じように声をはりあげて挨拶しました。

森君もサッチャンも、ただうなずきかえしただけでしたが、ふたりの顔の前に白い息のかたまりがプカッと浮びましたから、低い声で、――お早よう！　くらいはいったのかも知れません。

近づいてみると、森君が嵩ばって見えたのは、毛布を巻きつけたタロー君を背負っているからでした。タロー君は、ドス黒いほど赤い顔を、鼻から額の間だけマフラーから出しています。例の超然としたやり方で僕を一瞥しましたが、その眼には日頃の元気・または気力がない様子なのです。

――病気ですか、タロー君？

森君は仕方なく立ちどまって、かまわず歩きつづけようとするサッチャンと不機嫌な顔を見かわすふうです。幼稚園の時、先生同士が話しているところへ声をかけて、こういう態度を示され、一応、傷ついた、しかし性懲りなくまた先生に声をかけた、そうした思い出がチラリと頭をかすめたほどでした。

――二、三日前から熱を出してるので、病院に連れて行くのよ、とようやくサッチャ

ンが答えました。

──百恵さんは、一緒に行かなくていいんですか?

──それどころじゃないよ。いま、雪のなかを一輪車で走るところを撮っていて、大変よ。林から畑に出る前に、カメラがこち向いていないかどうか、注意しないと叱られるわよ。

──きみが雪を漕いで登って来たところを、辿って行くよ。

森君はそういって話を切り上げ、僕が雪の深みにズブズブ踏み込んでよけた脇を通って行きました。毛布のかたまりが眼の前を通りすぎる際、林じゅうの雪の発している金属イオンの匂いのなかに、獣の仔のような臭いが漂うようでした。ずいぶん熱が出ているのじゃないかと思い、続いてサッチャンがニコリともしないで通り過ぎるのを見送ったのです。雪に覆われた常緑灌木のトンネルをくぐりぬけ、また真白に輝く向うへ出る時、小さな藪椿の花が一輪、赤い花びらに雪のとけたしずくを光らせているのを見て、

──きみの方が、礼儀正しいね! といいたい気持はあったのでしたが……

サッチャンの注意どおり、林の出口の鈴をつけた麻縄の手前に立ちどまって眺めると、確かに雪に覆われたコンクリートの表面で、撮影が行なわれていました。下半分車輪が雪に隠れた一輪車に乗って、赤と黄のシャツと緑のタイツの百恵さんが一直線に、サ

ッ！　と走り、向う端の畑に落ちそうなきわでクルリと方向転換すると、サッ！　と走り戻って来る。それをこちらの畑に踏み込んで、カメラを肩に載せた原さんが撮っているのです。脇に、長い板をかかえた鳩山さんが立っているのですが、カメラをいったん胸の前におろした原さんが、右手を空にまっすぐあげて鳩山さんになにかいい、いわれた方は恐縮した様子で、かかえていた板を横にしましたから、板の影が雪におちている、という注意だったのでしょう。晴れ渡った空に陽は高く、僕の立っている雪の地面にも、ふちどりするように雪の積もった枝の影が、クッキリうつっているのでした。

――しかし、一輪車の車輪というのは、雪を掻き分けるようにして、あんなにクルクル走れるものだろうか？　それだけを不思議に感じながら、僕は明るい雪景色のなかで色濃く眼にしみる、タイツ姿の百恵さんの動きを追っていたのです。

101

頭の真上でグヮ！　と啼声がしました。あらためて見上げると、青くまぶしい空に伸びたニレの高い梢から、肥った大きい鳥が、頭をねじって片方の眼に焦点を合せながら、僕を見おろしていました。最近烏が人間を襲うことがある、という記事を読んだのを思い出し、雪の上に烏の影が動く、というようなことがあれば警戒しようと思いながら――後で考えてみると、この不思議な微妙さの、しかし確かに不安にとりつかれていた気持は、タロー君を背負った森君と、つきそうサッチャンのふたりの雰囲気にまず影響されてのことだったのですが――あらためて前方へ視線をかえすと、撮影は一段落した様子で、めざとく僕を見つけた百恵さんが、降りたばかりの一輪車のサドルを片手に握り、もう片方の手を屈託なく振って、

――オーちゃん、もう雪の上のどこを踏んでもいいのやて！　と呼びかけてきました。原さんたちの傍に辿りつくと、さきに林のはずれから見た、降りつもった雪のなかを一輪車が自由自在に走っている、と見えたのには仕掛けがあったのでした。原さんがカメラを支えて移動するコースの他は、雪に踏み込まぬようにしながら、鳩山さんが脇に立てかけていた長い板で、竪三メートルに幅二十センチほど雪掻きしていたのです。

――雪をどけた後の、コンクリート面が凍っていては危ないからね、そこに陽があたってから撮り始めたんだよ、とまだ肉体労働のなごりが残っている顔つきで、長い板をかかえたまま鳩山さんは説明しました。

――撮影が本格的になれば、大型のカメラをレールで移動させて、ちゃんとした画面

が作れるけれどね、と原さんもいいました。思いがけず雪が降って、「百恵さん」が昂奮して一輪車で走るショットとなると、また別だから。こういうドキュメンタリーのシーンを、いかに劇映画となじませるかだね。

——これだけ幅があるのやから、タローを肩車してでも、危ないめにはあわせずに走れたと思うけど、タローは、おなじ事を二度も三度もやらされると怒るからね。病院に連れて行ってもらっておいて、良かったわ。私は一輪車で走ること自体が好きなのやから、幾度やっても楽しかったよ、原さん。雪のなかでは初めてのことやしね。

みんなは「事務所」に入りました。新しい灯油ストーヴが盛大に燃えていて、ムッと上気するほどです。これも僕としてはここで初めて見る金属パイプの椅子が半ダースいれられていて、ストーヴともども「事務所」を一挙に狭くしていましたが、僕らはみんな昂揚し・満足した気持でストーヴの周りに肩を寄せあっていたのでした。原さんの説明では、タロー君の風邪は、熱こそあれ、とくに心配するほどのものではなく、サッチャンが知っている女医さんの病院に連れて行くのだが、御主人は大学病院につとめている精神科の専門医なので、御主人が自宅に居られる日曜の今日、タロー君が自閉症でないかどうか見てもらうことにしたい。そういう気持で、雪のなかをわざわざ出かけた、ということなのでした。

のちに事件を報道した新聞で読んだのですが、大学病院の先生が自宅に居られるところへ、サッチャンがタロー君を連れて行った、というのは実際にあったことで、サッチャンは、その精神科医の大学の「衛生看護学科」の学生だったとも書いてあったのです。

102

百恵さんのかわりに原さんがタロー君の話をしたのは、その間、百恵さんが風呂場で着がえていたからです。そのうち百恵さんは、タイツをズボンにはきかえて、しかしいったん汗を拭っても運動をした熱気が残っているらしく、裸の上半身をバスタオルで包み・肩や脇腹をゴシゴシ摩擦しながら、ストーヴの脇に出て来ました。オリエンテーリングの試合で、雨に濡れたり汗をかきすぎたりした時、僕らがやることと同じ雰囲気だし、原さんはもとより鳩山さんも気にかけぬようだったこともあり、最初僕はなんとも思わなかったのです。

原さんと鳩山さんは、いま撮ったフィルムに雪を掻いたところがどうしても映ってしまったのじゃないか、同時にヴィデオ・カメラで撮影しておけば、結果をすぐ確かめることができるわけだが、というようなことを話合っていました。石井さんにヴィデオ一式を準備してもらってはどうか、これまでヴィデオというものをバカにしていたのは間違いだった……　そのうち気がついてみると、ニコニコして話を聞きながら、僕のすぐ隣に立って身体をゴシゴシやっている百恵さんの、脇から胸が丸見えなのです。正面の、原さんと鳩山さんの側からは見えないにしても。そしてこれはもう弁護の余地なく、僕は上半身裸の女性をジロジロ眺める失礼をおかしていたのですが、当の瞬間には、僕はなにか別のことをしている気持だったのでした。雪のなかをずっと行軍して来て、暖いストーヴの傍で頭が茫然とした具合になり、すくなくとも別のことを思い描きながら、眼の前の乳房と脇腹とを見ているふうであったのです。

　その時、僕が思い描いていた別のことがなにかというならば、これははっきりしていました。高校一年の時、ギリシャ彫刻の写真を一点選んで、その感想を書く、という宿題が出たのです。書庫に美術全集を見に行くと、たまたま調べものをしていた父が、すぐ適当な本を出してくれたのはよかったのですが、父も一緒になって図版を見始めました。なかでも一枚のモノクロームの写真を懐かしがって、それについて感想文に書いてはどうか、としつこくすすめる始末です。

――自分自身に、いちばん印象に深いものを選んで、という条件を、美術の先生は出されたわけだから、と僕は留保したのですが、父はなおも熱心に説得しつづけたのでした。

――オーちゃんよ、おれがきみの年齢の頃に、ギリシャ彫刻を初めて美しいと思ったのが、ほら、さっきからいっている『ルドヴィジの玉座――ヴィーナスの誕生』というレリーフでね。解説にこの娘の乳房の間隔は開きすぎている、と書いてあったけれども、おれはそれに反対だったんだ。根拠もなしにね。いやこのように美しいものならば、現実にこのとおりの胸があるのじゃないかと、そう思ったんだよ。きみ、どう思うかい？　オーちゃん……

――僕にも、根拠はないからね、……どう思う、といわれても！

そしていま眼の前の、わずかに薔薇色がかった白さで、たえず動いている脇腹から乳房は、デッサンが正確でないという・あのレリーフのうすものをまとった娘の胸そのままなのでした……　そのうち、百恵さんが、――あれ、あれ！　と思わぬ失敗を自分で滑稽がるようにいって、バスタオルをきっちり胴に巻きつけました。僕は自分のヘマに腹を立て、赤くなったのですが、原さんはこちらから顔をそらせたまま、楽しそうな表情を浮べたし、鳩山さんは穏やかにびっくりしているような眼を向けて、頭をゆっくり横に振っただけだったので、実際助かったのです。

103

百恵さんが地下壕へ引きあげてから、僕はボードの壁ぎわに椅子を引いて、ディケンズとポピュラー・エンターテインメントの本を、読み始めました。父が傍線を引いている箇所を中心に、その前後を正確に頭に入れたいと思ったので、リュックに入れて持ってきた辞書を引き・書き込みもしながら。

そのような僕に脇で聞かれても一向にかまわないが、まずはふたりの間のことという話しぶりで、原さんと鳩山さんは言葉をかわしていました。僕の方でディケンズの時代背景のこまごました内容に夢中になっていて、気がついてみるとふたりのゆっくりした会話がなお続いていた、というふうであったり、また話が原さんたちの過去の仲間の現状というようなことになると、耳を素通りさせるほかなかったのでもありました。すっかり服装をかえて働きはじめた百恵さんが、昼食の準備を終えて戻って来るまで、原さんと鳩山さんがノベツ話しつづけていたというのでもなかったのです。

それでも印象深かったのは、ここへ来るようになった最初に原さんから聞き・鳩山さんもその話をしていた、アブラハムとイサクの挿話のことでした。原さんがシナリオのプロットをまとめた鳩山さんの紙ばさみを見てから、自分自身の進めているプロットの話をして、この主題が出てきたわけです。

――「百恵さん」は、一輪車で旅しながら連れて歩いている子供をね、いつか誰かに取上げられてしまうと、それを確信して・恐れているんだよ。小きざみに居場所を変えることで、なんとかその運命から逃げ出そうとしている、しかしついにヤーフェかアッラーの意を体した者が追いつめて来て、こちらはあきらめる決意をしなければならない。ところがいったんそうなった上で、許される、というプロットを作りたいんだよ。それもね、許す、という声が天から聞えてきた段階で、「百恵さん」が猛然と反抗し始める、という展開でゆきたいのね。

――オーウェンの詩のかたちね。

――そうだね。……つまりよく考えてみれば、おれが表現してみようと思いつくようなことは、すべてもう誰かがさきに表現してしまっているのかも知れないね。

――しかし、きみは映画でやるわけだから。それもサーカスで一輪車の芸を覚えて・それだけが身についた技術だものだから、世間に出てもずっと一輪車をやり続けようとする女性を映画にするんだから、そこには独創があるよ。

話を聞いていて、僕は鳩山さんにあらためて良い感じを持ったのでした。これが僕だったならば、もし友達に、自分の表現したいとねがうことは、誰かがもう表現していると思うといわれたとして、いや、きみは独創的だよ、と反射的に慰めの言葉をいってしまうと思います。鳩山さんはそのようにはしない。ちゃんと論理的に励ますわけです。これは学ぶことにしたい、と僕は考えました。しかし当面そのような言葉をかけたい相手は思いあたらず、むしろ自分が今度気がめいったら、反射的にじゃなく、論理的に――励ましうるものなら――自分を励ます、という態度でいよう、と結論したわけなのでした。

――しかし、とそのうちまた違った調子で、鳩山さんがいいだしました。きみがイサクの燔祭の話を、「百恵さん」とむすんでシナリオにしようと、ずっと考え続けてきたのは、なぜなんだろうね。それを不思議に思うことがあるよ。

――それは実際の経験からだ。百恵はタローが生まれてこの方ね、いつか赤んぼうが取り上げられる、という心配にとりつかれてきたからね。それが、直接のきっかけなんだよ。いまも始終、彼女はそれをいってるんだから。自分でもそのことを考えてみるほかはなくなるぜ。無意識に近いレヴェルのことをいうとさ、子供が居なくなって、一輪車をグルグル乗り廻してタローを探すが見つからない。そういう夢を、彼女は幾たび見たかわからぬらしいよ。

104

――「キルプの軍団」が百恵さんを取り囲んでいるわけだねえ、と鳩山さんは、たまたま眼をあげた僕に、ちょっとうなずいていいました。

――……ともかくこの世界の悪というか、悪意というか、そういうものが突出してきて、自分を取り囲んでいるという気がしているんだね、彼女としては。おれはそこを逆転させてさ、むしろ神そのものが子供を取り上げようとするのだとしたらとね、そう考えてみることで、あらためてアブラハムとイサクの挿話に出会ったわけなんだよ。

――子供が奪われるかも知れないと、恐れて生きていて、しかもこんな所できみと子供と三人隠れて住む暮しを、ずっと続けてきたんだね。辛かっただろうね。百恵さんは、えらいねえ。……しかし、原君、きみはいま積極的に神ということを考えているのか？　それは以前からのことじゃないだろう？　若い頃から、きみは祈りということをいっていたけれども、あれは神に向けてというより、もっと漠然としたものへ祈るということだったろう？

——そうだね、家族だけで暮していた頃は、祈るだけで一日終ったという感じで、そうなってみると、次には、今夜ちゃんと眠ることができるようにと祈っている。そうした自分に気がつくことがあったくらいだね。しかしそれは、きみのいうとおり、神に祈るというのとは別だと、はっきり感じていたからね。いまになってもさ、映画のプロットに、アブラハムとイサクの挿話を組み込んでいながら、まあ、それは否定的な契機ということで、神そのものについては、よく考えるのを避けているようでもあるんだね。……それはそれとして、このところは死後の世界ということがずっと頭にあるのさ。それも話は単純でね、死後の世界があってはたまらんな、ということね。ともかく死ねば、自分についてはなにもかもお終いだと、そう考えているのにさ。死んだ後、ふと気がついてみれば（あはは、これがいちばん恐いね、この一瞬がさ、ドストエフスキーにそういう一節があったと思うけど）、なお自分の意識が、あるものを・あることを見てとっている。そういうことになったらば大変だ、と思ってね。

……党派の論理にしたがって、対立する党派の人間を殺さねばならなくなるとする。その結論自体については、おれは反対しなかったわけだ。実行隊に加わるかどうかは、また別として。おれは実行隊に加わらなくても、自分が党派に属している以上、この手で殺したと同じ、と感じる側の人間だからね。そこで相手の党派の人間を殺せばね、やがて自分が殺されるか、自殺するかするまでは、勘定はゼロにならない。借り方かい、貸し方かい？　ともかく償いがたい負債に関わるとね、おれはそう考えてきたんだよ。繰りかえしていうならばさ、対立党派を殺すことに、自分が賛成の票を投じるのは、よく考えた上での、論理的に正しい行為なんだ。しかし敵をひとり殺したならば、こちらの味方が、というのじゃなくてね、ほかならぬ自分が殺されるか・自殺するかするまで、決して計算は合わない、と考えているわけさ。

　ところが、そのように苦しい内面の筋みちがあった上でね、ついに自分が死ぬことになって、いわばホッとして死んでさ、気がついてみれば、そこに次の世界がある。死の時まで苦しく考えたことを、もっとのっぴきならぬ仕方で、考え続けねばならぬ世界があるとなると、それは辛すぎるのじゃないかい？　あの世に精神分析医のような存在がいてね、心のつかえをとる治療をしてくれるというようなこと、ありえないだろう？　もしかして、それが神か？　そうだとしたら、分析医＝神のいないあの世が、つまり地獄かね？

　――せんだってきみが森君と話し込んでいたね。そのうち森君が、そんな論理はナンセンスだと、強い調子でいっていたけど、あれは、そのことだろう？　つまり、相手党派を殺してしまえば、こちらも自分が殺されるか・自殺するかするまで、計算は合わぬということだね？　そこのところだけ、こちらにも聞こえてきたんだ。前後の続き具合は別にして……

――森君はね、ナンセンスとかなんとか定まり文句をいいだす先にさ、まずこういったんだよ。後で自分が殺されるか・自殺するかしかないのなら、どうして苦労して相手党派の人間を殺す？

――そういえば森君は、子供みたいに、まずあっけにとられていたなあ……　いまごろ、サッチャンと額をつきあわせて、どうしても理解できないよ、旧世代のオジンは、などといってるかも知れないねえ。結局は真面目な人だから。サッチャンにしてもさ。

――森君は、自分ひとりでもう一度問題を出して、それを考えてみる、というようなことはしないのじゃないか？　かれには確信があるからね。その確信を疑うというところまで、経験や観察からフィードバックすることはないと思うね。そういうタイプなんだよ、しかもあの世代では、森君ひとりそうなんじゃないなあ、と原さんは暗いほどの切実な話しぶりでいったのでした。

105

しかし百恵さんの人柄もあり、彼女の準備した親子ドンブリを、僕も手伝って「事務所」へ運び込むと、また活気のある雰囲気に戻ったのです。僕自身、多人数のための実際的な食事という感じでいながら、家では食べたことのない味のする百恵さんの料理を、こちらに来る途中、思うだけで頬がゆるむのを押さえられないほど、楽しみにしています。一度それを話したため、母が僕のリュックにあれこれ料理の材料をいれてくれることになったのですが、今朝、僕は鶏肉と卵を——潰さぬようにと注意されて——運んで来たわけでした。

百恵さんは、淡い緑色の葉二、三枚ずつでドンブリのふちをかざっているのを、

——葉っぱは食べなくていいよ、容器が新しすぎて殺風景なものやから、そこに置いただけよ、と説明しました。これは原さん、ツツジの葉やねえ？　雪に埋れて、ちょっとだけ出ているものやから、眼についたのやよ。葉の先の小さく硬そうなはしっこが、可愛らしいピンクでしょう？　選んで摘んできたのやないよ、どの葉もそうだったのや

よ。いままで、こんなピンクのはしっこがついてること知らんかったなあ。私は学校に行かなかったから、それで勉強のことを知らないと思ってきたけど、学校で習わない自然のことでも、ずいぶんいろんなことを知らないで死ぬのやろうねえ……

――いや本当にきれいだね、羞じらっているようなピンクだね。雪が降って、それとコントラストをなしていても、たいていの人はツツジの葉の先端のことなど気がつかないよ。百恵さんは、注意深いねえ。

――ありがとう、鳩山さんは優しいな。あ、オーちゃんは、ツツジの葉、食べてくれたねえ。

――おれも胃さえ丈夫ならば、オーちゃん同様にしたいしね、鳩山同様、優しいともいわれたいよ、と原さんはわざと仏頂面でいい、みんなを笑わせたのでした。

その昼食が、にぎやかに終ったばかりのところへ、森君がただひとり戻って来たのです。たまたま僕はぼんやり窓の向うに眼をやっていたので、雪に覆われてすっかり整理が行きとどいた感じの畑のなかを、定規で線を引くようにまっすぐ近づいて来る森君を見ていました。僕は森君の態度が昂然としてきびきびし・かつ堅固な感じもあるのに、なにか思いがけない気持をいだいたのです。そして雪のなかでの、とくに体力を必要とする全身運動が、いつもイジイジと鬱屈するようだった森君の身体感覚を――これは大学のオリエンテーリング部の人から聞いた言葉ですが――、生きいきさせたのか、と納得するようだったのでした。

――あ、森君ありがとう！　と百恵さんは、サッチャンとタロー君が一緒でないのを眼ざとく確かめながら、直接にはそれにふれないでいったのです。お昼まででしょう？卵をトジルだけでええのやから、すぐ支度したげるよ。

しかし森君は、百恵さんの呼びかけをまったく無視したのです。それのみか、胸をぐっとそらすようにして、官僚的なというか・傲慢な感じすらする無表情な顔を原さんに向け、次のように申し立てたのでした。

106

――原さん、われわれがいままで問いかけてきたことについて、あなたは論理で負けていながら、それを認めることをしない。勇気がなくてというか・ずるいというか、逃げまくって結論を出しません。これではいつまで待っても仕方がないし、われわれとしても困るから、今日の夕刻までに、返答を示していただくことにしました。この最終的な問いかけを行なう上で、あなたが反革命の党派の人間と陰謀をはかり、こちらに不当な攻撃を仕掛けることがないように、また警察権力に頼ってわれわれを排除することがないように、一時、子供はわれわれの支配下に確保します。

森君をのぞいて、みんなこの瞬間、キョトンとする具合にして、静かになりました。「事務所」の外で、雪のかたまりが木の枝から落ちる音・鳥の飛び立つ羽ばたきが聞えたほどです。しかし、すぐ百恵さんが、

——ああ、タローがさらわれてしまうたのや、こうなると、前から思っておったのやよ！　と呻くようにいうと、立っていたまっすぐの姿勢のままバタンと倒れてしまったのでした。

反射的に、僕と鳩山さんが立ち上ると、森君は胸を張ったまま、一、二歩さがって、壁面にドサリと背をぶつけました。かれはこちらの動きに怯えたのかもしれませんが、僕も鳩山さんも、気を失った百恵さんの世話をしようとしただけなのです。倒れたまま、苦しそうに下肢をねじっている、意識のない百恵さんの、大人のものとは思えぬほど小柄な頭から肩の下に、鳩山さんはクッションを押しこみ、ダウンジャケットの衿をゆるめたり、セーターの喉もとを開いたりしてやりました。僕はただその脇に膝をついていただけなのですが、そのうち思いついて、台所へ水を取りに立とうとしたのです。とこ

ろがその行く手をサッとふさぐようにして、森君が、

――誰もここから逃げ出すことはできないぞ、と真蒼になって怒鳴るのです。

森君は、重そうな合成樹脂の黒い棒を胸の前にかまえてもいるのでした。それを眼にしたとたん、僕はメチャクチャに腹を立ててしまい、――逃げるものか！ 百恵さんに、水を持って来たいんだ！ とやはり怒鳴りかえして、固い棒と森君の胸とを片腕で払いのけざま、狭い台所に入って行ったのです。それでも押しくらまんじゅうでもするように、肩でこちらを突きたてながらついて来た森君は、僕がコップに水を汲んでいる脇から、長い腕を伸ばしてサッと二種類の包丁を取り上げました。僕はもちろんそんなものを取りに来たのではなかったわけです。

水のコップにタオルをあわせて持ち、やはり森君につきまとわれながら戻って来ると、鳩山さんの膝によりかかって、背中を軽く叩いてもらっている百恵さんが、紙のように白くカサカサした顔に丸い眼をキョトキョトさせてこちらを見上げるのです。僕は涙が出そうになり、それをこらえるために大きく口を開けて息をしました。そして鳩山さんにコップとタオルを渡すと、森君が黒い棒で指示するまま、原さんの隣りの椅子に、つまり森君が原さんと僕とを同時に監視できる位置に、掛けに行ったのです。

――きみたちがいままで問いかけてきたこと、というのは何だい？ 返答というが、

はっきりした答えのできることを、きみはおれに尋ねたかね？　ただ、きみの思いこみにのみ立つ議論を、こちらとして返答のしようのないやり方で、仕掛けてきただけじゃなかったのか？

——それじゃ、はっきりいいましょうか？　とふてぶてしいような冷たさで、森君はいいました。革命の展望とはなんの関係もない、あいまい主義の商業映画を作ることは止めて、党派の活動家として復帰する気はないのかと、そのように、問いかけてきたんです。

——あらためて同志として迎える手段が、子供を誘拐することなのかい？

——ああ！　こうなると思っていたのや！　と百恵さんは、鳥かなにかのような・細ぼそした悲痛な喉声を出していいました。

107

——敵対する党派の人間が、あなたにべったりくっついているということが、当然に問題でした。かれらはいま、劇映画を作らせるというエサを提供して、あなたが党派から去ったことをデモンストレートさせる、お膳立てを仕組んだわけです。われわれは、これまで警告にとどめて来たわけですが、そのために後手・後手に廻ったあげく、さしあたって有効な手段をとるほかなくなったわけです。

——映画はおれの生涯の仕事であってね、これまでおれが撮ってきたフィルムの積み立てにおいて、今度の映画を作るのは、おれの主体的な仕事だよ。商業会社とタイ・アップするわけだが、そのようにしておれの作る映画は、これまで自分の生きてきた全体と、信条を裏切らないはずだと思うよ。単純化していうがね、おれに映画を作るな、といわれるとすれば、革命が実現しても、その未来社会は、おれにとって生き甲斐のあるところじゃないね。一体おれはそこでなにをやるのかね？

——おっしゃるとおり、単純化した話だと思います。社会主義国家に、いくらでも映画はあるじゃないですか？　ソヴィエト、ポーランド、中国、キューバ。われわれは、革命後の社会に映画がいらないなどと、一切いったことはないですよ。われわれの党派でかつて指導的な役割を果したあなたが、イデオロギーとは無縁な映画を作ることで、みんながいま苦労している・党派を再建する動きに逆行するのは不当だ、といっているんです。自分の映画を主体的に作る、といわれますが、財団からの映画資金の話が、鳩山氏の仲介であることはわかっています。あなたは反革命の党派の人間が持って来た金で、映画を作ろうとしているわけです。

――確かに計画は鳩山から来たよ、と原さんはじつに不愉快そうに眉根をよせて、つまり初めのいくらかは余裕のあった揶揄《やゆ》的な調子を失って、いったのでした。これまでの短篇映画の場合も同じで、鳩山がプロデュースしてくれた、その連続としてあるのでね。政治活動をやっていた頃の、人間関係の脈絡からいえば、鳩山はいったん確かに向う側だったがね。もういまのおれたちには、こちら側・向う側はないんだよ。再会して以来、政治的な路線の話をしたことは一度もないよ。きみとサッチャンは、鳩山やおれにつきっきりでいたんだから、そんなことわかっているだろう？

その時、鳩山さんの看病する手をはじきとばす勢いで、百恵さんが上体を起し、恐ろしいほど蒼ざめた顔で、さらには声もアクセントもすっかり変ってしまった不思議な話しぶりで、原さんをなじったのでした。

――どうするの、どうするんやの⁉　そういうこと話しておる間にも、タローが縛られて、暗いところに押しこめられて、恐がっておるのやよ！　風邪をひいて熱があったんやし、もう死んでしもうたのやないやろか⁉　原さんは、タローが神様のいけにえになるというようなことを考えておったでしょう？　私にはタローしか、本当の身よりはないのやよ！　いけにえにはさせないよ！　ああ！　こういうことになると思うて、前から疑ごうておったのや！　原さん、タローをおねがいやから、早う、タローを救けて！　森君らに見逃してもろうておくれや！　タローを許してもろうてくださいや、なあ！

108

——タローはなにも悪いことはしていない、許してもらうことはない、と原さんは鋭くいい、その言葉にパシリと打たれたように、百恵さんは眼をつむって、重ねたクッションに崩れこみました。

——タロー君にひどいことはしないですよ。そんなことしてしまえば、原との間柄をもう修復できないから。かれらは、原に自分たちの考えを受け入れさせようとして、その間、私がなにもできなくしておきたくて、それでタロー君を人質にとっただけですよ、百恵さん。

そういって、鳩山さんはクッションをととのえ、百恵さんの、心理的のみならず肉体的にも苦しくてならぬようにこまかく震えている、眼から耳へと涙をタオルでふいてやりました。これまでの鳩山さんは、小学生の男の子が尊敬する女の先生の前で嬉しそうにしているという感じで、百恵さんに接していた気がします。そのかわりにいまは大人としてふるまい、百恵さんも鳩山さんに頼り切っているようなのが気持がよく、自分も励まされるようにさえ感じたのです。また、初めて鳩山さんが、原さんのことを本人の前で呼び棄てにするのに、ふたりの関係の奥行を実感したし、それでいてこれまでずっとお互いに尊重しあい、ある丁寧さを示しあっていたことにも、気持の良いものがあったと、思い出していたのでした。

原さんと森君が双方ともに血の気を失った、こわばったような顔を向けて対峙《たいじ》し、黙りこんだのへも、鳩山さんは声をかけました。

――森君の党派が、私について調べてきたのならば、もう永らく党派のための活動はしてこなかったのも、知っているだろう？　その点は、原と同じだ。それはきみたちとしてよくわかっているんだろう？　そうした状態にあってもね。過去のある時期の活動に縛られて、一般社会での仕事にはちゃんとできない。そういうことも、やはりきみたち知っているだろう？　原のように、さかんに芸術活動のできる実力を持った人間も、啼かず飛ばず、という具合なんだよ。そうした昔の知り合いが、名前をかえて、大卒の経歴を隠してね、小企業の、それもいちばんしわよせのある側面で働いているんだ。しかも反対党派に襲われて重傷を負うというような例を、一般の新聞の報道でもよく見るじゃないか？

私は、そのようにしていろんな才能が、年月に失われるのを、酷たらしいと思うんだよ。原はそのひとりさ。それで私は、そうしたことを理解してくれる人を探して・長い時間かけて説得して、原に短篇映画を作らせることに成功したわけだ。国際的規模で、医学の専門家に評価の高いものだよ。そういう積み石をまずひとつ積んで、今度は原の本当に作りたい映画をやる見とおしがついたわけなんだ。いまどき信じられないような苦労をして原についてきた、百恵さんの夢もかなうという映画なんだよ。森君よ、きみは、自分らがなにをブッ壊そうとしているのか、本当にわかっているのか？

109

森君は、確かに鳩山さんの話を聞いていたのですが、いったん口を開くと、それはもっぱら原さんに向けてなのでした。

——われわれの党派の再建には、理論家のリーダーが必要です。もともとわれわれの仲間の幾人もが、原さんの作った運動の方向づけに共鳴して、党派に入ったんです。われわれを高い台に載せておいて、その足場を外すというようなことを、原さんはしておられると思います。しかもその原さんが、反革命の党派の陰謀の受け皿にずんなり乗っかるというのでは、公安の路線で転向するより、もっと悪いじゃないですか？ 大体ね、これから作ろうとしている映画は、政治的主張を持たないものだからいいじゃないか、と原さんはいわれるわけですが、われわれはそこに問題があると思っています。

朝鮮民主主義人民共和国の工作員が、大韓民国で捕えられて、転向声明を出します。その場合たいていは、南側の市民生活が思いがけず自由で豊かだと、それにショックを受けたのだといいますね。表面では政治的でないことをいうのが、いちばん効果的なんです。われわれの党派は、いま戦時の段階にあるわけです。その戦線からずっと離脱していたあげく、こういえば反撥されるかも知れませんが、市民的なほのぼのした印象の映画を作るのでは、それと同じ効果をあげるのじゃないですか？

そこのところを逆にね、差し出された受け皿を蹴とばして、原さんにとっていちばん大切な映画というものを断念する態度表明をして、はっきり戦線に戻って来られたなら、原さん、それはわれわれの仲間を激励するし、反革命の連中にも、国家権力にも、打撃をあたえることになりますよ。

――そういう高度な政治的動機に立って、きみは息子を誘拐してくれたのかい？　自閉症じゃないか、専門家に見せたいといって、母親に不安のみならず前もっての感謝まで誘導しておいてさ。それも実際に熱を出して・辛そうにキョロキョロあたりを見廻すだけで、どう助けをもとめればいいか、わからぬ子供を……

――原さん、私ならばもう映画はいいよ。私がいつかは主演の映画を撮りたいと、夢のようなことをいいつづけてな、それで大変なことになってしもうたんやわ。タローを恐ろしいめにあわせることになってしもうたんよ。もう映画は作りませんからと、そういうてタローを返してもろうてや！　なあ、あやまって、許してもろうてや、原さん！

森君に向けて話すうち、憤りをあらわして絶句するようだった原さんは、顔をうつむけて、百恵さんの憐れな訴えを聞いていました。そして努力して気分を転換して、

――映画はもう止めるから、子供を返してくれと、おれが屈伏してな、そして、子供が帰って来るとするよ。実際にいったんその儀式を経れば、おれがあらためて映画作りを再開しないと、どうしてきみたちは安心できるのかい？　と尋ねました。

原さんのそのいい方に、僕はなにか危なっかしい軽薄さを感じたのです。逆に森君は誠実なというほかないほどの低姿勢で、それもこれまでのべてきたことの自然な展開として、具体的な要求を出したのでした。

——今日は日曜ですから、明日の朝、実行していただくことになりますが、原さん名義の銀行口座に、映画製作のための資金の第一期分が、入金されていますね。それを全額払い戻して、われわれの闘争資金にカンパしてもらいます。もちろんわれわれは、金銭的な目的だけで要求するのじゃありません。成り行きを財団側に説明して、納得させることは不可能でしょうから、つまり映画計画は立消えになるでしょう。明日の朝、僕が原さんと銀行まで同行して金を受け取り、仲間と無事合流すれば、子供はすぐ発見される場所で、解放します。

原さんが右肱の脇にあった金属器具を、それは映画フィルムの一コマ一コマを拡大して見るためのものですが、決して森君にぶつけようとしてではないが、頭の上すれすれの壁面に強く投げつけました。百恵さんは、ヒィーッ！　というような、本当に憐れな悲鳴をあげたのです。

110

さすがに原さんは、そうした態度に出たことを恥かしく思ったようでした。だからといって僕は、横から見ていたこちらですら首をすくめたのに、その重そうな金属体がバーンと頭の上で壁にうちあたるのを平然と無視し、背筋を伸ばしたままの森君を、原さんより立派だ、とも感じなかったのですが……

頭をたれ、額のあたりにむしろ自分への腹立ちをただよわせている原さんの、その脇に鳩山さんが立って行って、相談し、ショックを受けている百恵さんを、地下壕のベッドに連れて行って、睡眠薬のかわりに風邪薬を服ませ・眠らせる、そういうことになりました。どう見ても僕はその場での話合いに不必要な人間ですし、あわせて僕はなんであれ役に立ちたいとねがっていたので——突きつめていえば、僕が本当にその人のために働きたい、と思ったのは、百恵さんに対してでしたが——、すぐさま僕はその仕事を引き受けたのです。

昼過ぎにはもう夕暮のような光になる季節の、淡く金色がかって見えるいちめんの鰯雲のもと、雪の林の眺めはシンとして寂しいものでした。わずかに雪が踏みかためられているところをつたって百恵さんが歩けるように、僕は柔らかい雪にズボズボ踏み込みながら歩きました。そうして並んで歩かなければ、そして百恵さんの肩から背を支えていなければ、彼女はすぐにもへたりこみそうだったのでした。赤いダウンジャケットの上から支えても、百恵さんの肩のうしろや上膊部の・丸くコリコリした筋肉ははっきりわかるのでしたが、それでいて僕は百恵さんに、雪をなんとか踏みかためた上でもちゃんと歩くことができないような、弱よわしさを感じたのです。なんだか地上での生活に不慣れな人のように、そしてなぜそうだかといえば――自分でも滑稽なことがわかっている思い込みだったのですが――一輪車に乗っているのが常態であるから・サーカスをやめてもいつまでも一輪車から降りない人だったから！

　これまでもうたびたび林のなかの映画基地に通ってきていながら、僕は地下壕に降りるのははじめてでした。雪が両脇につもっている狭い階段を、やはり百恵さんを支えながら並んで降りて、鉄のドアを向う側に押し開くと、暗くガランドーで灯油ストーヴの燃えるかすかな匂いだけがこもっているなかを、そのストーヴのかすかにチリチリいっている芯の明るみに見当をつけて、百恵さんが進み、僕にはうしろのドアをしめるようにいいました。そして鳩山さんが造ったという灯油ランプに百恵さんが灯をつけて、やっと僕にもどういう場所に立っているのかがわかったのでした。百恵さんはもう一瞬も立ちつづけていることができぬというように、ベッドに倒れ込んだままの恰好で横たわって、しばらくじっと黙っていたのですが、そのうち、さきにこちらが考えたのとまったく同じことをいって、僕を見すかされたような・ビクリとする気持にしたのです。

　――私と一緒にサーカスに出ておった人らはな、みなもう一輪車なんかには乗っておらんのよ。それが私は、サーカスをやめる時にな、もう一輪車にも乗れんと思うたら、それまでに身につけた技術というたらば一輪車だけやから、心配な心細い気持がしてなあ。もうガッカリして力をなくしてしもうたものやから、原さんが、それなら一生いつまでも一輪車に乗っておったらよかろうと、サーカスから一輪車を買いとっておくれたのよ。やっぱり、あの時に、一輪車のことはあきらめておかなけりゃならんかったのやろうなあ？　どんなに心細うても、きまりはきまりやものなあ。誰もがそういう寂しいことを経験しては、すこしずつ大人になるものでしょう？　私があの時にだめやったものので、いまも一輪車から縁を切ることができんで、そのようにして一輪車にいつまでも乗っておる私の映画を、原さんが作ってくれようとしたものやから、タローにまで迷惑をかけてしもうたんよ。

そういって百恵さんは、またヒィーッ！　という憐れな泣き声をあげました。僕はむしろ百恵さんがこちらの心の動きにさそわれて、そうしたことをいわずにいられなくなったのかも知れないと思い、気がかりでなにも相槌をうつことができず、ただベッドの上の百恵さんの、雪がこびりついて冷たいブーツを脱がせてから、足もとに畳まれていた毛布をかけてあげるほどのことをしただけでした。

111

百恵さんの横になっているベッドの向うには、周りに木の囲いのある小さなベッドがあって、そこをいま空にしているタロー君のことを思うと、素人がこしらえたような子供ベッド自体に胸をドキドキさせるしるしがついているようで、僕はそこから眼をそらさずにはいられなかったのです。百恵さんも薄い肩から首をむりに捩じるようにして、眼をつぶった顔をこちらに向けているのでした。

こういう冷えびえとしたガランドーの暗い所で、原さん、百恵さん、タロー君の一家がずっと夜を過して来たのかと、あらためて僕は厳粛なような気持も持ったのです。そこはまったく地下の倉庫そのもので、人間の暮している場所としては極端にものの少ない・見棄てられたような雰囲気です。フィルムや撮影関係の器具類を「事務所」に運び上げ、世帯道具もプレハブの台所におさめた、というせいはあるでしょうが、ベッドの周囲の空間には、洋服簞笥がひとつと木箱がふたつあるだけで、こちら側の原さんのベッドの裾に本が数冊コンクリートの上にじかに積んであるのと、タロー君の木の自動車模型、そしてこれもそれを見ると酷たらしいしるしを突きつけられるようだったのですが、市販の新しい木の竹馬の他は、すくなくとも灯油ランプの光が照らし出す範囲にはなにもない。サッチャンのベッドは、ランプの灯の光が届かない奥に置かれている様子。良くいえば、ひどくスッキリしているわけです。映画基地へ来はじめた頃、林の斜面の下の大きい穴に古家具のようなものまで棄ててあるのを見て、全体としてあまり持ち物もない様子なのに、おそらくは原さんが身の周りを整理するのが好きな性格らしい、と感じたことを思い出しました。

――オーちゃんも、立っておらずに、原さんのベッドに腰をかけてくださいや。寒いから、外套は着たままにしてな。こうして見ると、明るいところではそうも思わんかったけれども、影ができて顔が大人びて見えるから、忠叔父さんによう似とられるなあ。

しばらくたってから、百恵さんは、ヒィーッと泣いていた際の声からはもちろん恢復しているけれど、やはりなにか根本的なところで力の失われている気のする、カサカサした声で話しかけてきました。僕には答える言葉も思いつかず、黙ったままうなずいていると、百恵さんは――小さな泡が水の底から湧いてくる具合に、と思ったことも覚えていますが――、ゆっくりいつまでも話しつづけたのでした。水の泡という連想は、ベッドの枕もとの時計とラジオに加え、そこだけ女らしくこまごましたものが並んでいるサイドテーブルに、僕が汲んできた、風邪薬を服むための水が置いてあったからだと思います。コップは美術の時間に習った、レンブラント光線式にひっそり輝いていました。

――忠叔父さんのためには、私からはなにもしてあげられんかったのに、ずっと親切にしてもろうたのやよ。自分が子供の頃に知りおうたものやから、それが自然なことになってしもうたのやろかなあ？　忠叔父さんにしてあげたことというたらば、ブロマイドにサインしてあげたくらいなことやと思うわ。私らのサーカスでも、全員のブロマイドをこしらえて、売店で売ろうとしたことがあったから。記録映画を撮りに来ておった原さんが、そのブロマイドの原版を写してくれたのやよ。一輪車に乗るところを、映画のフィルムに撮ってもらいもしたのに、素人が作る映画のモデルになってあげておる、という気持もあって、なにもお礼はせんかったのやわ。サーカスのなかは風紀がみだれておると、噂をする人もあったらしいのやけど、テントは団体生活やから、そんなことあらへんのよ、オーちゃん。団長さんや、団長さんの奥さんはきびしいし、まじめなものやったわ。それがな、私がもうサーカスではやってゆけんと思うて・見物人の前にはよう出んと思うて、ノイローゼになってしもうたらな、原さんが優しくしてくれて、一緒に暮そうというてくれたんやよ。一輪車が好きならば、誰も見物には来んところで、いくらでも乗れば良いからと、そうもいうておくれてな、オーちゃん。私のように学校にも行っておらんければ身よりもない・ノイローゼにまでなっておる娘にな、結婚しようというてくれはったのよ。忠叔父さんも、反対しやはらへんかったしな。原さんは大学を出ておる上に、手にカメラの技術を持っておられる人やしね。ふつうとちがうのは、就職先がきまっておるのやなしに、住む所もいろいろ変るのやったけど、その頃の私の気持ではな、かえって気楽やったものよ。

……そういうことでなあ、オーちゃん、こういう暮しが始まったのやわ。

112

――私がノイローゼになった原因はな、サーカスでつけた芸名が関係しとるのよ。姓は片カナやけど、ヤマグチ百恵でしょう？　その時は、身体の具合がなんや悪かったもので、顔にデキモノがいくつもできて、軟膏を塗っておったのやね。お化粧もそこは丸くよけてしたものよ。サーカスの開場パレードで、一輪車の私らが、直線になってサッと出て、マイクの紹介が芸名を呼びあげるごとに、ひとりひとりポーズするでしょう。その時にな、「汚い百恵さん！」と子供の声がして、テントじゅうに響く大笑いになってしもうたのやわ。それで私はな、もう一生、人前には出られんと思い込んだのやった。オーちゃん、そういうことも、人生にはあるでしょう？

……原さんは、一緒に暮し始めてみると、思うた以上に良い人やったわ。生活するだけのものは働いてくれるしな、働きに出る時より他はいつも一緒におってくれはるし、こんな良い人はないと思うたよ。いまもそう思うておるよ。私がな、オーちゃん、もうサーカスに出ることはないのに、それだけが自分の身についたもののような気がして、一輪車の練習をするでしょう？　原さんは私が一輪車に乗るところをな、きれいな風景を前にして映画フィルムに撮ってくれるのやし。そういう時は、本当のスターになったような気もして、それであんな辛いことがあったのに、毎日の暮しでも、サーカスの芸名を今まで使うてきたのやと思うわ。

……ひとつだけ原さんの不思議なことはな、オーちゃん。あの人は朝早くから昼の間ずっと、静かに落ちついて祈っておって、笑うても穏やかな人でしょう？　そやのに、いったん床に入るとな、恐ろしい夢を見てうなされることがあるのやよ。どういう夢かは、原さんからは話さはらんけれどもな、ずっとおなじ夢やと思うわ。ウーンウーン唸ってな、バタンバタン寝がえりをうって・汗びっしょりになって眼をさますのやわ。それから私が横におるのを見るとな、恥かしそうな嬉しそうな、助かった！　という笑顔をしてな、それからもう一度眠ると、もう朝までうなされることはないのやよ。私はな、オーちゃん、原さんが恐ろしい夢を見る時に傍に居って、眼がさめさえすれば、のんびりした顔を見せてあげれば良いのやからね。それを楽しみにしてきた気もするわ。他にはなにもしてあげられんのやし。それが自分の暮しの一番のかなめのようにも思うてな、それればかりはちゃんとやりとげたいと思うて、疲れておってもな、原さんがうなされそうな日は、早く眠りこまぬようにしておったもんよ！

……そのうち一度だけやけど、私らが山口に住んでおった時に、うちのサーカスが巡回して来て、懐かしいものやから訪ねて行って見たらばな、団長さんと奥さんに、もういっぺんやってみんかと誘われたのやね。自分より年下の友達までな、竹乗りやブランコをやっておるのに刺戟されて、どういうわけやったか、その時だけは、あらためてやろうかなあ、一輪車ほどの芸でも、練習を欠かさんかったのやし、と思うたの。その頃はアパートに暮しておって、原さんはテレヴィ局の下うけの仕事をしてはったのやけど、帰ってきてすぐ相談したよ。そうしたらば、原さんはすぐに、まあ、良いやろう、ということでな。私は大喜びで、忠叔父さんにも手紙で知らせたのよ。私はやっぱり心の底では、サーカスで働きたいと思いつめておったのやね。サーカスが恋しい夢を見てうなされるということは、いっさいなかったのやけれどもねえ。

113

――そうしたらば、それまでは原さんが気をつけてくれはってな、ずっと大丈夫やったのに、私が妊娠してしもうたのやわ。……それでサーカスに戻る計画はおしまいになってしもうたよ。……タローが生まれてからしばらくたって、あとで考えて見たらばね、タローをちゃんと育てられるか不安やった、ということがあったんやと思うけど、原さんにひどいことばかりいうておった時期があるのやよ。ちょうど原さんは、鳩山さんの紹介で医学の映画を作ってな、外国でも評判が高いということで、さあ、これからというとこやったのよ。原さんが立派な仕事をして、外国にまで認められてゆくならば、私は学校にも行っておらん、もとサーカスの子役やしな、棄てられてしまうのやないかとも思うて、外国へ連れて行かれて、そこで棄てられたらどうしようかと心配したりもしてな。私と別れる邪魔になるならば、原さんがタローをどこかへやってしまうかも知れんと思うたり、私は本当に変になっておったのやね。

……そのうち私が原さんにな、自分にもわかっておる無理難題を持ち出したんやわ。

これまで一輪車乗りを撮ってもろうてきたけど、私はまだ一度も、自分が走るところは見たことがないというてな。フィルムは現像所にあずけてあるというのやけど、本当はカメラにフィルムがいれてなかったのやないかとかな……　こんなにたびたび住む場所を変えんならん暮しで、私には友達を作るひまもないし、自分でサーカスの芸人やというところを、映画で見るのがただひとつの楽しみやのにと……

ほかにもいろいろいうたのやよ、オーちゃん。原さんは私が教育もなにもない人間で、貧しい生活に慣れておるのを知っておるものやから、世間では高度成長やというておるのに、私とタローにはこんな暮しをさせても、なにもいわんでついて来ると思うておるのでしょうと、そういうこともいうたのよ。私がサーカスに戻ることができた機会に、妊娠してだめになってしもうたのは、原さんがわざわざそうしたのやないかと！　それも恐ろしい夢を見て眼をさました時に、脇におる人間が必要なだけでしょうが、ともな！　私が毎日そういうことをいいたてて責めたおかげでな、原さんは現像した映画フィルムを私に見せてくれようとして、サラ金でお金を借りたのやわ。製薬会社からお金がくるから、それで返せると思うておったのに、映画の会計はまた別で、外国の小切手の取り立てというようなこともあって、遅れてしもうて、そうなればまた新しい借金をせねばならんことになったから、とうとう暴力団を逃げて廻らねばならんことにまでなったんやよ。私はなんでまた、原さんにあんなひどいことをいうたかと思うわ。

そういって百恵さんは、さきよりは静かに、しかしやはりヒィーッ！ と泣いて、黙りこんだのです。風邪薬がきいて眠くなったのか、と僕は思っていました。薬を服む時、百恵さんは、――自分は野蛮人のようなもので、これまで薬をたまにしか服んだことがないから、効きすぎるのが恐い、といって定量より一粒すくなくしたのでした。

ところが百恵さんは、さらにも子供じみた――正直にいえば、愚かしいとさえ感じる――声になって、不思議なことをいい出したのです。

――オーちゃんらも、マスターベイションはされるのかなあ？ 私はサーカスに入ってすぐ、眠る時になって、寒いし寂しい時にな、マスターベイションをしたものよ。性欲があってというのじゃなしにな、寒いし寂しいものやから、あんなことをしたのやねえ……

やはり僕としては返事のしようもなかったのですが、そのまま百恵さんは眠ってしまうようで、あまり困った進み行きにはならなかったのでした。さて起きているのが僕ひとりとなると、「事務所」を出る時、原さんにいわれた通りに、すこしずつ空気が入れかわるようドアの下の通風孔がひらいているのを確かめたのですが、冷たい風が直接ベッドの方向に行かぬようにしたいとも思いました。そこで暗く湿っぽいすみにひとつ置いてあった段ボールの箱をあんばいしたわけです。それは新しい一輪車が入っていた箱のようでした。それまでおもに僕はタロー君のことを心にかけていたのですが、いまは百恵さんのことをさらに可哀相に感じ、実際、涙が湧いてくるほどでした。そういうわけで、ひとり雪の積もった地上へあがって行った時には、鰯雲はいまやすべての端ばしに暗い金色をおびるようで、僕はそれをチラリと見あげたまま、すぐうつむいて、凍りはじめている雪をグシャグシャ踏んで行ったのです。

114

「事務所」のドア口から僕は顔をつき出して、自分が出て行った時のまま三人それぞれ、正三角形の頂点の位置を確保している原さんたちに、切口上で呼びかけました。

――これで僕は帰ります。百恵さんは眠りました。ここで僕が役に立つことはほかにないと思いますから……

こちらを向いた原さんと鳩山さんの、憂鬱そうではあるが苛立ちは消えている顔つきの、とくに鳩山さんの眼鏡の奥の眼が、この時なんとなく思い出した父の言葉使いでいえば、こちらを慰藉するようでした。原さんは、軽くうなずきもしました。

やはりしっかり背筋を伸ばして座っていた森君は、ふり向きはせず、ただ声をかけてよこしたのです。

——きみがなにかやることで、ここの状況が良くなるということはないんだからな、家に帰ったら、静かにしていてくれよ。

クソして寝ろ！　か、と僕は腹をたてたのですが、無念なことに、森君のいうとおりなのです。足もとに落ちていた金属製の器具を窓枠の内側に載せると、僕は正三角形の関係でしっかり対峙している誰もが、こちらの百倍も大人に思える、室内の三人にドアを閉ざしたのです。「事務所」の奥に置いてある自分の鞄はそのままにして。それほど三人の対峙は、こちらを排除する強い圧力を持っていたのでした。僕は、自分としてはもうなにも考えまい——考えてもムダで苦しいだけで、森君のいいぐさではないが、状況をいくらかでも良くすることはできないのだから——と思い決め、その決心を守るための物理的な環境をととのえるために、ガムシャラに雪の道を突き進み、二度三度転んでも、それがこうした進み方の定まったスタイルだというように、一切気にかけず歩いたのです。オリエンテーリングを永くやっていると、たいてい誰もが、あれはまったくノッテいたというほかない・驚くようなタイムで完走できる試合があります。この日はまったくその感じで、全コースを快調にコナスことができたのでした。心のなかは、なにも考えるまいと思っても、実際、快調どころではなかったのですが……

こうした強行軍のおかげで、そのあと一時間あまり電車に乗っても、僕は父たちが夕食を終えたばかりのところへ帰りつくことができたのです。——オーちゃん、今日はめずらしく、夕食のおかずなに？　と得意の台詞を出さないのね、という、のんびりした母の問いかけと、酒を飲んでいる父のひやかすような相槌ということがあり、例のとおりこちらはもう飲まず、父の話相手になっている忠叔父さんの微笑があって、ともかく僕は叔父さんの脇に座りました。めずらしく食欲がないのを——背なかが汗に濡れていて、ゾクゾクしてもいました——母にさとられないように、僕は賑やかなくらいに急いでトンカツを食べたのです。忠叔父さんという客を迎えて喜んでいながら、母が日頃の料理を作ったのは、いつか忠叔父さんが、母のトンカツが好きだといったからでしょう。母にはそういう——子供の側からいえば——思いがけない、一種の単純さがあるように思います。父と僕との間に、——どうだい、雪のなかの映画基地は？——どうといわれてもね、というような応答もありましたが、この夕食の間、父はずっと忠叔父さんに、障害のある兄の作曲する音楽について説明していたらしく、楽譜もテーブルの上に出ていて、僕の方へはあまり関心を向けぬようでもあったのです。

しかし食事を終えて二階へ上り、そのままベッドにひっくりかえっていると、追いかけるようにして忠叔父さんが入って来ました。忠叔父さんは、林のなかで異様な事態が起ったことを僕の様子から見ぬいている、憂わしげなほど真面目で・威厳のある顔つきをして、黙ったまま僕を見おろし、すぐにも自発的な報告をうながすかまえだったのでした。

115

家に帰ったら、静かにしている、どころの話でなく、僕は忠叔父さんに洗いざらいブチまけました！

僕が話し終った時、忠叔父さんは部下に指令を出すような大声で、――手遅れにならぬように、すぐ出かけねばならんな！　といったのです。疲れておるやろうが、オーちゃん、わしを案内してくれ！　駅前の交番から、所轄の警察に連絡をとって出動してもらうことにしよう！

――それはだめです！　と僕は反射的に拒否し、やはり大声になって、思ってもみなかった言葉をつづけてしまったのでした。約束もしてあります。僕は、警察権力の手引きをすることはできません！

忠叔父さんのいくらかはビールに赤らんでもいる、ゴワゴワと陽灼けした眼のあたりが、それこそ恐竜の眼のようにパチパチ憤激を弾くようでした。しかし忠叔父さんは、もの凄く大きい規模に思える意志でそれを抑制したのでした。

――わしが百恵さんのことを心配する一市民として行くならば、オーちゃんは案内してくれるやろう？　お義姉さんとK兄さんに、わしらがふたりで夜間行軍に出かけても不思議でないように、一応のことは説明しておくから。十分間で身仕度して降りて来てくれ！　忠叔父さんはそういいのこし、僕の同行をまったく疑わぬ様子で階下にズンズン降りて行ったのです。

そしてこの夜僕は、あらためて忠叔父さんと小田原行きの電車に乗り込んでいたのでした。都心で一杯飲んで・あるいは日曜の一日中行楽して疲れて、という若い人たちや家族連れで、急行電車は混んでおり、僕と忠叔父さんはいくらか離れて立つことになりました。それがじつにありがたかったのです。警察権力の手引きをすることはできません！　自分はなんという言葉を口にしてしまったのかと、胃がぐっとしぼりこまれて痛むほど、僕は後悔していたのでした。口にした当人にも信じられないような、その公式左翼風の言葉が、生真面目な信頼をあらわして僕に向っていた忠叔父さんの顔にもたらした、一瞬の変化。恐竜のような眼のまばたき、憤りとその抑制…… 僕にはもう忠叔父さんとの間に本当の和解が成立することはありえないと感じられ、一緒にディケンズを読んだ楽しい夏の日々は、もう決してよみがえることはないと断念するはかなかったのでした。

時どき、混み合っている人びとの頭ごしに、周りの人間の骨格や筋肉・皮膚の感じとはまったくちがう、鉄の男と呼びたいような、忠叔父さんの大きい頭と筋ばって肩へまっすぐ降りる赤銅色の太い頸が見えました。自分の言葉が、林のなかの映画基地の管轄の警察とは連絡をとらぬ結果をもたらしたことで、忠叔父さんを大きい危険にさらすのじゃないか、という不安に僕はとらえられてもいました。その不安が僕に、あの立派な頸に載っている大頭のなかでいまいだかれている憂慮、というようなことをしきりに憶測させもしたのです。

忠叔父さんは、革命党派の一団が――つまり森君、サッチャンの党派の覆面部隊が――、いまにも林のなかの映画基地に乱入して、百恵さんの膝から臑を金属パイプで叩き潰す、というようなことを考え、心を痛めているのじゃないか？ 原さんがどうしても映画を撮ると固執した場合、その主演女優であり、しかも役どころは一輪車に乗る場面が中心の、百恵さんを足腰立たないようにすることは、いちばん効果的な映画のブッ壊し方ではないか？　革命党派の対立・抗争の実際について、現場を知ってもいる様子の忠叔父さんは、いまあの堅固に支えられた大頭のなかで心痛しているのじゃないだろうか？　確かに百恵さんの身になってみれば、ガランとして暗い地下壕のなかで、眼がさめてみれば夢じゃなく、現実にやってきて自分の膝や足首を叩き潰すまで打撃をやめようとしない――週刊誌に引用されていた党派の機関紙での、しつっこさにおいては日本人離れしている、という仲間同士の認めあいを、その時はどんな立場上の行きがかりもないのに、嘔気がするような思いで読んだことがあったのです――覆面の男たちに襲われることは、どんなに恐ろしいだろう……

もし忠叔父さんが、成城学園前駅の交番から小田原署に連絡していたならば、この電車のほぼ一時間をもむだにせず、地元の警察が林のなかへ急行して、百恵さんを保護していたはずなのです。警察には、出動する理由が確実にあるわけなのでした。現に百恵さんの子供が、革命党派に誘拐されているのですから。ところが僕は、忠叔父さんに、警察権力の手引きをすることはできません、というような思いつきをいって、事実上、その出動の要請を禁じてしまった……

それならば、いま人垣をわけて忠叔父さんに近づき、電車の車掌をつうじて所轄の警察に連絡してもらうようにいうか？　しかし一方で僕の頭には、原さん、鳩山さん、森君の緊迫した対峙の様子がきざまれてもいるのです。かれらは対立しながらも力をつくして話合いをつらぬき、ひとつの現実的な方向を打開しようとしているのではないか？思想的にはことなる立場でも、かつ現に闘ってすらいても、それぞれにしっかりと自分の信念をかかげ議論している人たちを、自分のような者が警察に引きわたすようなことをしてはいけない。どうしても、それはいけないと感じる……

116

途中からはずっと各駅停車になってしまう夜の急行電車で、やっとのことで目的の駅に降り立った時、僕はまだ電車のなかでとらえられたジレンマのまま、なにか宙ぶらりんでいるようでした。電車の中は暖房と人いきれに暑いほどで、僕は背や胸にあらためて汗をかき、それでいてドアが開くたび悪寒に身ぶるいしたりもしていたのですが、いったんプラットフォームに降りると、頬や眼は吹きつける冷たい風に痛むのに、なお背や胸には新しい汗がにじむという、不思議な状態でした。ゲーム機械で「操作不能」というしるしの出てくる時感じるのに似た、頭と身体がバラバラになったような気分です。駅を出てすぐ、忠叔父さんは電気機具から熊手まで並べている古い建物の荒物屋に入って行きました。僕は戸外で待つうち、その宙ぶらりんの気分をさらに深めたのでした。忠叔父さんは、物干竿のように長く頑丈そうな棒を二本と、懐中電灯を五、六個も買い、すべてに電池を入れて点灯し、棒の一本にそれらをしっかり結わえつけて、表に出てきました。その懐中電灯をむすんだ棒ともう一本の棒を、二本そろえて肩の一方に担ぎ、忠叔父さんはすっかりビールの酔いがひいて暗がりでは青銅色にさえ見える顔で僕に合図をしました。

そこで僕が道案内をして歩き始めたわけですが、ある速さでしっかり歩く忠叔父さんと並んで進むのは、大学のヴェテランのオリエンテーリング選手にコーチされる時のようで、こちらが先に立ちながらも、つねにみちびかれているという気がしました。さらに自分の実力の上限まで現在の力を引きあげられているという感じでもありました。忠叔父さんは恐しいほどカンが良く、夜道ですが僕は一語も発する必要なしに、雪に自分の足跡の残っている河川敷を突っ切り、向うの斜面の、自分で雪を漕ぎ落した段々を登って、シンとした林の斜面へ上って行く間、すぐうしろについて来てくれたのでした。全体に登りの行程でありながら、さきに走りづめのようにして家へ向った時より、短いタイムで林に入っていったようにさえ感じたのですが、それは忠叔父さんの夜間行軍の能力と経験・技術に、僕がほとんど意識することなくコーチされていたせいだと思います。

いまいったような特別な仕方でではありますが、ともあれ僕が忠叔父さんを先導する役割をやりとげることができたのは、しかしお茶や椿の木のトンネルのすぐ手前まででした。ずっと耳のなかの血がジンジン鳴る音と、雪を踏む自分らの足音、そして忠叔父さんの担いでいる棒のふれあう音だけが聞えていた夜の林に、突然、大勢の者がドタドタ駈け廻る気配とドアか窓が叩き破られる音、つづいて怒声と悲鳴が大きく起ったのです。忠叔父さんは懐中電灯を結わえつけた棒ともう一本の棒を肩からおろすなり、身体の脇に斜めにあてがい、もの凄い勢いでトンネルに躍り込んで行きました。忠叔父さんのなにか叫ぶ声、そしてさらにドタドタ動き廻る音と、複数のクグモッた強い声。それからビュンビュン棒で風を切る音、人間の身体を殴っているにちがいない鈍い音に、ガチャガチャいう音。もみあうような気配。僕は懐中電灯をいつの間にか落してしまい、むしろそれらの物音を頼りに、映画基地の方へ進んで行ったのです。幾たびも立木の湿って冷たい幹にぶつかり、落ちてくる雪を頭にバサバサ受けて振りあおぐと、細い月がみがいた真鍮のように光っていました。

林を抜けて畑の空地へ出るところで、僕は鈴をつけた麻縄に足をとられぬように注意しましたが、誰かがすでに切り落したように麻縄の気配はなく、そこであらためて駈け出そうとして、僕は左斜め前方に、つまり三角旗を吊りさげた高い松の木を中心に樹立ちの深い方向へ、五、六人の人影が走り込んで行くのを見ました。むしろ雪の平面の上への、濃い月の光の影として。「事務所」は真暗でしたが、その前の地面にジグザグの方向へ向けていくつもの懐中電灯が光を投げています。忠叔父さんの棒の一本が落ちているわけです。

――忠叔父さん、忠叔父さん！　と僕は自分の耳にも子供の悲鳴のように聞える声をあげて、その懐中電灯の光の交差めがけて駈けよりました。

しかしそのあたりの雪の上には誰も居ず、返事もない。ハーハー息をつきながら、かじかんだ指で懐中電灯をひとつ、結わえてあった棒から外しました。それで照らしながら「事務所」に近づくと、はずれて斜めに開くかたちになっているドアの向うにこちらへ頭を向けて人が倒れています。もう一歩近づき、懐中電灯を向けると、倒れていたのは謹厳そうな青白い顔と大きい喉ぼとけを突き出している原さんでした。頭の周りにはドス黒い血の水たまりができていました。

その時、驚きと恐れで痺れた具合になっている僕に、地下壕の方から、喜びにおのののいている可愛らしい涙声が聞えてきたのです。

――ああ、忠叔父さんが助けに来てくれはった！　忠叔父さんが、また私を助けに来てくれはったよ！　ああ、忠叔父さん、忠叔父さん……

117

しばらくすると忠叔父さんはひとり地下壕から上って来て、ドアの壊された「事務所」の入口の前の、雪の上で腰をぬかした具合にしている僕を懐中電灯の光にとらえました。こちらを照らしつづけながら忠叔父さんが近づいて来るので、僕はなんとか立ちあがりましたが、身体じゅうが悪寒でガタガタし、まっすぐ立っているのがやっとで、口をきくこともできなかったのです。それでも淡い月の光のなかで、棒の一本を練達の武器のように片脇に支えた忠叔父さんが、頭の右脇を負傷している様子であることはわかりました。忠叔父さんはサッカーかラグビーの試合のあとの選手のような、解き放った体力の怪物をなおよくしずめていない荒あらしさの動作で、コートの衿をバッと開いて引きあげ、そこに頸筋をおしつけて流れる血を拭っていました。

つづいて忠叔父さんが、——オーちゃん、大丈夫か？　わしはへまをやってなあ、連中はモロに頭を狙って来るからね、ヤクザでもああはしないよ！　と大声でいったこと、続いて事情を簡単に説明してくれてから、僕に地下壕へ降りて、自分が地元の警察と連絡して戻って来るまで、ドアに鍵をかけ百恵さんの傍にいるようにといいおいていった、それらの言葉をほとんど上の空で聞き流すようであったと思います。

時がたって、警察の一行と忠叔父さんが戻って来た時、僕は百恵さんの隣りのベッドで——そこに横になった時、毛布はまだ原さんの体温で暖かく、まさにその理由でゾッとしました——自分にも不思議なほど、どうにも押えることのできない身体の震えを、歯が鳴って百恵さんに感づかれぬよう毛布を嚙みしめていたのでした。はじめ百恵さんは、時をおいては声をかけてきたのですが、僕は、原さんの死について百恵さんのインスピレーションにつたわることをいってしまうのじゃないかと恐れ、努力して黙っていたのです。そのうち百恵さんは僕が疲れきっているのだとあきらめて、——やっぱり忠叔父さんが助けに来てくれはった！　原さんも一緒に警察に行ったのやろう。タローを受けとりに行ったのやないやろか？　原さんでないと、本当にタローかどうか、わからへんものなあ!?　というようなひとり言をいうだけになったのでした。僕には百恵さんに元気をつけるよう、タロー君のことで慰めの言葉をかけるということさえできなかったのです。そしてそれには——自己弁護になりますが——発熱のせいもあった、といいたいとも思います。帰って来た忠叔父さんの声に、全身が湧きたつような安堵の震え声で答えて、百恵さんがドアを開けに行った時も——忠叔父さん、原さんはどうしたの、タローと一緒かなあ？　と百恵さんは無邪気なふうに尋ねていました——、自分がまず起きあがらねば、と思いながらわずかな身じろぎもできない感じで、明け方になり忠叔父さんが自分も負傷していながら僕を背負って山を降りてくれたことさえ、夢うつつの移動として覚えているだけの始末です。

忠叔父さんが警察へ連絡に行く前にしてくれた状況説明は、その時もう始まっていた発熱のせいで散漫だった頭で受けとめたかぎりでも、のちに新聞にも記事の出た、林のなかの映画基地の事件を、あの段階で正確に把握しているものでした。

地下壕で百恵さんの隣に寝ていた原さんは、一度だけ麻縄につけた鈴の音がしたのを——もしかしたらそれが、麻縄を切断する際の音だったかも知れないのですが——聞きつけて、地上に出て行った。その際、恐がって灯油ランプを消すことを拒んだ百恵さんに、自分が出たらドアに鍵をかけるようにともいった。原さんは森君の党派の襲撃隊が、「事務所」に寝ている鳩山さんを襲撃する可能性に思いあたり、救けに行こうとしたのだと思う。その前におそらく森君は姿を消しており——あるいはかれが麻縄を切っておおいたのか――、二段ベッドの片方の鳩山さんも、異常をさっして素早く林に逃げ込んでいた模様。そこでひとり「事務所」にいた原さんを、鳩山さんと誤認して、連中が襲いかかったのだ。いくつも懐中電灯をつけて、警察か反対党派の小隊のように見せて林を登って行ったわしらの接近に、襲撃隊があわててしまった、ということもあろう。わしは襲撃隊の逃げ遅れたやつをひとり捕えたが、仲間を取りかえしに戻って来た連中に襲われて、ヘマをしてしまった。原さんは、暗がりのなかであれ襲いかかって来る者らに、自分は原だと名のりさえすれば、襲撃をかわせたのではないか？　しかしそうしなかった、あるいはその暇もなかった模様だ。わしが地元の警察を連れて戻るまで、ここで見たものについては百恵さんにいわず、ただ力になってやっていてくれるように。襲撃隊が再度やってきても、地下壕の鉄扉はしっかりできている様子だから、外側から錠を叩き壊すこともできぬだろう。……

118

そしてこの夜、というより始発の電車が走り始めるまで、警察の宿直の部屋に寝かされていたのですから、翌朝ということになりますが、忠叔父さんに僕は成城学園前まで連れて帰ってもらいました。母に世話をやかれて自分のベッドに横たわった時、姉も脇に立って居たのですが、僕は恥かしげもなく涙をこぼし、――ああ、やっと帰って来た、帰るまで百年もかかるかと心配した！　と思いました。しかし、意識がなんとかはっきりしていたのはその瞬間までで、以後僕は高熱を出し、悪夢を見て譫言《うわごと》をいいつづけることになったのです。風邪に過労とショックで発熱したわけですが、それが引きがねとなって、小学四年の時にも血尿が出たことのある腎臓に、容易ならぬことが起っていたのでした。

僕の譫言《うわごと》は、ベッドの脇に集まっている――そうしているだけで熱の匂いがムンムンつたわって来たということです――両親や姉に、ほとんど意味のききとれぬものだったようですし、悪夢は熱に狂ったような頭のなかの出来事で、当然その内容は外側から読みとれたはずもありません。あとから姉にからかわれることになったヒントなら幾つか残してしまったのですが、熱におかしくなった肉体と意識は、一応平常時の自分のために面目を保ってくれた、という気がします。

しかし両親や姉の眼に、風がわりなふるまいとして、はっきりきざまれたことはありました。それは指を伸ばしてそろえた両掌を尖端が角をなすようにしてあわせ、ボートがへさきで波を切るように毛布のへりをしきりにこすり、またそれにあわせて頭を必死で動かしていた。しかもずっとそれを続けた、というのです。

――掌をあわせているものだから、祈っているのかと思ってね、ギョッとしたぜ、とのちに父はいったものでした。そのうちね、しかしこれは合掌しているのとはちがうと、気がついたんだよ。指の角度が六十度に開いていることが重要な様子だし、さかんにそれを右・左に動かして、毛布をこすっていたからね。しかしあれは、どういうことだったかね？

――こちらもはっきりとは見当がつかないね、と僕は夜昼つきっきりで看病してくれた父にそっけないことをいったのでしたが、じつは熱にうかされた頭の思いつめていたことならくっきりと記憶に残っていたのです。

父が正確に観察していたとおり、夢の論理では六十度の角度をつけて両掌をあわせていることが、もっとも重要なのでした。僕は自分が一個のモーターボートであり、またそれに乗っている人間でもある、と感じていたのです。僕は一所懸命に舵をとって、波頭を切り疾走していました。一瞬でも気をぬけば、大変なことになるのです。複雑に暗礁のいりくんでいる・難かしい水路を辿り、地獄へ行くか煉獄へ行くかの、まさに分岐点にさしかかっているように、夢のなかの僕は思いこんでいたのでした。

119

父は毎日、作家としての仕事を、少しずつでも続ける、という仕方の生活をしていますが、それにあわせて、ある期間——僕から見ると、ウンザリするほど永い期間——、ひとりの詩人か小説家を原典で読み、またおもに英語圏の学者による、その研究書を読んでいます。僕が中学生だった間は、ずっとウィリアム・ブレイクで、父が胸の上に赤鉛筆と書き込み用の黒い鉛筆・それに辞書を置き、寝そべってそれらの本を読む長椅子の上の書棚は、ブレイク関係ばかりでした。その頃、姉と僕はそろって breakfast のかわりに brakefast と答案に書く失敗をしたくらいです。

父はいつまでもブレイクを読んで暮すのだろう、と僕は思っていたわけですが、そのうち気がついてみると、居間の本棚はダンテ関係の本で埋まり始めていました。それから今日に到るまで、父はダンテとその研究書を読み続けています。夕食のテーブルで一杯飲むと——つまり、さらに飲んで自分のなかに閉じこもってしまう前に——、その日読んだ研究書の面白いエピソードを、母や姉、また僕に話そうとします。みんなが家事

や勉強で忙しいと、たいてい居間の絨毯に寝そべって作曲をしている兄に、なんとか話がつうじる言葉で説明して、

——面白いですね！ と返事してもらい、

——そうだろう？ 本当に面白いねえ！ と満足している始末です。

そのやり方で、父はある日、日本人の作家の仕事では、しばしば地獄と煉獄が混用されている、仏教は別として、キリスト教について語ったり書いたりしながら、煉獄のつもりで地獄という言葉を使っている、と批判的に書かれている本のことを紹介したのです。——この神学者のいっていることは、基本的なことのようだが、実際にそうだし、もっと高いレヴェルでも正しいね。頭では理解していても、つい別の方向に感じとってしまうんだよ。仏教的な先入見がしみこんでいるせいかね？

いまもこのように覚えているとおり、めずらしく興味をひかれて、僕はもっと詳しいことを話してもらいたい、といいました。そこでおおいに乗り気になった父から、ダンテの『神曲』を材料に話をしてもらったのです。決して救われることのない罪人の行く地獄と、自分の償いの努力・また自分のために祈ってくれる人たちの力で、ついには救われて天国に昇ることもできる、そのような罪人のための煉獄。そのふたつの定義を教えられたわけでした。

熱に頭をやられて恐ろしい夢に苦しんでいる僕に、なにより大切な問題としてそれがよみがえって来たのです。夢で誘拐されているのは、百恵さんでした。それも「キルプの軍団」が、まだ少女のような、つまり忠叔父さんのブロマイドの面影の百恵さんを別の、地下壕にさらって行き、裸にして取り巻いているのです。その上、なにか非常に恥かしいことをするようにと、百恵さんに強要する様子なのでした。そのうち特別に気がかりな人物がその中に入っている、大きい兵隊の人形が——キルプの部屋に置いてあったやつと同じものです——、それも生きている人間同様、眼は動き・口のなかに濡れた舌もあるやつが、新しく仲間に入ると、ヤットコやサスマタのようなもので、少女の百恵さんを嚇かして、ついにその恥かしいことをさせてしまい、連中は全身をガクガクさせて大笑いするのです。

僕は「キルプの軍団」から離れた所に立って見物している、というつもりでいたのですが、そのうちハッとするようにして気がついたことに、当の僕の脇には大きい兵隊の人形が置いてあるのです。つまり僕はそれまで人形の中に入って「キルプの軍団」と一緒にやっていたのであり、汗を拭うため、ちょっとの間、人形を脱いだだけ、というわけなのでした！

120

胸のなかがまっ黒になるような、この夢に続いて、自分の身体のモーターボートに自分で乗り込み、地獄と煉獄の間の海峡の、複雑な水路を走っている夢が来たのでした。自分は罪をおかした。地獄か煉獄か、どちらかに墜ちるほかにない状態は、もう動かすことができない。それならば、なんとかして煉獄に行きたい。それもいまここで、自分が走らせているモーターボートの運転をまちがえないならば、煉獄に辿りつく可能性はあるのだから、そうしたい。

ところが僕のモーターボートにくらべて、幾倍も排気量のあるエンジンの、大型ボートに乗り組んだ、「キルプの軍団」が追いかけているのです。かれらはすっかり酔っぱらって、笑ったり猥褻なあてこすりの身ぶりをしたりで、いまにも海に落ち込んでしまわんばかりの大騒ぎ。「キルプの軍団」としては、煉獄か地獄かということなど気に病んではおらず、ただ僕を追いつめて水路を混乱させようという日本人離れしたしつっこさの悪意だけで、ワイワイガヤガヤ追いかけてくるわけです。僕はスロットル・レバーをいっぱいに押し込み、両掌を六十度にあわせたへさきでこまかに進路を選びながら、なんとか煉獄への水路を離れないように必死なのです。……

しばらくあとから母に聞いたところでは、生命の危険こそないものの、そのままでは内臓に恢復不能のダメッジを受けることもありえたのでした。最悪の三日間が過ぎ、なんとかそこを乗り越えて、はじめて僕は正気の頭に戻ったのです。しかし、出来事を思い出すことができるようになった僕を待ちかまえていたのは、苦しい後悔の塊りでした。当然のことながら、発熱でおかしくなっていた間に、問題が解決されていたわけではない。胸をカキムシラレルような・みぞおちの奥がこわばって痛むような、この後悔に悩まされつづけるのならば、熱に浮かされて気が狂ったようになっていた状態が、まだ良かった、と思ったほどでした。

自分がめずらしく他のことを考えている、と気がつけば、その瞬間、心はまっすぐまたあのことに向ってしまう。あのことを一分間でも忘れていたい、とねがっていながら、僕はベッド脇に父がやって来ると、あのことのその後の成り行きを問い質さずにはいられないのでした。原さんは殺された。忠叔父さんが直後に判断したとおり、それは原さんがかつて属していた党派の襲撃隊による兇行だった。かれらとしては原さんに映画の仕事を持ち込んだ鳩山さんを——殺害はしないまでも——傷つけることによって、原・

鳩山の良い関係を壊し、原さんを対立党派から敵視されるところへ押し出すことを企画したのだ。森君とサッチャンは姿を消し、警察もまだその行方をつきとめていない。原さんを襲撃した犯人たちも、押さえられていない。しかしタロー君は翌日、無事保護された。サッチャンは、タロー君を実際に病院へ連れて行き、発熱の治療を受けさせていた。また精神科の専門医にも見てもらって、自閉症の心配はないといわれたむね、タロー君の外套の胸にメモをピンでとめていた。

忠叔父さんの行動には、やはり警察の内部の人間として不適当なところがあり、忠叔父さん自身、相当な処分を覚悟しているのらしい。

121

――あの日、忠叔父さんが所轄の警察に連絡するといわれたのに、僕が反対したから、原さんが死んだと思う、と僕はあらためてみぞおちの奥をギリギリやられる思いで父にいったのです。僕が、なんだか革命運動の側にいるような気持になって、手さぐりするような・自分に意味もよくわかっていない言葉で、反対したから……

忠叔父さんにいってしまった言葉を、父の前で繰りかえすことは、恥かしくてできなかったのでした。

——忠は四国の警察の人間だからね、静岡なり神奈川なりの警察が、それほどてっとり早く協力してくれただろうか？　実際に、殺人が行なわれてしまった、という段階でなら話がちがって来てもさ。それに、もしおれがきみの立場だったらね、原さん、鳩山さん、森君といった、成年に達している人間が、話合ってなにごとか決定しようとしている所へ、ただそれだけで警察が介入することは、やはり良くないといったと思うよ。忠もそこを反省して、百恵さんの身の上を心配する個人の資格で、あすこへ行って見ることにしたのじゃないか？　その点は忠自身、気持がすっきりしているようだよ。ただ、案内が必要だからといって、疲れているオーちゃんを引っぱり出したのは軽率だったと、そういっていたよ。

——原さんが、鳩山さんは逃げだした、自分は原だといってさえいたら……、と僕はもう百回も心のなかで繰りかえした後悔の言葉を口に出したのでした。

——そうだね、電気の設備も仮設してあったようだから、灯をつけてそこに座っているだけで良かったはずだね。原さんがそれをしなかった、人ちがいだと声をあげることもしなかったのは、やはり覚悟があってのことじゃないか？　そこまで立ち入ってきみが悔むことは、いまの気持として仕方のないことでも、第三者から見れば、責任の拡大しすぎだと思うがな。

父は僕に直接はいわなかったのですが、愛媛に帰った忠叔父さんの依頼で百恵さんに会いに行き、当座の住居について相談に乗ったようです。母には百恵さんから聞いた、次のような不思議な考え方をつたえた、ともいうのでした。

百恵さんにとって、原さんはこれまでつねに正しい判断をくだしてくれる人だった。今度のことも、自分は原だ、鳩山じゃないといえばよかったのに、そうしなかったのは、それだけの確信があったのだ。あのようにして鳩山さんのかわりに襲われることを望んでいたのだと思う。原さんのよく使った言葉でいうなら、自分を燔祭にささげたのだ。あの段になって、もういい、燔祭には別のものをささげよ、という声が天上から聞えたとしても、それにしたがうような人ではなかった。

原さんはこれまでの人生で、永いことうなされては苦しんでいた。あれほど毎晩のように苦しんでいながら、そのことで家族にアタラずにいられる人は、偉いと思う。原さんが、もうあのように苦しまないですむはずであるのを、そのことについては本当に良かったと思っている。原さんは、以前に人を殺したことがある者のように、夜になるとたびたびうなされて苦しんだのだ。

122

僕は母からこの話を聞きました。それをひとりで思いかえし続けるうち、今度は新しい恐ろしさにとりつかれたのです。僕も直接その口から聞いたとおり、原さんは、対立党派の人間をひとり殺せば、自分もまた死なねばならない、という考え方の人でした。そのように考える原さんが、実際に反対党派の人間を殺しに行った、という過去があるとすれば、それはなんと恐ろしいことだろう、と僕は思ったのです。しかもその後うされ続けてきた原さんが、今度は暗がりのなかで襲撃隊に身をさらし、黙って自分を襲わせようとする。金属パイプで殺されるまで殴らせて、決して人ちがいだとはいわない……

そのうち、僕はアッ！　と叫んでベッドに身体を起したのでした。この僕も、自分が忠叔父さんにいったことが原因で、原さんを殺させることになってしまったのです。つまり僕は、すでにひとりの人間を殺しているのです。そうである以上、原さんの考え方にしたがえば、誰かが自分を殺しに来ても、暗いなかで黙って殴られなければならない立場にいるわけなのです。

　隣りの書斎で仕事をしていた父が、深夜の僕のアッ！　という声に驚いて部屋を覗き、涙を流してグタグタになったままベッドに半身を起している僕を見つけました。

　――これは、おとりこみの所を、と父は冗談にしてしまう調子でいったのですが、僕がなおどうしようもなく涙を流し、ベソをかいた顔をかくしもしないので、これは容易なことじゃない、と感じたのだと思います。

　部屋に入って来ると、父は僕の机の前の椅子に置かれていた多種多様な品物を、充分に時間をかけて片づけてから、いったん向うむきに腰をおろし、椅子ごとグルリと回転して、僕に面と向かいました。そして、

　――どうもピンチのようだね、オーちゃん、といったのでした。もし、話せるようなことならば、話してみないかね。そうしたくなければ、退散するがね。

　かつてそのように感じたことはなかったと思えるほど、僕は心底アセッテしまう気分で、父が自分の部屋に帰ってしまっては困ると思ったのです。そして物理的な必要から、鼻水をさかんにグスグスやりつつ、原さんの死についての自分の責任のことを話したのでした。自分が誰かひとり殺したということは、自分もまた殺されて仕方のないことだ。むしろ進んでそうなるほかにないという、原さんの考え方は正しいと思う。あの人はそ

の正しさを行動で示したのだ……　まだ幼稚園の頃、家に遊びに来た友達がオモチャの解剖用メスで僕の眼を切るといい、こういうふうに涙を流すのを恥かしいとも思わず、夢中になって父に訴えたことがあったものでしたが。

——困ったなあ、オーちゃん、と僕が一応話し終えても、しばらく黙っていた後で、父はまるっきり悲しげな、つまり大人がベソをかくのは確かにこういうふうだろう、という表情でいいました。おれも原さんの考えとして、それは正しいと思うね。しかし、きみが原さんの考えを自身にひきつけて、これは自分の考えだ、とするならば、それは短絡ということになると思うよ。きみはこのところずっと苦しんで、論理的に考えつめてきたわけだから、これまで通りの仕方で、おれが正しくないといっても、きみは受けいれぬだろうがな？　そこでおれとしては、困ったなあ、というほかにないんだね。

母は父が考え込む時にする、こういう話し方を、複雑でまわりくどい、と非難することがあります。しかし僕には、この場合、父の言葉の進め方が、いちいちこちらの考え方にも筋みちを示してくれている、というふうに思えたのです。

——そうだね、本当に困ったよ、と僕は素直な気持になっていいました。

その結果、困った親子はじっとお互いの前の空気を見つめるようにして、黙り込んでいたのですが、父はなんとかひとつ元気を出そうとするように、あいかわらずベソをかいた顔に、憐れな感じの微笑を浮べて、こういうことをいったのでした。

――オーちゃん、きみがおれの性格と似ているところを持つならば、いま考えていることをきっかけに、ドンドン滅入り込んでゆくだろうとさ、わかっているんだよ。困ったね。しかしおれは、考えてみると、まだ若かった頃にはね、もうひとつの性格もあわせ持っていたね。なんとも暗く滅入り込んでいてもさ、時がたつと、当の課題が解決したわけではないのに、それにもかかわらず、元気になるんだね。そしてなんとか解決に向けて、対応するようになったんだよ。おれはきみに、そちらの楽天家の性格も、つたわっていればいいと思うがなあ。ともかくがんばってみてください。夜でない夜はない、ともいうじゃないか？

僕はひとりになってから、父のいいまちがいに気がついて、クスリと笑いました。つまりそういう自己恢復の力は、僕にもあったわけです。実際、この夜をさかいにして、僕がアッ！　と叫び声をあげてベッドに身体を起し・涙を流す、ということは二度となかったのでした。その自然な勢いでの、落ち込みからの恢復ということには、確かに楽天家の性格ということがあったかも知れませんが、父のみならず母や姉からの励ましの力も作用したと思います。母のつたえたところでは、兄も、

――オーちゃんは、このピンチをよく乗り越えるでしょうか？　大変心配でございま

す！　といっていたということなのでした。

123

こうした一日、その兄もいれて母と姉が僕のベッド脇で話し込んでいました。さきにも書きましたが、兄は養護学校に行っていた頃から始めたピアノを習う過程で、作曲をするようになっているのです。それぞれ短いけれども三十曲もある作品から選び、私家版で本にすることになり、準備が進んでいたのです。その現在の進み行き、というのがみんなの話題でした。ピアノ曲が中心ですが、フルートで演奏する曲もあり、兄を作曲にみちびいてくださった先生がもともと声楽科の卒業でいられることもあり、ピアノ曲のひとつを歌えるものにしよう、という案が出されたのです。どういう理由からか、兄は『卒業』というピアノ曲を、そのために使いたいと定めている、というのですが、それにあてる詩が問題なのでした。

——**私は詩が不得意でございます。どうしても、詩を書くことができません！**　と思い屈したように兄がいいつづけているので、母が僕に食事を運ぶ際に、兄の気持をまぎらせるつもりで二階へ連れて来る、ということだったのでしょう。

姉はおとなしい性格ですが、大学でも障害児のためのヴォランティア活動をしているくらいで、いつも兄の心をほぐすように、事態を展開する思いつきができる人です。

——それじゃ、光さん、みんなで卒業式のことを話してみようよ、と姉は提案したのでした。

もちろん兄の卒業式ですが、養護学校の高等部の、つまり兄として最後の卒業式には母も姉も参加しました。ひどく風が吹いて、花が揺れていたこと、それもはじめは桜の花としてみんなが思い出していたのですが、卒業式の日程からいって、桜じゃないと思う、と僕がいったため、ひとしきり母と姉の間に討論があり、コブシの花ということに落着きました。——**白い花が、たいへん揺れていました!** と兄も感情をこめていったのです。

養護学校で、ずっと徹君《とおる》という友達がいたことが思い出話になりました。兄も大柄な身体つきですが、徹君はさらに大男で、気圧の具合とか暑さ・寒さに影響されて体調が悪くなる時、同じような発作をかかえているふたりは、教室の隅にすくみこむようにして、じっと手を握りあっている、ということでした。

僕も見に行った学園祭で、兄は造作の立派な色白の顔がひきたつ金ピカの帽子をかぶり、かざりつけ沢山のガウンを着て——両方とも姉が作りました——、『アリババと五人の盗賊』という劇の主演をしました。浅黒く古武士のような顔だちの徹君は、全クラス集めても演劇をやることのできる人の数が少ないため、小編成となった盗賊団の団長でした。兄のアリババの家を訪れた団長を、マリコさんというダウン症の女の子の扮した召使いが、踊ってもてなすと見せかけて、斬り殺してしまいます。

心から恐縮した様子の兄の台詞、——**これはお客様になんということを!**

卒業式の始まる前、徹君のお母さん、僕の母、徹君、兄の四人が、お別れの挨拶をしていたのを思い出して、姉がこういう話をしました。

——徹君が、明日は早起きする? としきりに気にするので、徹君のお母さんが、これで卒業だから学校はもう終りよ、といわれたのね。すると、徹君が光さんに、不思議だなあ、といって、光さんも、不思議ですねえ、と答えたわ。それから徹君のお母さんが、うちの子は学校の外で誰か同級生に会っても、よくわからないのよ、と話されて、光さんが、僕だとわかるといいと思います! といったのね。

——**そうです! そう申しました!** と兄も思い出して、愉快そうに相槌を打ちました。

その時、僕にまったく仕様のない気まぐれの着想が湧いたのです。ふだんならば、

――よし、それはそれとして！　と自分で押さえることができたはずなのですが、まだ病気がなおりきっていず・全身に力が入らなくて、気分がフワフワしていたせいもあり、僕は思いつきをすぐ口に出してしまったのでした。

――『卒業』のための詩は、いま話していたことをまとめればいいんじゃないの？　光さんの曲を、ピアノで弾いて録音してくれれば、音符にあわせて僕がやってみるよ。

母も姉も面くらった様子で、はかばかしい反応は示さず、その時になって僕はベッドからもの凄い横目を、そのような彼女たちと、思いつきを発言してしまった自分自身とに向けた次第です。ところが兄は勢いこんで居間に降りて行き、すぐさまピアノの音を響かせ始めたのでした。姉はなお半信半疑ながら、僕の雑然とした机の上から――オーちゃんは、これまでの人生に出会ったものを全部ひと目で見渡せるようにしている、というのが日頃の姉の批評でしたが――、録音装置のついた「ウォークマン」を探して出て行きました。しだいに、思いつきを引きさげることのできぬ成り行きとなったわけです。僕がこれまで文芸的なものとして作ったことがあるのは、宿題で林間学校の思い出を歌によめといわれて、「夏の夜の　なれぬ寝床で　虫の音に　耳をすますや　尾瀬の林間」という短歌がひとつだけなのでしたが……

夕方までにはテープができあがり――兄は音楽について厳密主義なので、和音ひとつまちがえても全体をやりなおしたがり、姉の録音は大仕事だったそうです——、僕はピアノの音ひとつひとつに言葉をつけて行きました。なんとか三番まで歌詞を作り、カードに清書して、さて寝ようとすると午前二時になっていました。病気になってから、あのことを考えずそんなに長くなにごとかに没頭できたのは初めてで、自分でも驚いたのです。兄の楽譜と一緒に、自分の詩（？）をうつしておきたいと思います。

卒業　　大江光　作曲

一、今日で終りということ
　　不思議な気がするね　不思議さ

二、風が吹いてる　コブシがゆれてる
　　卒業だ　さよなら

三、いつかふたりが会ったら
　　ぼくだとわかるかな　きみだと

卒業

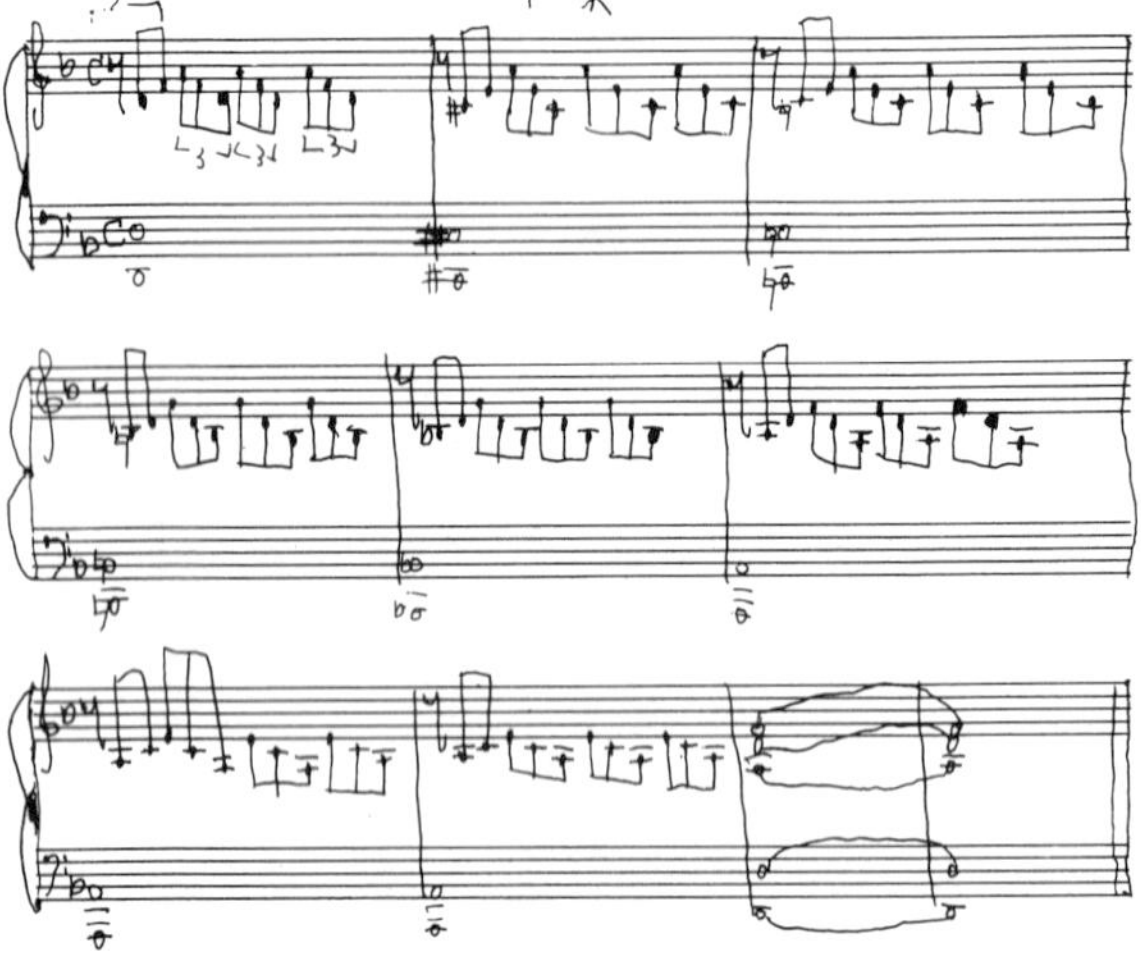

124

兄のメロディーにあわせて僕の書いた言葉を家族みんなが歌ったのでしたが、やはり自然な作られ方の歌、という感じじゃないのです。それでも、兄が正確な音程の小さな声で歌うと、澄みわたって清すがしい気持プラス悲しみが浮びあがるようでした。苦しい夢のなかで、なんとか地獄をまぬがれて煉獄に行きたいと、両掌でへさきを作り、一所懸命に動かしながら、そのためには、――新しい人間になりたい、これまでの性格は変えたい、と考えていた、その自分が変って行く方向と、この歌が感情的につながっているという気もしたのです。

父は時どき妙に誇張して面白がる人なのですが、――オーが詩を書くとはなあ、父親が純文学で息子が詩人じゃ、わが家の将来はきびしいね、とまんざら憂鬱そうでもなくいいました。

――本当にね、と母はあきらかに憂い顔で賛成したのです。

――いや、大丈夫。僕には詩人の才能はありませんから。これだけ作るのに、六時間もかかるようじゃ、生産性もなにもないですよ。やはり理科系に進学するつもりです。

父と母とは、いっせいにエッ！　という感じでこちらを見ました。僕が無視すると、かれらはもうなにもいわず、年甲斐もなく肩を組んで歌いながら階下へ降りて行ったのです。そういえば自分の、大学進学をやめてひとりで勉強し・蟄居《ちっきょ》するという将来のプログラムが、両親の懸案としてもあったわけだと、ずっと遠い過去の気がかりな思い出のように僕は感じたわけです。

今日で終りということ
不思議な気がするね　不思議さ
風が吹いてる　コブシがゆれてる
卒業だ　さよなら
いつかふたりが会ったら
ぼくだとわかるかな　きみだと

ひとりになってから、僕は自分でも『卒業』を歌ってみました。そして自分がやったことは、ピアノの音ですべて表現している兄の音楽を、言葉でなぞっただけだと思いました。また言葉でなぞるために、何回も何回も聞きなおしているうち、兄の音楽が僕を、治した、と感じもしたのでした。

実際、僕は翌日から起きだすことになり、病院にも歩いて出かけて、腎臓に原因のある危機をやっと乗り越えたこと、しかも今後に心配はなく、大学に入ってからオリエンテーリング部の活動を再開しても大丈夫、という診断を受けて帰ったのです。

125

これで僕としての「キルプの物語」は終りですが、ディケンズが小説の終りに（ちょっと長すぎるけど）愉快な後日談を加えるのに習って、いくつかのことを書きたしておきたいと思います。原さんが亡くなった後、百恵さんにとって頼りになる人はもう忠叔父さんだけ、ということになっていたはずですが、映画の計画が中止になったかわりに、鳩山さんが石井さんとねばり強く交渉し、百恵さんのために新しい生活のメドをたてたのでした。

石井さんの財団で、全国の小学校・中学校から希望をつのり、選ばれた学校に一輪車を寄付して、体育の時間の教材とする。それに乗る練習の講師として、財団から百恵さんが派遣される。そういう契約がむすばれたのです。計画の実施にあたっては、鳩山さんが百恵さんのマネージャーとして、派遣校のある地方へ旅してまわることになりました。僕の頭の片隅には、根拠なしに、原さんの死のあと、忠叔父さんと百恵さんが今まてよりさらに親しい関係になる、という空想があったのですが、そういう運びにはなりませんでした。しかし最初の一輪車寄贈校には、忠叔父さんが転任して行った警察署のある、父たちの生まれた森の、さらに辺地にある中学校が選ばれました。忠叔父さんは百恵さんが子供たちに一輪車を指導する授業を参観に行って、母あての手紙に報告して来ました。

父によると、忠叔父さんは子供の頃から並はずれて丈夫な頭蓋骨を持っていたということですが、頭の傷も皮膚が裂けただけで、骨は大丈夫だったのです。まず忠叔父さんは、あの打撃が脳にあたえた、良い効果のショックにより、この世のなかの風景や人物が新しい感じに見えるようになったし・見なれていたものも新しい魅力を持ってきたようだ、と書いていました。

《どういうものか、授業の前に自分が指名されて、全校児童に——といっても三十名にみたないのですが——訓示をやらされました。まったく内容のない話に冷汗をかいていると、児童たち全員の熱心そうな顔が、そろって右から左へ動くのです、あるゆっくりした速度で。ふりかえってみると、自分の立っている朝礼台とうしろの林の間の斜面を、野兎が一羽ノンビリ移動しているのでした。そんな雰囲気でしたが、いったん百恵さんが一輪車で走り出すと、野兎どころの話じゃなく、全員、魅了されました。自分はあらためて『ニコラス・ニックルビー』を思い出し、槍の柄の上に逆立ちしたCrummles氏が未来のCrummles夫人を見染めてつぶやくSuch grace, coupled with such dignity! という一行を思った次第です。まさに優美さと威厳の、なんというむすびつきだったことか！》

——忠叔父さんは、本当に可愛らしいねえ、百恵さんのことをどんなに大切に考えていられるか……

母は懐かしそうにこういってから急に口をつぐみ、手紙を大切にしまいこみました。僕が思ったのは、タロー君が、この辺地校の児童たちにはりあうつもりで、さかんに徒手体操の練習をしたにちがいない、ということです。その鼻の先を野兎が通ったならば、タロー君はどんなに驚いただろう。また面白がりもしたことだろうか…… 自閉症ではなかったことだし、そのうち児童たちの仲間に入って、一緒に遊ぶというような進み行きになっているかも知れない、と僕は考えたのでした。

さて、僕はあまり深い意味をもたせてというのではなく、さきに「キルプの物語」と書いたのでしたが、それはあの日の出来事を頂点とした僕の経験が、やはり忠叔父さんと、ネズミのようなかたちに見えるQuilpという活字を楽しみにしながら、毎朝『骨董屋』を読んだことに始まる、という気がするからです。僕にとっていちばん苦しかった経験の局面では、「キルプの軍団」に夜じゅう追いたてられ、嘲笑される、ということもあったからです。実際、僕はあれらの長い夜々、この世界はキルプのような悪意の人間の望むままなのだ、そういうところで苦しく生きるために、自分は生まれてきたのだ、と信じこんだのでした。いちばん最初に書いたとおり、『骨董屋』のキルプ自体には、親しい感情もいだいているのですから、話は混乱したものに受けとられるかも知れません。

実際、僕は兄の口調をまねて誰かに訴えかけたいくらいでした。――**それならばあの出来事の全体をつうじて、キルプの役廻りは誰のものだったでしょうか？　私にはぜんぜんわかりません！**

近頃、気がつくようになったのですが、僕がなんとか苦労してかかえこんでいる問題に、それも自力での乗り越えのヒントをあたえようとして、父が話しかけてくることがあります。あいかわらず、食事のあとで、ちょっと一緒にいる、というような時のことですが、ともかくそのひとつ。

——原さんは『虐げられし人びと』のネリーと『骨董屋』のネルとをむすんで、映画の構想を練っていたんだね。罪のない娘の死が媒介の役割をはたして、「罪のゆるし」がもたらされる。その主題を、映画ではどうあつかうつもりだったんだろう？　映画のヒロインは「百恵さん」だから、彼女の死が「罪のゆるし」を媒介する、ということだったかね？　しかし、映画の構想としても、「百恵さん」が殺される事故が生じて、それをきっかけに、新旧の活動家諸君が「罪のゆるし」を認めあい・和解するという成り行きは、むしろいちばん酷たらしいね。

——そうだね、現実にそうなっていたら、僕も自分を「キルプの軍団」のひとりのように感じたと思うよ、と僕はすこし考えてからいいました。

——きみはあの夜、忠のいいつけどおり、暗い地下壕で、百恵さんを守った。そのことを時どき思い出してみるといいよ。きみは「キルプの軍団」の一員じゃなかったんだ。

——つまり the comedy of the child's life にすぎなかったとしてもね、と僕は自分でもヤレヤレと思うくらい、素直な気持で答えたのでした。

——終——

読み・書くことの治癒力（あとがきにかえて）

大江健三郎

小説家として生きてくる間に、自分の生活の基本のトーンとして、歪みとまではいわぬまでも、かたよりのある態度ができあがっているのに気がつくことがあります。それは書くことが日々の仕事として大きい比率をなすのと並んで、読むことも積極的な位置を主張してくるからです。文学の研究者にとってもそれは同じはずだし、むしろ読むことはさらに大きいものだろうとも思いますが、小説家にとっては、読むことがあらためて書くこととも切実にからんでいるのです。

小説家の想像力において、書くことと読むことがどのように結びあっているかについて僕は評論を書きましたし、その結びあう現場を小説として報告することもしました。『キルプの軍団』はそのひとつですが、それら一連の仕事のなかでも特別な意味をあらわしているように思われます。『キルプの軍団』を書きながら、作中人物とともに私が再読したのはディケンズの小説で、それもとくに『骨董屋』でした。小説のタイトル自体、この小説のなかの"hemmed in by a legion of Quilps"という一節に由来しています。キルプは[kwilp]の日本式表記のつもりでした。

この作品であわせ読まれる小説は、ドストエフスキーの『虐げられし人びと』ですが、それも私は十九世紀の盛り沢山なストーリーと波瀾にみちた運命の物語として読んでいます。こうした読み方を二十世紀の小説としての書き方にあわせることで、後者にはなりたちにくい、こみいった物語性を加えたいと思ったのです。二十世紀の小説との対比といえば、これらの作家のうちディケンズにおいてそのちがいは顕著で、ドストエフスキーにはむしろ二十世紀の小説の直接の親としての性格――十九世紀の小説としては、たとえばトルストイの小説にくらべてハミ出したようなところ――があることを誰もが認めるはずです。

しかし仔細に読めば、ディケンズにもおなじ性格があることに気がついてきます。それはたとえば想像力の課題としてとらえることができるもので、『キルプの軍団』の人物たちはそこをめぐって話合いをするわけです。この性格はディケンズをドストエフスキーとつきあわせることで、さらに突出してきます。そうした点をこの小説の語り手の高校生に検討させるために、私はやはり作中、英文学の素人研究家《アマチュア》として描かれている父親の小説家が、息子へ方向づけの助言とともに研究書を提供してやる、という設定をしました。

父親があたえる本としては、ディケンズ研究のなかでもとくに規範的ではないものを選びました。研究者の特殊性やら思いこみやらの露呈されている本の方が、こうして小説のなかの一要素として生かすには面白いはず、と感じられたからです。研究書のひとつは、そのなかにドストエフスキーの『虐げられし人びと』を『骨董屋』と比較する章のあるもので、この試みは他にも見てきたけれど、とくに両者の十九世紀小説としてはハミ出している部分への、強い思い入れのある本。もうひとつは、十九世紀の民衆のエンターテインメントの背景のなかにディケンズをしっかりとすえつける独自な視点の本を選びました。

両者ともに、『骨董屋』だけに眼を限定することから読み手を自由にしてくれる点で、とくに文学ファンではない高校生がディケンズを読むためのサブ・テキストにふさわしいはずです。もっともそれを選んだ当の私がディケンズのまさに素人研究家《アマチュア》にすぎず、こうした研究書の選び方も狭い範囲からの思いつきの域を出ないことはいっておかなければなりません（“Dostoevsky’s Dickens” Loralee MacPike, George Prior Publishers. “Dickens and Popular Entertainment” Paul Schlicke, George Allen & Unwin）。

さて初版の出た直後、ある批評家と小説家の対話で『キルプの軍団』がとりあげられ、主人公の高校生が大学の助教授のようなディケンズ理解を示すのはおかしいのみならず、そうしたことを書くのは小説家の恥だ、という過激な批判がなされました。しかし高校生と周囲の人物とでディケンズを語るシーンはすべて、それぞれ丹念に読まれるなら、そこには——繰りかえしになりますが——とくに文学ファンではない少年の内面のリアリティーが読みとれるように書いてあるはず。父親の読書の習慣の、傍線や書き込みにたすけられ、さらに読み進む上での方向づけも直接あたえられ、少年はそれらの研究書を読むのです。当の父親はディケンズの素人研究家《アマチュア》にすぎません。わが国の今日の英文学の分野で「助教授」をふくむ専門家たちが、どのように高く・多岐にわたる研究の水準にあるかを思えば、さきの対話はむしろ無知と怠惰しか反映してはいないのではないかと憂えられます。

あわせて書いておけば、『キルプの軍団』のはじめに引いたディケンズのテキストの翻訳について、出版社からまわってきた教示の手紙がありました。あらかじめ私は、作中の高校生よりもこの小説の書き手自身の語学力不足をおもんぱかって、ディケンズを引用する場合、原文と翻訳とをひとくみにして提示する、というやり方を守りました。そこをはっきり見きわめての、ディケンズの研究者である地方の女性からの疑問提出であったわけです。

ディケンズを引けば、《for I felt that he was the comedy of the child's life.》私は次のように訳しています。《というのも、私はかれのことを、子供の暮しのコメディ版と感じとったからでした。》

手紙をくださった研究者は、the child's life を少女ネルの生活ととって、キットのことをネルの生活の気晴しと評価する文章だと解釈していられるのでした。私がこの手紙を読んで心底あわててしまい、幾日も考えあぐねたのは、当の部分の自分の翻訳が、つづいてのくだりのみならず、小説のしめくくりにも深く関わる一行であったからでした。つまりは私のやり方で翻訳するのでなければ、小説の構想の主要な部分が成立しないのです。

結局、自分では判定がつかぬままに、友人・知人の英文学の専門家に質問するのも、教示の主にアテツケがましい気がして、作中の忠叔父さんのモデルに長距離電話をかけることになったのでした。——わしも永年、兄さんのように読んでおったがなあ!? という頼りない返事。そこであらためて素人《アマチュア》研究家なりの頭のしぼり方をした後、この版でも最初のままに残すことにしています。しかし、すでにこの点について私の翻訳への疑いが専門研究者から示されていることを書いておくのがフェアであるように思うのです。

この小説の、主人公の高校生にとってと同様、さらにそれ以上に書き手の私にとって重要であったのが、「罪のゆるし」という主題でした。もうはるかな以前のことになりますが、広島・長崎の原爆被爆者の二世たちの一グループとつきあいがあった間、かれらが対立抗争する政治党派の一方に属していることを偶然に知りました。党派間のメムバーの殺し合いもふくむその対立の仕方に、私としては無力な疑問を呈しつづけたものです。いったん対立党派の人間を殺してしまえば、それをあえてした自分が相手の党派から殺されてしまうことを覚悟しなければならないのじゃないか、あらゆる政治的立場は相対的なものだと思うから、と私は主張して、その「子供じみた」考え方を一笑に付されもしたのです。

その際からずっと私のなかに残っているわだかまりが、具体的にこの「罪のゆるし」の主題と結びついて、『キルプの軍団』のプロットをかたちづくっています。しかし「罪のゆるし」の主題は、私にとってさらにも根本的なものであることをいわねばなりません。もともとこの言葉は、ブレイクをつうじて私にあらわれたのです。そのテキストにしばしば示されて、このヴィジョンにみちた詩人・画家のイエス・キリストをめぐる思想の核心をなしている“forgiveness of sin”という句の訳語として。したがってもともとキリスト教的な観念にほかならないのですが、ブレイクを媒介にすることで、オーソドックスな定義からはまた別のものとして、私はそれを受けとめてきました。私のように信仰を持たぬ人間には、あらゆる宗教の厳しい教理からハミ出しているところこそ、その神秘的な深さに向けてなんとか眼を向けるための手がかりとして、切実な意味を持っているのです。自分が「罪のゆるし」という手がかりにどうすがりついたかは、『新しい人よ眼ざめよ』や『人生の親戚』という小説に書いてきました。その意味では、『キルプの軍団』はそれらの小説群の一環をなすものでもあります。

しかしこの小説では、いわば人類の課題といっていいこの大きい主題について、私はそれを主人公の高校生にかれなりの解釈をさせたいとは思いませんでした。ニア・ミスという航空用語が一般的にも使われていますが、少年をして当の大きい主題へのニア・ミスを経験させるにとどめました。やがてかれの生涯のうちで、当の経験の真の意味を自力で問いつめてゆくことにもなろう、と主人公の少年のかたわらに立って私はいいたいのです。

少年が苦しい経験をし、なんとかそれを乗り越えもした、そしてある安息の思いとともに新しい展望がかれのものになった、その点では、これは文化人類学でいう通過儀礼《イニシエイション》の小説だということもできるでしょう。そして私はとくに少年が耐えしのばねばならなかった苦しい患い――それは精神的なものであり、かつ肉体的なものでもある――からの恢復、みずからの癒しということを書きたかったのでした。

しかも主人公の高校生が、現実世界において苦しい葛藤のなかに自分を追い込んでしまう過程の背後には、ディケンズの小説を読むことがあるわけです。ディケンズの『骨董屋』を読みつづけていることで、それら現実の出来事を内面化することはできたが、かえってそのために現実プラス内面の苦しみを担い込んでしまうことにもなった。自分を葛藤の深みへ追いつめてゆくということは、つまりその解決の前段階をなす行為でもあるのですから、少年はディケンズを読むことで自分を危機に追いやり、かつはそうすることで自分を恢復させ・癒す準備をした、ともいいうるでしょう。

さらに少年は、障害を持っている兄の作る音楽を聴いて、それを歌とするために言葉を書こうと努力するのですが、かれ自身、ある時期を過ぎて、精神的にも肉体的にも危機を通過しおえた時、《兄の音楽が僕を治した》、と認めるのです。私はこの健気な少年に対して、確かにそれはそうであったけれども、きみが自分の兄の音楽のために言葉を書いた、それを書くこと自体がきみ自身を治した、ともいってやりたい気がします。

小説の作り方からいえば、語り手である少年が『キルプの軍団』という小説を書いている、という仕組でもあるわけで、つまりかれが自分自身を治す行為は、この物語の全体を書くことによってなしとげられた、という二重の作り方にもなっています。そして実際にこの物語を書いた小説家としていえば、私は『キルプの軍団』という、危機とそこからの恢復の物語を少年の声をとおして書くことで、ほかならぬ自分自身を癒すことをもめざしていた、そのためにこうしたナイーヴな語り口をこの小説で必要としたのだ、と認めねばならぬようにも感じるのです。

むしろこれは一般的な読み手に対しての解説というより、潜在的な新しい書き手へあてたメッセージとなりますが、私はこの小説を書いた後、今度はひとりの娘のやはりナイーヴな語り口を設定することで、『治療塔』と『静かな生活』というふたつの作品を書くことになりました。そして小説家＝私という一人称の語り方では達成できなかった、さらに端的な自己批評と、それを通しての自分自身の癒しを経験することができたようにも思っています。

小説を読み・書くことの癒しの力ということを、表層のすぐ下に見えるもうひとつの主題とした『キルプの軍団』をあらためて検討して思うのは、私たちが二十世紀の小説においてそのあきらかな衰退を見ている、十九世紀の小説にはまだあきらかだった特質のことです。さきのマクパイク女史は、晩年のドストエフスキーが、疲れて心理的窮境にある自分をなごましめ喜びをあたえてくれる作家として、ディケンズほどの人はいないと語るのを聞いた、ある婦人の回想を引用していました。

そのディケンズはもとよりのこと、ドストエフスキーの苦渋にみちた小説すらからも、われわれは確実な癒し・治癒力の働きかけを繰りかえし経験してきたのではないか？　二十世紀の小説は、もとより偉大な例外はあるのであれ、人間の精神とそれにふかく結びついた肉体の病いを癒すという目的を、あらかじめ放棄しているのではないか？　それをかえりみるべき時が、それも書き手・読み手ともに追いつめられての切実な気持でなさねばならぬ時が近づいているように思われます。

解説

小野正嗣

『キルプの軍団』は、大江健三郎の膨大な作品群のなかでは、もしかすると代表作とは言えないかもしれない。しかし、大江健三郎という作家が、書くこと・読むことを通してどのように生きてきたかを知りたいと思う者にとって、そして何よりも、この作家を通して人が文学を経験するとはどういうことなのかを切実に考えたい者にとっては、この作品は、作家がトレードマークとなったあの丸眼鏡の向こうから、僕たち読者の一人ひとりをまっすぐ見つめながら、すっと差し出してくれた贈り物《ギフト》のような作品である。

キルプ？　耳慣れない名前である。これは一九世紀イギリスの文豪チャールズ・ディケンズの長篇小説『骨董屋』に登場する人物の名前である。強欲で狡猾な高利貸しキルプは、主人公の少女ネルの祖父から借金のかたに骨董屋を奪い取り、そのためにネルは祖父とともに放浪の旅に出ることになる……。しかし、どうして「軍団」なのか。キルプは、ディケンズのこの小説においては一人しか存在しない。キルプ的な人物が多数登場するのだろうか。あるいは、その人物がなんらかの組織のようなものを率いているのか。タイトルからして読者の好奇心はかき立てられる。

大江健三郎はある時期から自身の家族をモデルにして小説を書いてきた。多くの場合、語り手は作家である。彼は愛媛県の山深い谷間の村の出身で、いまは東京の閑静な住宅街に妻と三人の子供とともに暮らしている。つまり、作家大江健三郎の等身大の分身である。彼の生活の根幹をなすのは、もちろん小説を書くことであり、同時に本を読むことだ。彼の一見穏やかな生活においては、誰にとっても生きるということがそうであるように、実にさまざまな事件が起きる。それが作家にもたらす苦境を、彼は愛する家族、およびそのとき読んでいる文学作品の二つを支えにして切り抜けていく。これが大江作品の基本的な構造である。

本作ではどうだろう？　この構造は維持されているものの、語り手は作家ではなく、その次男、「オーちゃん」と周囲から呼ばれる高校二年生の男子である。彼はオリエンテーリング部の活動に熱心に取り組む一方で、どのような進路を目指すか高校生らしい悩みも抱えている。その彼の家に、父の弟の「忠叔父さん」――愛媛県警の暴力犯係の刑事――が滞在することになる。この叔父はディケンズの愛読者であり、その手ほどきを受けて、オーちゃんはディケンズの『骨董屋』を原文で読み始めるのである。

　暴力犯担当の刑事と、そろそろ受験勉強に本腰を入れなければならない高校生が、なんとディケンズを原文で読む！　そこにリアリティーを感じられるかどうかは読者次第だが、ここにはいかにも大江健三郎らしい読書の理想郷が描き出されている。読書は誰にでも開かれている。読む人がどんなバックグラウンドを持っていようが、その本がたとえ外国語で書かれていようが関係ない。ある本に強く興味を惹かれたとき、かりに自分に限られた手段しかなくとも、熱意さえあれば、そして時間と労力をかけることを惜しまなければ、どのような本であってもみずからの人生に引きつけながら読むことができるし、何かを得ることができる――作家自身のそうした信念が吐露されているように見える。

　小説の登場人物たちの言葉を通じて、大江健三郎は自分自身の読書術の一端をかいま見せてくれる。「辞書はひかないで、言葉ひとつひとつというよりは文章の一節ずつを、意味を想像するようにもして読め、しかもまるっきりわからぬ一節があったら、そこに立ちどまって幾度も読め、そうしなければ続き具合がよくわからなくなって、興味がつながらないから」とか、まずは一定の長さを「音読し」、わからないところは「後で辞書をていねいに引いて考える」とか、読みながら、大切だと思われたり関心を引かれたりしたところを「赤線」で囲み、その部分に「鉛筆」で書き込みをしながら、じっくり考えてみるとか、かなり具体的な説明がなされてもいる。忠叔父さんや作家である父親がオーちゃんに指南するこのような読み方は、外国語で書かれた文章だけではなく、日本語で書かれた作品を読む際にも、目の前にあるテクストの内容を正確に把握し、その文章表現の特性を理解する上で、きわめて有効な方法だろう。

さて、大江健三郎の小説の面白さのひとつは、このように登場人物たちが決まって読書する人であるということだ。そして、彼ら・彼女らは自分の身に降りかかってくる出来事の意味を、自分がそのとき読んでいる小説を通じて把握しようとする。本作でもそれは変わらない。物語の展開をふり返ってみよう。主人公オーちゃんが敬愛する忠叔父さんには、昔からなにかと気にかけ、手助けしてきた年下の友人がいる。「百恵さん」という、サーカスで一輪車乗りをやってきた旅芸人の女性である。彼女は、「原さん」という映画作家と結婚し、「タローちゃん」という男の子を授かるが、原さんには映画を作るために負った借金があり、それで一家は借金取りから逃れるために身を隠さなければならない状況に追いこまれている。しかし、原さんは彼の前作を評価する文化財団より資金を獲得し、ついに長年来の夢であった劇映画を作ることができるようになる。そして、人目を避けるように暮らしていた山奥の住居を「映画基地」として、百恵さんを主演とする映画を撮る準備を始める。原さんには学生運動に深くコミットした過去があり、彼を理論的指導者として再び運動のなかに取り込もうともくろむ者らがいる。原さんの身に、つまりはその家族である百恵さんとタローちゃんの身にも何かが起ころうとしている。オーちゃんは忠叔父さんの意向を受け、自身の家族にバックアップされながら、百恵さん一家の幸福のために力を尽くそうとする……。その際、オーちゃんと忠叔父さんは、自分たちや百恵さんの置かれた状況を、そのつど『骨董屋』やドストエフスキーの『虐げられし人びと』のさまざまな場面を参照することで理解しようとするのである。

このような読書と人生の相互作用のほかにも、本書は大江健三郎的なモチーフに貫かれている。学生運動に深く関わり、その過去から逃れられない者たちがいる。そして彼らは、「映画基地」と呼ばれる擬似的な共同体(他の作品では「根拠地」と呼ばれたりするだろう)を作り、文化的な創造を通して、新しい生のありようを模索するのである。

百恵さんというヒロインは、大江健三郎的な「書き方」を考える上でとても興味深い。夫である原さんの才能と愛情を信じ、彼に付き従って全国を旅する彼女は一見、受動的に見える。しかし、ドキュメンタリーばかりを手がけてきた原さんがついに撮ることになる長篇劇映画の「主演」は、ほかならぬ百恵さんなのである。日本のいろんな場所でどんなときも――妊娠しているときも、生まれたタローちゃんを抱きながらも――一輪車に乗ってきた百恵さん。

彼女がサーカス団の一員だったことは見逃せない事実である。作中、オーちゃんは父の勧めで、ディケンズについての研究書に目を通す。そこでは『骨董屋』のキルプは、サーカスや見世物などの大衆的娯楽の伝統と結びつけて解釈され、背が極端に小さく、容姿の醜いこの悪漢はフリークショーに出てきそうな人物とされている。そして、『キルプの軍団』a legion of Quilpsという不思議なタイトルが、Paul Schlickeというイギリスの学者が書いたこの研究書の記述に由来することは、本書の85章からも窺える。

そもそも大江健三郎はサーカス的な前近代性にノスタルジーを持つ――それが言い過ぎなら深い関心を寄せてきた――作家である。本作の一輪車に乗り続ける百恵さんや奇妙な動作で体操をする幼児のタローちゃんもそうだが、大江健三郎の作品には、そのたたずまいや生き方が実に風変わりな登場人物たちがたびたび登場することは思い出してもよいかもしれない(それはおそらくこの作家が、奇矯さと哄笑に満ちた作品で知られるフランス・ルネサンスの巨人フランソワ・ラブレーの研究者・翻訳者であった渡辺一夫の弟子であったことと無関係ではないだろう)。

サーカス的な見世物が、おそらくサーカスを見たことのない人にとっても、ある種のノスタルジーを呼び覚ますのはどうしてなのか。おそらくサーカスや旅芸人というものが、すでに過ぎ去ってしまった時代の淡いオーラを漂わせているからだ。その記憶にはつねに喜びと恐怖、いかがわしさが同居している。明るさと暗さが説明しがたく混じりあうこの光景は、かりにサーカスを経験したことがなくとも、僕たちの子供時代の記憶の風景そのものではないか。

そういえば『取り替え子』『憂い顔の童子』『二百年の子供』といった晩年作品のタイトルにも明らかなように、大江健三郎にとって「子供」は、決定的に重要なモチーフである。たとえばフランスの作曲家モーリス・ラヴェルの作品には、つねにどこか「子供的なもの」——無邪気であるが、切なさや悲しさが漂い、死の影も帯びている——が感じられるが、まるで魅入られたかのように「子供」という主題から離れられない創作者がいる。大江健三郎は間違いなくそのひとりだ。

人間の子供を特徴づけるもの——それは圧倒的な無力さである。子供は、とりわけ乳幼児はひとりでは生きられない。絶対に他者の注意とサポートを必要とする。多くの哺乳類は生まれ落ちてすぐに立ちあがり、乳を探す。しかし人間の子供はそうはいかない。生まれたときに、差し出される他者の手がなければ生きることはできない。

この他者からの配慮と支えを必要とし、いとも簡単に傷つけられ損ねられるか弱き存在としての人間、つまり「子供なるもの」に、大江健三郎が引き寄せられるのは、彼の長男が脳に障害をもって生まれてきたという事実と無関係ではないだろう。作家自身が明言しているように、この長男と共生する家族の姿こそ、作家がおのれの文学の中心的な主題として書き続けてきたものだ。本書で、百恵さんはつねに子供を「いつか誰かに取上げられてしまうと、それを確信して・恐れている」のだが、この恐れをつねに感じながら生きてきたのは、彼女ではなく、作家その人であるような気がしてならない。

百恵さんの夫である原さんは若いころから「祈り」ということについて考えてきた人である。本書を読むかぎりでは、その祈りの内実は具体的に示されていない。ただ彼はずっと「世界の悪というか、悪意というか、そういうものが突出してきて、自分を取り囲んでいる」と感じてきた人である。そして友人の「鳩山さん」は、百恵さんをこう形容する。「子供が奪われるかも知れないと、恐れて生きてきて、しかもこんな所できみと子供と三人隠れて住む暮しをずっと続けてきたんだね。辛かっただろうね。百恵さんは、えらいねえ」。感傷的すぎると言われるかもしれないが、ここには作家大江健三郎がその妻に対して抱いている感謝とねぎらいの念——「辛かっただろうね」——が無意識のうちに書きこまれているように思えてならない。いずれにせよ、信仰を持たない原さんは、自分の家族を取り囲む悪意から自分たちを守ってほしいと、「神に向けてというより、もっと漠然としたものへ祈る」のである。

ここで、長篇劇映画を作ろうとしている映画監督の原さんと、この小説を書いている作家大江健三郎を重ねあわせないのはむずかしい。百恵さんを主演とする映画は、原さんの「祈り」が具体的なかたちを取ったものだ。その映画においては、旧約聖書のアブラハムとイサクの逸話を下書きにして、主人公の百恵さんが同じような運命を背負わされることが構想されている。アブラハムは息子イサクを殺せと命じた神の言葉に従おうとする。しかし最後の最後で神はアブラハムを制止する。同様に、百恵さんはついに子供を奪われ、「あきらめる決意」(つまり子供の命をあきらめるということだろう)をする。しかし、そうなった時点で、「許される」――。

アブラハムの場合、彼は神にその信仰心を試されている。では百恵さんはいったい何を試されているのか。「許される」とあるが、そもそも百恵さんが、許されなければならないような罪を犯したことがあっただろうか。

タローの身に思わぬ災厄が降りかかるとき、それまで夫を信じる従順な妻であった百恵さんが豹変したかのように原さんをなじる。その叫びは悲痛である。「原さんは、タローが神様のいけにえになるというようなことを考えておったでしょう? 私にはタローしか、本当の身よりはないのやよ! いけにえにはさせないよ!」

アブラハムは実際には息子を殺したのだと考えるイギリスの詩人オーウェンの解釈を原さんから聞かされているがゆえ、百恵さんは夫の無意識の欲望を感じ取っているにちがいない。アブラハムとイサクの逸話に着想を得ている以上、原さんが息子を「いけにえ」にする映画を作ろうとしていたのは事実である。そして彼はおそらく、息子を「いけにえ」にすることによってしか物語映画を構想しえなかったのだ。

もしも原さんと大江健三郎を重ね、前者の創作者としての姿勢に後者のそれのなにがしかが投影されていると信じるなら、大江健三郎には次のような自覚があったのではないか——小説を書くという行為は、息子を、そしてそれを通じて家族を「いけにえ」にすることに等しい。

大江健三郎が自分の家族を主題にして小説を書くことを決意した作家であることを思えば、そのような理解の仕方が荒唐無稽だとは思われない。『治療塔』やあの素晴らしい短篇「静かな生活」では、作家の長女をモデルとする若い女性が語り手となっていたように、本書は次男をモデルとする男子高校生の声で語られている。このように具体的なモデルがいる場合に、この長女と次男が作家の豊かな想像力によって現実とはずいぶん異なる人物になっているとしても、そこに他者の声を奪い、他者におのれの思考や感情を語らせてしまう危険がつねにつきまとうことに変わりはない（本書ではゴチック体になっている長男の言葉については、基本的に彼が現実に言ったことがそのまま書きつけられているようだ)。家族だからといって、いくらフィクションの枠組みのなかであれ、その気持ちや感情を自由に語ることにはつねにためらいと倫理的な自問が伴うはずだ。だから、作家がその家族を書くとは、家族を犠牲にして物語を創出することでもある。

もしも大江健三郎にとって、書くことが、「世界の悪」あるいは「悪」そのものを減じ、遠ざけるために、芸術あるいは文学という「漠然としたもの」に向かって「祈る」行為なのだとしたら、その祈りは、本作の原さんの場合と同じように、逆説的にも、彼がいちばん愛する家族を「いけにえ」に捧げることによってしか成立しえない。しかも、その祈りが聞き届けられるかどうか確証は持てない。

小説を書くことに生涯を捧げ、しかもケアを必要とする子供と共生することで、作家が現実に生きる世界の領域が限定されてしまうのは仕方のないことだ。だから、想像力を豊かに広げていくために作家はひたすら読書をする。大江健三郎のような素晴らしい読み手であれば、書く小説において、作家の現実世界と、そのとき集中して読んでいる文学作品の世界とが、浸透しあい混じりあうのは当然だ。

しかし、作家が彼の創造するフィクションの世界においてまでも、物語の主要な舞台をつねに彼の家族に設定することは、きわめて危険な試みでもある。みずからの文学的な達成のために書き続けることが、その大切な家族を犠牲にし続けることになってしまうからである。それはやはり「罪」ではないだろうか。そして、そのような厳しい自覚が作家にあるからこそ、現時点での最後の長篇小説『晩年様式集《イン・レイト・スタイル》』において、作家は彼がこれまでその口を借りて——言葉を奪って——語ってきた女性たちに彼自身の仕事の総体を批判させ、いわば自分自身から家族を守ろうとする。まるでおのれの「罪」をあがなおうとするかのように。だが、その批判もまた、告発する女性人物たちの声を通して——またもや言葉を奪って——語られる以上、作家はこの「罪」から逃れられない。

本書においても、この「罪」をくり返すことになるとわかっていても、作家はやはり最後に、オーちゃんに次のように語らせずにはいられない。オーちゃんは彼自身の経験を振りかえって言う。「さて、僕はあまり深い意味をもたせてというのではなく、さきに「キルプの物語」と書いたのでしたが、それはあの日の出来事を頂点とした僕の経験が、やはり忠叔父さんと、ネズミのようなかたちに見えるQuilpという活字を楽しみにしながら、毎朝『骨董屋』を読んだことに始まる、という気がするからです。僕にとっていちばん苦しかった経験の局面では、「キルプの軍団」に夜じゅう追いたてられ、嘲笑される、ということもあったからです。実際、僕はあれらの長い夜々、この世界はキルプのような悪意の人間の望むままなのだ、そういうところで苦しく生きるために、自分は生まれてきたのだ、と信じこんだのでした」。オーちゃんが小説の登場人物であることを思い出せば、いったい誰が彼にそのような苦境をくぐり抜けさせなければならなかったかは言うまでもない。オーちゃんは兄の言葉を真似して――兄と一体になって――こう発する。

――それならばあの出来事の全体をつうじて、キルプの役廻りは誰のものだったでしょうか？　私にはぜんぜんわかりません！

しかし、この「悪意の人間」の「役廻り」を引き受けたのは、僕には作家その人なのではないかと思われてならない。ここでも、作家は息子の声を借りて、彼になり代わって物語を紡ぐ自分を批判しているかのようだ……。

それでは、息子たちを、娘を、妻を通して、つまり家族を通して物語を書き続けるかぎり、作家に「ゆるし」がもたらされることは決してないのだろうか。

いや、そうではない。「ゆるし」も「救い」もつねにすでにもたらされている。この小説『キルプの軍団』がこうしていま僕たちのもとに届いているとはどういうことなのか。それは、対象として、登場人物として、いわば一方的に書かれている当の「家族」がそのことを、主体的に認め、ゆるやかに受容し、むしろ作家に――夫に、父に――書き続けるよう励ましていることの証しにほかならない。

書くことが「罪」であり、同時に「ゆるし」でもあること――『キルプの軍団』を、つまり大江健三郎を読むとは、小説のなかに書きこまれたこの「家族」の「やさしさ」に作家とともに包みこまれることなのだ。大江健三郎を読み続けているときに、ふと何か大きなものにゆるされるような、恩寵と呼びたくなるような瞬間が訪れるのは、きっとそのせいなのだ。

二〇一八年四月

〔編集付記〕

本書は、岩波書店から単行本として一九八八年に刊行後、一九九〇年に同社の同時代ライブラリーに収録され、二〇〇七年には講談社文庫に収められた。今回の岩波文庫化にあたっては、講談社文庫版を底本としたが、それに加えて作者による加筆修訂が施されている。また、作者によるあとがきは同時代ライブラリー版に収録したものを再掲し、小野正嗣氏による新たな解説を付した。

（岩波文庫編集部）

キルプの軍団《ぐんだん》

2018年5月16日　第1刷発行
2023年4月14日　第2刷発行

作　者　大江健三郎《おおえけんざぶろう》

発行者　坂本政謙

発行所　株式会社　岩波書店
〒101-8002 東京都千代田区一ツ橋2-5-5

案内 03-5210-4000　営業部 03-5210-4111
文庫編集部 03-5210-4051
https://www.iwanami.co.jp/

印刷・精興社　製本・中永製本

ISBN 978-4-00-311973-0　　Printed in Japan

読書子に寄す

――岩波文庫発刊に際して――

岩波茂雄

真理は万人によって求められることを自ら欲し、芸術は万人によって愛されることを自ら望む。かつては民を愚昧ならしめるために学芸が最も狭き堂宇に閉鎖されたことがあった。今や知識と美とを特権階級の独占より奪い返すことはつねに進取的なる民衆の切実なる要求である。岩波文庫はこの要求に応じそれに励まされて生まれた。それは生命ある不朽の書を少数者の書斎と研究室とより解放して街頭にくまなく立たしめ民衆に伍せしめるであろう。近時大量生産予約出版の流行を見る。その広告宣伝の狂態はしばらくおくも、後代にのこすと誇称する全集がその編集に万全の用意をなしたるか。千古の典籍の翻訳企図に敬虔の態度を欠かざりしか。さらに分売を許さず読者を繫縛して数十冊を強うるがごとき、はたしてその揚言する学芸解放のゆえんなりや。吾人は天下の名士の声に和してこれを推挙するに躊躇するものである。このときにあたって、岩波書店は自己の責務のいよいよ重大なるを思い、従来の方針の徹底を期するため、すでに十数年以前より志して来た計画を慎重審議この際断然実行することにした。吾人は範をかのレクラム文庫にとり、古今東西にわたって文芸・哲学・社会科学・自然科学等種類のいかんを問わず、いやしくも万人の必読すべき真に古典的価値ある書をきわめて簡易なる形式において逐次刊行し、あらゆる人間に須要なる生活向上の資料、生活批判の原理を提供せんと欲する。この文庫は予約出版の方法を排したるがゆえに、読者は自己の欲する時に自己の欲する書物を各個に自由に選択することができる。携帯に便にして価格の低きを最主とするがゆえに、外観を顧みざるも内容に至っては厳選最も力を尽くし、従来の岩波出版物の特色をますます発揮せしめようとする。この計画たるや世間の一時の投機的なるものと異なり、永遠の事業として吾人は微力を傾倒し、あらゆる犠牲を忍んで今後永久に継続発展せしめ、もって文庫の使命を遺憾なく果たさしめることを期する。芸術を愛し知識を求むる士の自ら進んでこの挙に参加し、希望と忠言とを寄せられることは吾人の熱望するところである。その性質上経済的には最も困難多きこの事業にあえて当たらんとする吾人の志を諒として、その達成のため世の読書子とのうるわしき共同を期待する。

昭和二年七月

《日本文学(現代)》〔緑〕

怪談 牡丹燈籠	三遊亭円朝
真景累ヶ淵	三遊亭円朝
小説神髄	坪内逍遥
当世書生気質	坪内逍遥
ウィタ・セクスアリス	森鷗外
青年	森鷗外
阿部一族 他二篇	森鷗外
山椒大夫・高瀬舟 他四篇	森鷗外
渋江抽斎	森鷗外
舞姫・うたかたの記 他三篇	森鷗外
鷗外随筆集	千葉俊二編
森鷗外 椋鳥通信 全三冊	池内紀編注
浮雲	二葉亭四迷 十川信介校注
野菊の墓 他四篇	伊藤左千夫
吾輩は猫である	夏目漱石
坊っちゃん	夏目漱石
草枕	夏目漱石
虞美人草	夏目漱石
三四郎	夏目漱石
それから	夏目漱石
門	夏目漱石
彼岸過迄	夏目漱石
漱石文芸論集	磯田光一編
行人	夏目漱石
こころ	夏目漱石
硝子戸の中	夏目漱石
道草	夏目漱石
明暗	夏目漱石
思い出す事など 他七篇	夏目漱石
文学評論 全二冊	夏目漱石
夢十夜 他二篇	夏目漱石
漱石文明論集	三好行雄編
倫敦塔・幻影の盾 他五篇	夏目漱石
漱石日記	平岡敏夫編
漱石書簡集	三好行雄編
漱石俳句集	坪内稔典編
漱石・子規往復書簡集	和田茂樹編
文学論 全二冊	夏目漱石
坑夫	夏目漱石
漱石紀行文集	藤井淑禎編
二百十日・野分	夏目漱石
五重塔	幸田露伴
努力論	幸田露伴
渋沢栄一伝	幸田露伴
子規句集	高浜虚子選
病牀六尺	正岡子規
子規歌集	土屋文明編
墨汁一滴	正岡子規
仰臥漫録	正岡子規
歌よみに与ふる書	正岡子規

獺祭書屋俳話・芭蕉雑談	正岡子規
子規紀行文集	復本一郎編
金色夜叉 全二冊	尾崎紅葉
二人比丘尼 色懺悔	尾崎紅葉
不如帰	徳冨蘆花
謀叛論 他六篇 日記	徳冨健次郎 中野好夫編
武蔵野	国木田独歩
愛弟通信	国木田独歩
運命	国木田独歩
蒲団・一兵卒	田山花袋
田舎教師	田山花袋
一兵卒の銃殺	田山花袋
縮図	徳田秋声
あらくれ・新世帯	徳田秋声
藤村詩抄	島崎藤村自選
破戒	島崎藤村
春	島崎藤村
千曲川のスケッチ	島崎藤村
桜の実の熟する時	島崎藤村
新生 全二冊	島崎藤村
夜明け前 全四冊	島崎藤村
藤村文明論集	十川信介編
生ひ立ちの記 他一篇	島崎藤村
にごりえ・たけくらべ	樋口一葉
大つごもり・十三夜 他五篇	樋口一葉
修禅寺物語 正雪の二代目 他四篇	岡本綺堂
高野聖・眉かくしの霊	泉鏡花
歌行燈	泉鏡花
夜叉ケ池・天守物語	泉鏡花
草迷宮	泉鏡花
春昼・春昼後刻	泉鏡花
鏡花短篇集	川村二郎編
日本橋	泉鏡花
外科室・海城発電 他五篇	泉鏡花
湯島詣 他一篇	泉鏡花
鏡花随筆集	吉田昌志編
化鳥・三尺角 他六篇	泉鏡花
鏡花紀行文集	田中励儀編
俳句はかく解しかく味う	高浜虚子
回想 子規・漱石	高浜虚子
有明詩抄	蒲原有明
上田敏全訳詩集	山内義雄 矢野峰人編
宣言	有島武郎
一房の葡萄 他四篇	有島武郎
寺田寅彦随筆集 全五冊	小宮豊隆編
柿の種	寺田寅彦
与謝野晶子歌集	与謝野晶子自選
与謝野晶子評論集	鹿野政直 香内信子編
私の生い立ち	与謝野晶子
入江のほとり 他一篇	正宗白鳥
つゆのあとさき	永井荷風

濹東綺譚	永井荷風
荷風随筆集 全二冊	野口冨士男編
摘録 断腸亭日乗 全二冊	永井荷風 磯田光一編
すみだ川・新橋夜話 他一篇	永井荷風
あめりか物語	永井荷風
下谷叢話	永井荷風
ふらんす物語	永井荷風
浮沈・踊子 他三篇	永井荷風
花火・来訪者 他十一篇	永井荷風
問はずがたり・吾妻橋 他十六篇	永井荷風
斎藤茂吉歌集	山口茂吉 柴生田稔 佐藤佐太郎編
千鳥 他四篇	鈴木三重吉
鈴木三重吉童話集	勝尾金弥編
小僧の神様 他十篇	志賀直哉
万暦赤絵 他二十二篇	志賀直哉
暗夜行路 全二冊	志賀直哉
志賀直哉随筆集	高橋英夫編

高村光太郎詩集	高村光太郎
北原白秋歌集	高野公彦編
北原白秋詩集 全二冊	安藤元雄編
フレップ・トリップ	北原白秋
野上弥生子随筆集	竹西寛子編
野上弥生子短篇集	加賀乙彦編
お目出たき人・世間知らず	武者小路実篤
友情	武者小路実篤
釈迦	武者小路実篤
銀の匙	中勘助
鳥の物語	中勘助
若山牧水歌集	伊藤一彦編
新編 みなかみ紀行	若山牧水 池内紀編
新編 啄木歌集	久保田正文編
吉野葛・蘆刈	谷崎潤一郎
卍(まんじ)	谷崎潤一郎
幼少時代	谷崎潤一郎

谷崎潤一郎随筆集	篠田一士編
多情仏心 全二冊	里見弴
道元禅師の話	里見弴
今年竹 全二冊	里見弴
萩原朔太郎詩集	三好達治選
郷愁の詩人 与謝蕪村	萩原朔太郎
猫町 他十七篇	萩原朔太郎 清岡卓行編
恩讐の彼方に・忠直卿行状記 他八篇	菊池寛
菊池寛戯曲集 父帰る・藤十郎の恋	石割透編
河明り 老妓抄 他一篇	岡本かの子
春泥・花冷え	久保田万太郎
大寺学校 ゆく年	久保田万太郎
久保田万太郎俳句集	恩田侑布子編
室生犀星詩集	室生犀星自選
犀星王朝小品集	室生犀星
随筆 女ひと	室生犀星
出家とその弟子	倉田百三

羅生門・鼻・芋粥・偸盗	芥川竜之介
地獄変・邪宗門・好色・藪の中 他七篇	芥川竜之介
河童 他二篇	芥川竜之介
歯車 他二篇	芥川竜之介
蜘蛛の糸・杜子春・トロッコ 他十七篇	芥川竜之介
侏儒の言葉・文芸的な、余りに文芸的な	芥川竜之介
芥川竜之介俳句集	加藤郁乎編
芥川竜之介随筆集	石割透編
蜜柑・尾生の信 他十八篇	芥川竜之介
年末の一日・浅草公園 他十七篇	芥川竜之介
芥川竜之介紀行文集	山田俊治編
美しき町・西班牙犬の家 他六篇	佐藤春夫 池内紀編
海に生くる人々	葉山嘉樹
葉山嘉樹短篇集	道簱泰三編
日輪・春は馬車に乗って 他八篇	横光利一
宮沢賢治詩集	谷川徹三編
童話集 風の又三郎 他十八篇	宮沢賢治 谷川徹三編

童話集 銀河鉄道の夜 他十四篇	宮沢賢治 谷川徹三編
山椒魚・遙拝隊長 他七篇	井伏鱒二
井伏鱒二全詩集	井伏鱒二
太陽のない街	徳永直
黒島伝治作品集	紅野謙介編
伊豆の踊子・温泉宿 他四篇	川端康成
雪国	川端康成
山の音	川端康成
川端康成随筆集	川西政明編
三好達治詩集	桑原武夫 大槻鉄男選
詩を読む人のために	三好達治
中野重治詩集	中野重治
夏目漱石 全二冊	小宮豊隆
社会百面相 全二冊	内田魯庵
新編 思い出す人々	内田魯庵 紅野敏郎編
檸檬《レモン》・冬の日 他九篇	梶井基次郎
蟹工船 一九二八・三・一五	小林多喜二

富嶽百景・走れメロス 他八篇	太宰治
斜陽 他一篇	太宰治
人間失格・グッド・バイ 他一篇	太宰治
お伽草紙・新釈諸国噺	太宰治
真空地帯	野間宏
日本唱歌集	堀内敬三 井上武士編
日本童謡集	与田凖一編
森鷗外	石川淳
至福千年	石川淳
近代日本人の発想の諸形式 他四篇	伊藤整
小説の認識	伊藤整
中原中也詩集	大岡昇平編
ランボオ詩集	中原中也訳
小熊秀雄詩集	岩田宏編
夕鶴・彦市ばなし 他二篇 —木下順二戯曲選Ⅱ—	木下順二
元禄忠臣蔵 全二冊	真山青果
随筆滝沢馬琴	真山青果

- 旧聞日本橋　長谷川時雨
- 新編 近代美人伝 全二冊　長谷川時雨／杉本苑子編
- みそっかす　幸田文
- 古句を観る　柴田宵曲
- 俳諧随筆 蕉門の人々　柴田宵曲
- 新編 俳諧博物誌　柴田宵曲／小出昌洋編
- 随筆集 団扇の画　柴田宵曲／小出昌洋編
- 子規居士の周囲　柴田宵曲
- 小説集 夏の花　原民喜
- 原民喜全詩集
- いちご姫・蝴蝶 他二篇　山田美妙／十川信介校訂
- 貝殻追放抄　水上滝太郎
- 銀座復興 他三篇　水上滝太郎
- 魔風恋風 全二冊　小杉天外
- 柳橋新誌　成島柳北／塩田良平校訂
- 幕末維新パリ見聞記 成島柳北「航西日乗」・栗本鋤雲「暁窓追録」　井田進也校注
- 立原道造詩集　杉浦明平編

- 野火／ハムレット日記　大岡昇平
- 中谷宇吉郎随筆集　樋口敬二編
- 雪　中谷宇吉郎
- 冥途・旅順入城式　内田百閒
- 東京日記 他六篇　内田百閒
- 西脇順三郎詩集　那珂太郎編
- 金子光晴詩集　清岡卓行編
- 大手拓次詩集　原子朗編
- 評論集 滅亡について 他三十篇　武田泰淳／川西政明編
- 山岳紀行文集 日本アルプス　小島烏水／近藤信行編
- 雪中梅　末広鉄腸／小林智賀平校訂
- 宮柊二歌集　宮英子／高野公彦編
- 新編 東京繁昌記　木村荘八／尾崎秀樹編
- 新編 山と渓谷　田部重治／近藤信行編
- 日本児童文学名作集 全二冊　桑原三郎／千葉俊二編
- 山月記・李陵 他九篇　中島敦
- 眼中の人　小島政二郎

- 新選 山のパンセ　串田孫一自選
- 小川未明童話集　桑原三郎編
- 新美南吉童話集　千葉俊二編
- 岸田劉生随筆集　酒井忠康編
- 摘録 劉生日記　岸田劉生／酒井忠康編
- 量子力学と私　朝永振一郎／江沢洋編
- 書物　森銑三／柴田宵曲
- 自註鹿鳴集　会津八一
- 窪田空穂随筆集　大岡信編
- 窪田空穂歌集　大岡信編
- 暢気眼鏡・虫のいろいろ 他十三篇　尾崎一雄／高橋英夫編
- 奴隷 —小説・女工哀史1　細井和喜蔵
- 工場 —小説・女工哀史2　細井和喜蔵
- 森鷗外の系族　小金井喜美子
- 木下利玄全歌集　五島茂編
- 新編 学問の曲り角　河野与一／原二郎編
- 林芙美子紀行集 下駄で歩いた巴里　立松和平編

放浪記　林芙美子
山の旅　全二冊　近藤信行編
酒道楽　村井弦斎
文楽の研究　全二冊　三宅周太郎
五足の靴　五人づれ
尾崎放哉句集　池内紀編
リルケ詩抄　茅野蕭々訳
ぷえるとりこ日記　有吉佐和子
江戸川乱歩短篇集　千葉俊二編
怪人二十面相・青銅の魔人　江戸川乱歩
少年探偵団・超人ニコラ　江戸川乱歩
江戸川乱歩作品集　全三冊　浜田雄介編
堕落論・日本文化私観　他二十二篇　坂口安吾
桜の森の満開の下・白痴　他十二篇　坂口安吾
風と光と二十の私と・いずこへ　他十六篇　坂口安吾
久生十蘭短篇選　川崎賢子編
墓地展望亭・ハムレット　他六篇　久生十蘭

六白金星・可能性の文学　他十一篇　織田作之助
夫婦善哉　正続　他十二篇　織田作之助
わが町・青春の逆説　織田作之助
歌の話・歌の円寂する時　他一篇　折口信夫
死者の書・口ぶえ　折口信夫
折口信夫古典詩歌論集　藤井貞和編
山川登美子歌集　今野寿美編
汗血千里の駒　坂本龍馬君之伝　坂崎紫瀾　林原純生校注
日本近代短篇小説選　全六冊　紅野敏郎・紅野謙介・千葉俊二・宗像和重・山田俊治編
自選　谷川俊太郎詩集
訳詩集　白孔雀　西條八十訳
茨木のり子詩集　谷川俊太郎選
第七官界彷徨・琉璃玉の耳輪　他四篇　尾崎翠
大江健三郎自選短篇
M/Tと森のフシギの物語　大江健三郎
キルプの軍団　大江健三郎
辻征夫詩集　谷川俊太郎編

石垣りん詩集　伊藤比呂美編
漱石追想　十川信介編
芥川追想　石割透編
荷風追想　多田蔵人編
自選　大岡信詩集
うたげと孤心　大岡信
日本の詩歌　その骨組みと素肌　大岡信
詩人・菅原道真　―うつしの美学　大岡信
日本近代随筆選　全三冊　千葉俊二・長谷川郁夫・宗像和重編
尾崎士郎短篇集　紅野謙介編
山之口貘詩集　高良勉編
原爆詩集　峠三吉
竹久夢二詩画集　石川桂子編
まど・みちお詩集　谷川俊太郎編
山頭火俳句集　夏石番矢編
二十四の瞳　壺井栄
幕末の江戸風俗　塚原渋柿園　菊池眞一編

けものたちは故郷をめざす	安部公房
詩の誕生	大岡信・谷川俊太郎
鹿児島戦争記 —実録 西南戦争	篠田仙果・松本常彦校注
東京百年物語 一八六八〜一九〇九 全三冊	ロバート・キャンベル・十重田裕一・宗像和重編
三島由紀夫紀行文集	佐藤秀明編
若人よ蘇れ・黒蜥蜴 他一篇	三島由紀夫
三島由紀夫スポーツ論集	佐藤秀明編
吉野弘詩集	小池昌代編
開高健短篇選	大岡玲編
破れた繭 耳の物語1	開高健
夜と陽炎 耳の物語2	開高健
色ざんげ	宇野千代
老女マノン・脂粉の顔 他四篇	宇野千代・尾形明子編
明智光秀	小泉三申
久米正雄作品集	石割透編
次郎物語 全五冊	下村湖人
まっくら 女坑夫からの聞き書き	森崎和江
北条民雄集	田中裕編

《イギリス文学》〔赤〕

ユートピア　トマス・モア　平井正穂訳
完訳カンタベリー物語　全三冊　チョーサー　桝井迪夫訳
ヴェニスの商人　シェイクスピア　中野好夫訳
十二夜　シェイクスピア　小津次郎訳
ハムレット　シェイクスピア　野島秀勝訳
オセロウ　シェイクスピア　菅泰男訳
リア王　シェイクスピア　野島秀勝訳
マクベス　シェイクスピア　木下順二訳
ソネット集　シェイクスピア　高松雄一訳
ロミオとジューリエット　シェイクスピア　平井正穂訳
リチャード三世　シェイクスピア　木下順二訳
対訳シェイクスピア詩集　―イギリス詩人選(1)　柴田稔彦編
から騒ぎ　シェイクスピア　喜志哲雄訳
言論・出版の自由　―アレオパジティカ　他一篇　ミルトン　原田純訳
失楽園　全二冊　ミルトン　平井正穂訳
ロビンソン・クルーソー　全二冊　デフォー　平井正穂訳

奴婢訓　他一篇　スウィフト　深町弘三訳
ガリヴァー旅行記　スウィフト　平井正穂訳
ジョウゼフ・アンドルーズ　全二冊　フィールディング　朱牟田夏雄訳
トリストラム・シャンディ　全三冊　ロレンス・スターン　朱牟田夏雄訳
ウェイクフィールドの牧師　―むだばなし　ゴールドスミス　小野寺健訳
幸福の探求　―アビシニアの王子ラセラスの物語　サミュエル・ジョンソン　朱牟田夏雄訳
対訳ブレイク詩集　―イギリス詩人選(4)　松島正一編
対訳ワーズワス詩集　―イギリス詩人選(3)　山内久明編
湖の麗人　スコット　入江直祐訳
キプリング短篇集　橋本槇矩編
高慢と偏見　全二冊　ジェーン・オースティン　富田彬訳
ジェイン・オースティンの手紙　新井潤美編
マンスフィールド・パーク　全二冊　ジェイン・オースティン　新井潤美・宮丸裕二訳
シェイクスピア物語　全二冊　チャールズ・ラム　メアリー・ラム　安藤貞雄訳
デイヴィッド・コパフィールド　全五冊　ディケンズ　石塚裕子訳
炉辺のこほろぎ　ディケンズ　本多顕彰訳
ボズのスケッチ　短篇小説篇　全二冊　ディケンズ　藤岡啓介訳

アメリカ紀行　全二冊　ディケンズ　伊藤弘之・下笠徳次・隈元貞広訳
イタリアのおもかげ　ディケンズ　伊藤弘之・下笠徳次・隈元貞広訳
大いなる遺産　全二冊　ディケンズ　石塚裕子訳
荒涼館　全四冊　ディケンズ　佐々木徹訳
鎖を解かれたプロメテウス　シェリー　石川重俊訳
ジェイン・エア　全二冊　シャーロット・ブロンテ　河島弘美訳
嵐が丘　全二冊　エミリー・ブロンテ　河島弘美訳
アルプス登攀記　全二冊　ウィンパー　浦松佐美太郎訳
アンデス登攀記　全二冊　ウィンパー　大貫良夫訳
ハーディ　テス　全二冊　井上宗次・石田英二訳
緑の木蔭　和蘭派田園画　トマス・ハーディ　阿部知二訳
ジーキル博士とハイド氏　スティーヴンスン　海保眞夫訳
南海千一夜物語　スティーヴンスン　中村徳三郎訳
若い人々のために　他十一篇　スティーヴンスン　岩田良吉訳
怪談　―不思議なことの物語と研究　ラフカディオ・ハーン　平井呈一訳
ドリアン・グレイの肖像　オスカー・ワイルド　富士川義之訳
サロメ　ワイルド　福田恆存訳

嘘から出た誠　ワイルド　岸本一郎訳
童話集 幸福な王子 他八篇　オスカー・ワイルド　富士川義之訳
分らぬもんですよ　バアナード・ショウ　市川又彦訳
ヘンリ・ライクロフトの私記　ギッシング　平井正穂訳
南イタリア周遊記　ギッシング　小池滋訳
闇の奥　コンラッド　中野好夫訳
密偵　コンラッド　土岐恒二訳
対訳 イエイツ詩集　高松雄一編
月と六ペンス　モーム　行方昭夫訳
人間の絆 全三冊　モーム　行方昭夫訳
サミング・アップ　モーム　行方昭夫訳
モーム短篇選 全二冊　行方昭夫編訳
アシェンデン —英国情報部員のファイル　モーム　中島賢二・岡田久雄訳
お菓子とビール　モーム　行方昭夫訳
ダブリンの市民　ジョイス　結城英雄訳
荒地　T・S・エリオット　岩崎宗治訳
悪口学校　シェリダン　菅泰男訳

オーウェル評論集　小野寺健編訳
パリ・ロンドン放浪記　ジョージ・オーウェル　小野寺健訳
動物農場 —おとぎばなし　ジョージ・オーウェル　川端康雄訳
対訳 キーツ詩集 —イギリス詩人選(10)　宮崎雄行編
キーツ詩集　中村健二訳
阿片常用者の告白　ド・クインシー　野島秀勝訳
オルノーコ 美しい浮気女　アフラ・ベイン　土井治訳
イギリス名詩選　平井正穂編
タイム・マシン 他九篇　H・G・ウェルズ　橋本槇矩訳
解放された世界　H・G・ウェルズ　浜野輝訳
大転落　イヴリン・ウォー　富山太佳夫訳
回想のブライズヘッド 全二冊　イーヴリン・ウォー　小野寺健訳
愛されたもの　イーヴリン・ウォー　中村健二・出淵博訳
対訳 ジョン・ダン詩集 —イギリス詩人選(2)　湯浅信之編
フォースター評論集　小野寺健編訳
白衣の女 全三冊　ウィルキー・コリンズ　中島賢二訳
アイルランド短篇選　橋本槇矩編訳

対訳 ブラウニング詩集 —イギリス詩人選(6)　富士川義之編
灯台へ　ヴァージニア・ウルフ　御輿哲也訳
船出 全二冊　ヴァージニア・ウルフ　川西進訳
フランク・オコナー短篇集　阿部公彦訳
たいした問題じゃないが —イギリス・コラム傑作選　行方昭夫編訳
英国ルネサンス恋愛ソネット集　岩崎宗治編訳
文学とは何か —現代批評理論への招待 全二冊　テリー・イーグルトン　大橋洋一訳
D・G・ロセッティ作品集　南條竹則・松村伸一編訳
真夜中の子供たち 全二冊　サルマン・ラシュディ　寺門泰彦訳

《アメリカ文学》〔赤〕

ギリシア・ローマ神話 付インド・北欧神話　ブルフィンチ　野上弥生子訳
中世騎士物語　ブルフィンチ　野上弥生子訳
フランクリン自伝　松本慎一　西川正身訳
フランクリンの手紙　蕗沢忠枝編訳
スケッチ・ブック 全二冊　アーヴィング　齊藤昇訳
アルハンブラ物語 全二冊　アーヴィング　平沼孝之訳
ウォルター・スコット邸訪問記　アーヴィング　齊藤昇訳
エマソン論文集 全二冊　酒本雅之訳
完訳 緋文字　ホーソーン　八木敏雄訳
哀詩 エヴァンジェリン　ロングフェロー　斎藤悦子訳
黒猫・モルグ街の殺人事件 他五篇　ポオ　中野好夫訳
対訳 ポー詩集 —アメリカ詩人選(1)　加島祥造編
ユリイカ　ポオ　八木敏雄訳
ポオ評論集　八木敏雄編訳
森の生活 (ウォールデン) 全二冊　ソロー　飯田実訳
市民の反抗 他五篇　H・D・ソロー　飯田実訳

白鯨 全三冊　メルヴィル　八木敏雄訳
ビリー・バッド　メルヴィル　坂下昇訳
ホイットマン自選日記 全二冊　杉木喬訳
対訳 ホイットマン詩集 —アメリカ詩人選(2)　木島始編
対訳 ディキンソン詩集 —アメリカ詩人選(3)　亀井俊介編
不思議な少年　マーク・トウェイン　中野好夫訳
王子と乞食　マーク・トウェーン　村岡花子訳
人間とは何か　マーク・トウェイン　中野好夫訳
ハックルベリー・フィンの冒険 全二冊　マーク・トウェイン　西田実訳
いのちの半ばに　ビアス　西川正身訳
新編 悪魔の辞典　ビアス　西川正身編訳
ねじの回転 デイジー・ミラー　ヘンリー・ジェイムズ　行方昭夫訳
あしながおじさん　ジーン・ウェブスター　遠藤寿子訳
荒野の呼び声　ジャック・ロンドン　海保眞夫訳
ノリス 死の谷 マクティーグ 全二冊　石田英二　井上宗次訳
響きと怒り 全二冊　フォークナー　平石貴樹　新納卓也訳
アブサロム、アブサロム! 全二冊　フォークナー　藤平育子訳

八月の光 全二冊　フォークナー　諏訪部浩一訳
武器よさらば 全二冊　ヘミングウェイ　谷口陸男訳
オー・ヘンリー傑作選　大津栄一郎訳
黒人のたましい　W・E・B・デュボイス　木島始　鮫島重俊　黄寅秀訳
フィッツジェラルド短篇集　佐伯泰樹編訳
アメリカ名詩選　亀井俊介　川本皓嗣編
青白い炎　ナボコフ　富士川義之訳
風と共に去りぬ 全六冊　マーガレット・ミッチェル　荒このみ訳
対訳 フロスト詩集 —アメリカ詩人選(4)　川本皓嗣編
とんがりモミの木の郷 他五篇　セアラ・オーン・ジュエット　河島弘美訳

岩波文庫の最新刊

兆民先生 他八篇

幸徳秋水著／梅森直之校注

幸徳秋水(一八七一―一九一一)は、中江兆民(一八四七―一九〇一)に師事して、その死を看取った。秋水による兆民の回想録は明治文学の名作である。「兆民先生行状記」など八篇を併載。〔青一二五―四〕 **定価七七〇円**

精神の生態学へ (上)

グレゴリー・ベイトソン著／佐藤良明訳

ベイトソンの生涯の知的探究をたどる。上巻はメタローグ・人類学篇。頭をほぐす父娘の対話から、類比を信頼する思考法、分裂生成とプラトーの概念まで。(全三冊)〔青N六〇四―一〕 **定価一一五五円**

開かれた社会とその敵 第一巻 プラトンの呪縛(下)

カール・ポパー著／小河原誠訳

プラトンの哲学を全体主義として徹底的に批判し、こう述べる。「人間でありつづけようと欲するならば、開かれた社会への道しか存在しない。」(全四冊)〔青N六〇七―二〕 **定価一四三〇円**

英国古典推理小説集

佐々木徹編訳

ディケンズ『バーナビー・ラッジ』とポーによるその書評、英国最初の長篇推理小説と言える本邦初訳『ノッティング・ヒルの謎』を含む、古典的傑作八篇。〔赤N二〇七―一〕 **定価一四三〇円**

……今月の重版再開……

狐になった奥様

ガーネット作／安藤貞雄訳

〔赤二九七―一〕 **定価六二七円**

モンテーニュ論

アンドレ・ジイド著／渡辺一夫訳

〔赤五五九―一〕 **定価四八四円**